Crime Time

Chris Silberer arbeitet in der Kommunikationsbranche und lebt mit ihrer Familie und drei Katzen im Vordertaunus. Nach ihrem humoristischen Debüt „Die Werbekatze", hat sie jetzt ihren ersten Krimi geschrieben.
Menschen mit besonderen Eigenschaften haben sie schon immer fasziniert. Die Kommissarin in ihrem Roman „Korbleger" verfügt denn auch über einen Spürsinn, der über das „Normale" hinausgeht - wissenschaftlich jedoch belegt ist. Die Autorin ist in ihrem Leben selbst zwei Frauen mit solchen außergewöhnlichen Fähigkeiten begegnet.

Mehr zur Autorin und ihre kreativen Projekte unter:
www.crimetime-verlag.de

Chris Silberer

Korbleger

crimetime-Verlag

Dieses Buch ist ein Roman. Handlung und Figuren sind frei erfunden. Ähnlichkeiten mit heute noch lebenden Personen sind rein zufällig.

Veröffentlicht im
crimetime-Verlag Silberer-Klein
2. Auflage Januar 2011
www.crimetime-verlag.de

Umschlaggestaltung: Marieke Trippmacher
Lektorat: Katja Maier
Logogestaltung: Roxana Ené
Satz: Thoholl Publishing Lösungen
Druck: CPI books GmbH
Printed in Germany
ISBN 978-3-9813749-0-2

Dieses Buch ist
Moritz, Elise und
Werner gewidmet

Kapitel 1

Er zielte. Die Augen zwei schmale Schlitze, das Gesicht verzerrt, zog Marius ab. Nur knapp verfehlte die orangefarbene Kugel den Korb und knallte an die weiße Backsteinmauer, die sie zurück ins Spielfeld katapultierte.

Flo angelte sich im Laufen den Ball. Die Sohlen der Basketballschuhe quietschten auf dem federnden Belag. Der dunkelhäutige Junge mit den glatten schwarzen Haaren täuschte kurz an und spielte den Ball zu Marius zurück, der vom äußeren Punkt des Spielfeldes erneut Richtung Korb warf. Diesmal tropfte die genarbte Kugel mit einem zischenden Swisch durch Ring und Netz – ein Geräusch, das Musik ist in den Ohren eines Basketballspielers. Ein glatter Dreier. Selbstbewusst riss Marius beide Arme hoch und feierte seinen Treffer mit einem kleinen Freudentanz auf engstem Raum. Flo rannte zu ihm und gab ihm einen Check, indem er seine Hand anerkennend mit allen fünf Fingern abklatschte.

„Ey, gibt's uns auch in krass?" fragte Marius begeistert – ohne wirklich eine Antwort zu erwarten. Seine Fragen waren meist rhetorischer Natur. Außerdem wusste er genau, dass sein bester Freund von Basketball genauso fasziniert war wie er. Die Beiden nutzten jede Möglichkeit zum Spielen: in der Schule, auf der Straße, in ihrem Verein - dem BC Sulzbach. Weil es einfach Spaß machte. Und weil sie sich ihren Platz in der U 18 sichern wollten. Auch heute waren sie eine gute halbe Stunde vor dem offiziellen Trainingsbeginn gekommen und übten Spielzüge und Tricks. Und das an einem Samstag, wo jeder halbwegs normale Gymnasialschüler bis mittags pennte! Was tat man nicht alles aus sportlicher Leidenschaft, die im Moment selbst das Interesse an Mädchen überwog. Als Co-Trainer der U-12 besaß Marius außerdem einen Hallenschlüssel. Es war also kein Problem, vor ihrem Trainer in die Halle zu gelangen.

Wieder schnappte sich Flo den Ball, führte ihn erst mit der linken Hand, dann mit der rechten, deckte ihn gegen einen imaginären Gegner von hinten ab, um ihn im Sprung an seinen Spielpartner abzugeben. Doch Marius verfehlte den Ball, traf ihn gerade noch im letzten Moment mit dem Fuß, so dass er unkontrolliert unter der textilen Hallenwand verschwand, die die Sporthalle in zwei Teile trennte.

„Den holst Du aber, Alter", sagte Flo freundlich aber bestimmt.

Marius grinste nur frech. Er warf den Kopf mit den blonden Locken zurück, die sich auf seinen Schultern kringelten und jedem Mädchen Ehre gemacht hätten. Betont lässig – wie es seine Art war - setzte er sich in Bewegung, um seitlich hinter der Trennwand zu verschwinden.

Flo trank einen Schluck aus der Wasserflasche und wedelte sich mit seinem Trikot etwas Luft zu. Es war aus diesen speziellen Waffel-Piquet-Stoffen und ganz in den Farben der Frankfurt Skyliners gehalten. Auf dem Rücken prangte eine „11". Flo war begeisterter Anhänger von Dennis Pohl, dessen Stammnummer in der Bundesligamannschaft die „11" war. Zweimal die Nummer „1". Das passte zu dem populären Starspieler aus den USA - voll der Player, dieser Pohl! Seine Gegner fürchteten seine insektengleichen Fangarme, die beim Angriff oder Rebound länger und länger zu werden schienen und ihm in Fankreisen den Spitznamen „Spider" eingebracht hatten. Seine Dunkings – echt der Hammer. Kein Wunder bei stolzen 2,15 m Körpergröße. Flo bedauerte insgeheim, dass er mit seinen knappen 1,80 m für einen Angriffspieler am Korb eigentlich zu klein war. Dennoch ahmte er jetzt die Bewegung nach, wie man beim Dunking den Ball mit weit ausholendem, durchgezogenem Arm von oben ablegt, um sich danach zum krönenden Abschluss triumphierend an den Basketballkorb zu hängen. Nur der Ball fehlte.

„Hey, schlaf nicht ein ...“, rief Flo ungeduldig. Er zog die überdimensionale Basketballhose noch tiefer in die Hüfte und starrte gähnend auf die Absperrwand. Er mochte das Ding so wenig wie die anderen Spieler seines Basketball-Teams. Aber dank der Abtrennung konnten zwei Mannschaften gleichzeitig trainieren. Und der BC Sulzbach platzte aus allen Nähten. Der jung-dynamische Verein hatte nicht nur eine Top-Damenmannschaft, die in der ersten Bundesliga ganz oben mitmischte – es gab auch die ganze Palette an Jugendmannschaften. Mädchen und Jungs. Trainingsplatz war bis zur Fertigstellung der neuen Halle absolut knapp. Der Grundstein für den imposanten Glasbau war zum Glück bereits gelegt. Auf einem Grundstück am Waldrand der Stadt wurde schon eifrig gebaggert. Das Wintertraining sollte angeblich schon in der neuen Halle stattfinden. Jetzt war Juni.

Flo bückte sich und schnürte sorgfältig seine heiligen Lebron-James-Schuhe, die er sich zum 16. Geburtstag gewünscht hatte. „Was ist? Hast Du ihn?“ schrie er über die Abtrennung.

Anstatt einer Antwort, hörte er Marius plötzlich aufgeregt rufen: „Ey, Mann, komm schnell rüber, hier is’ was passiert .“

Ohne lange zu überlegen, hechtete Flo aus dem Stand um die Abtrennung, um seinem Freund zu Hilfe zu eilen. Er sah Marius kniend über einen lang hingestreckten Basketballspieler gebeugt. Der riesig wirkende Körper im unifarbenen, blauen Trainingsanzug mit hochgezogener Kapuze lag wenige Meter vor dem hinteren Korb, das Gesicht auf dem Boden. Der Sechzehnjährige sah abwechselnd auf die verkrampften Finger und die weiß-goldenen Basketballschuhe des Spielers, die merkwürdig zur Seite abgewinkelt waren.

„Wir müssen ihn umdrehen“, sagte Marius mit plötzlicher Entschlossenheit.

Gemeinsam packten die Jungs die Schulter des Spielers und versuchten, ihn auf die Seite zu legen. Was die Beiden dann sahen, ließ ihnen das Blut in den Adern gefrieren: Das blauschwarze Gesicht des Spielers war zu einer Fratze verzerrt. Eingerahmt von der blauen Baumwollkapuze hatte es beinahe unmenschliche Züge. Die weit aufgerissenen Augen starrten ins Leere. Entsetzt ließen sie den leblosen Körper los. Eine kalte Hand griff nach Flos Nacken, sein Magen krampfte. Der junge Basketballspieler würgte vor Schreck und Ekel, und die Flocken vom Frühstück legten einen Rückwärtsgang ein. Er konnte sich gerade noch umdrehen, um nicht den Toten zu treffen.

Kapitel 2

Die Sonne warf steile Schlaglichter durch die obere Fensterleiste, als Benina Gatti die Eichwaldhalle betrat. In dem hellen Strahl tanzten winzige Staubpartikelchen. Die Konturen der Menschen hoben sich hart im Gegenlicht ab. Dennoch schwang eine düstere Grundstimmung mit, die wie ein schmutziger Schleier auf dem ganzen Raum lag. Die junge Kommissarin kniff angestrengt die Augen zusammen. Sie hatte leichte Kopfschmerzen und drückte sich mit den Zeigefingern auf die Schläfen. Am liebsten hätte sie wieder die dunkle Sonnenbrille aufgesetzt, die sie sehr oft trug und so etwas wie ein Markenzeichen von ihr war. Stattdessen schloss sie für einen wohltuenden Moment die Augen. Dann ging sie zu der markierten Stelle, wo der Tote gelegen hatte.

„Ach, die Frau Kommissarin ...“, hörte sie den Mann von der Spurensicherung hinter sich sagen. Eine gewisse Ironie in seiner Stimme war nicht zu überhören. „Ihr Kollege vom Bereitschaftsdienst hat die Leiche schon zum Abtransport freigegeben.“ Dann fügte er noch derb hinzu: „Die Kotze ist übrigens nicht von dem Toten, sondern von dem dunkelhäutigen Jungen da hinten.“

Erst jetzt drehte sich Benina zu dem Mann im weißen Schutzoverall um, der auf Flo deutete. Der Junge saß zusammengekauert auf einer Holzbank und litt noch unter der Auswirkung des Schocks. Sein Gesicht, das normalerweise die Farbe von Cappuccino hatte, wirkte fahl und blutleer. Bei der Bemerkung des Mannes gewann es jedoch wieder deutlich an Farbe. Es war dem Sechszehnjährigen mehr als peinlich, dass er rot anlief.

Die Kommissarin tat so, als hätte sie die Worte ihres Kollegen nicht gehört. Unbeeindruckt studierte sie von allen Seiten die weiße Kreidezeichnung, mit der die Lage des Toten festgehalten worden war. Selbst wenn man großzügige Handhabung voraussetzte, muss es sich bei dem Toten um einen Hünen gehandelt haben. Der ausgestreckte Körper und die fehlende Seitenlage deuteten darauf hin, dass er im Laufen zusammengebrochen war. Allerdings zeigten die Arme nicht nach vorne, was im Fallen ein normaler Reflex gewesen wäre. Es sei denn, er war zu dem Zeitpunkt schon tot oder bewusstlos. Benina Gatti notierte ihre Überlegungen in ein kleines schwarzes Buch und übertrug die Skizze. Dann schlenderte sie in aller Ruhe hinüber zu dem Jugendlichen auf der Bank.

Flo sah auf und blickte in ernste, graugrüne Augen.

„Benina Gatti, Mordkommission Frankfurt“, stellte sich die Kommissarin vor. Sie hatte eine angenehm tiefe Stimme.

Der junge Basketballspieler erwiderte ihren festen Händedruck, der nicht unbedingt ihrer Zierlichkeit entsprach. Auch der schön geschwungene, sensible Mund wollte nicht so recht zu dem eigensinnigen Kinn passen. Flo schätzte sie auf Ende Zwanzig. Das glatte, rotbraune Haar ging ihr bis zum Kinn. Nur eine einzelne blonde Strähne fiel widerspenstig ins Gesicht. Sie hatte makellos weiße Haut, die in der Sonne wie durchsichtiges China-Porzellan schimmerte. Zu dem grauen Hosenanzug mit Nadelstreifen trug sie eine weiße Bluse und rote Lederturnschuhe. Eigentlich viel zu jung und stylisch für eine Kommissarin, dachte Flo für sich. Die Frauen aus den Fernsehkrimis waren irgendwie anders. Handfester. Maskuliner. Meistens auch älter. Was nicht hieß, dass diese hier nicht deutlich sympathischer war.

„Sie haben den Toten gefunden ...?“

„Sie müssen mich nicht siezen“, sagte Flo, bevor er die Frage beantwortete: „Ja, zusammen mit meinem Freund." Wie in Trance erzählte er weiter - angefangen bei der Uhrzeit, als Marius und er die Halle betraten, bis zu dem schrecklichen Moment, als sie erkannten, dass der Basketballspieler am Boden tot war.

Die Kommissarin unterbrach ihn kaum, stellte nur ab und zu eine kurze Zwischenfrage. Sie war beeindruckt von der detaillierten Zeugenaussage des Jugendlichen. Er hatte wirklich eine sehr gute Beobachtungsgabe.

Flo selbst kam das Ganze mittlerweile wie ein böser Traum vor. Oder wie ein schlechter Film: Die Männer in den weißen Schutzanzügen, die überall Maß nahmen. Mit dicken Pinseln irgendwelche Pülverchen auftrugen, wohl um Fingerabdrücke festzustellen. Der Blechsarg, in dem der Tote vor einigen Minuten abtransportiert worden war. Die Fragen, die ihm wie ein Déjà-vu erschienen. Schon tausendmal gehört im Kino oder Fernsehen. Wo, bitte, war die Fernbedienung, mit der er sich zu einem anderen Programm zappen konnte?

Marius, der gerade von der Toilette zurückkam, holte ihn in die Wirklichkeit zurück. Der Arm seines besten Freundes lag so schwer auf seiner Schulter, dass es kein Traum sein konnte. Auch Marius beantwortete brav die Fragen der Kommissarin, während er sie fasziniert anstarrte. Benina Gatti ignorierte seine Blicke und machte sich wieder Notizen in dem kleinen schwarzen Büchlein.

Flo ging schon mal raus vor die Sporthalle. Er brauchte dringend frische Luft. Am Eingang hingen einige Jungs seiner Mannschaft ab. Das Training war natürlich abgesagt. Bis auf weiteres die gesamte Sporthalle gesperrt. Aber ein Toter war zu aufregend, um einfach nach Hause zu gehen. Lenny, Hae-

Soe und Mehmet nahmen ihn sofort in Beschlag. Neugierig wie Flitzebogen.

„Hey, Alter, was geht ab ...?“ fragte Mehmet neugierig.

Alle hingen gebannt an Flos Lippen, der als Antwort nur mit den Schultern zuckte. Ihm war schlecht. Er wollte nach Hause. Nichts mehr sehen. Nichts mehr hören. Nichts, das an den grausigen Fund erinnerte.

Zum Glück verließ gerade auch Marius die Sporthalle und zog die Aufmerksamkeit auf sich. Unverschämt grinsend sagte er zu Flo gewandt: „Ey, was ist das denn für eine scharfe Kommissarin?“ Und um keinen Zweifel daran zu lassen, dass er vor allem auf ihre attraktive Oberweite anspielte, formte Marius mit seinen Händen eine ausladend weibliche Silhouette nach, während er für einen Moment demonstrativ seinen Mund spitzte. „Und ihre Telefonnummer habe ich auch ...“ Er wedelte mit einem Visitenkärtchen vor Flos Nase herum und las laut: „Benina Gatti. Hauptkommissarin. Gibt’s den Namen auch in genial?“

„Wow, wie hast Du das geschafft?" Flo war beeindruckt.

„Quatsch, hat sie mir einfach so gegeben. Damit wir sie anrufen können, wenn uns noch etwas Wichtiges einfällt.“

„Was sollte uns noch einfallen?" fragte Flo skeptisch. „Wir haben doch alles mehrmals abgespult.“

„Und ob mir da was einfallen wird ... Dafür sah die doch einfach zu sahnig aus.“ Marius grinste sein Bad-Boy-Lächeln und gab Flo einen Check mit Brause - die aktuelle Steigerung von High-Five, bei dem der Daumen nach dem Abklatschen der ganzen Hand aufstrebend nach hinten zeigt, unterstrichen von einem perligen Zischlaut. Und nach einer kleinen Pause: „Mann, hab' ich einen Hunger." Zumindest Marius schienen die Ereignisse nicht auf den Magen geschlagen zu haben. Ganz im Gegenteil. Er fand alles äußerst spannend. Endlich passierte was. Außer ein paar Basketballspielen war hier doch sonst nichts los. Und jetzt gleich ein Mordfall, der die Polizei vor ein absolutes Rätsel stellte. Marius hatte sehr wohl mitbekommen, wie die Männer von der Spurensicherung nach Hinweisen für die Todesursache suchten. Eine Schusswunde gab es auf jeden Fall nicht. Da hätte man Blut gesehen. Offensichtlich sah man auch keine Würgemale, wie der große Blonde im weißen Astronautenanzug seinem Kollegen zugerufen hatte. Aber wie war der Basketballspieler dann umgekommen? Und wer war das überhaupt? Marius und Flo konnten sich nicht vorstellen, ihn jemals hier in Sulzbach gesehen zu haben.

Die Jungs diskutierten heiß und stellten abenteuerliche Mutmaßungen an, die ein Reporter zunächst unbeobachtet mitschrieb. Jonas Beyerle vom SCREEN stellte ihnen dann ein paar Fragen, während sein Kollege Fotos von den beiden Jungs schoss. Viel mehr gab es im Moment nicht abzulichten. Der Anruf in der Redaktion war so spät gekommen, dass die Leiche bei ihrer Ankunft schon abtransportiert war. Die Fahrt von Frankfurt nach Sulzbach hatte locker 20 Minuten gedauert. Trotz überfahrener Rotampel und Rechtsüberholen auf der A 66 war es nichts mit dem obligatorischen Foto des Blechsargs.

Mittlerweile wimmelte es von Presseleuten, die Flo und Marius ebenfalls mit Fragen bombardierten. Selbst Marius wurde es langsam zu bunt. Er zwinkerte Flo vielsagend zu und deutete mit seinem Daumen unschuldig Richtung Spielplatz.

Flo verstand sofort und fragte einfach nur: „Catherina"? Das war ihr Stichwort für einen überraschenden Basketballangriff über die Mitte. Tom – ihr Trainer der U 18 - hatte sich die Methode von dem amerikanischen Kult-Trainer Carter abgeguckt, dessen Leben und sehr spezielle Trainingsmethoden sogar verfilmt worden waren. Allerdings wählte ihr eigener Coach als Stichwort mit Vorliebe Namen, die irgendwann als Tornado oder Wirbelsturm durch die Medien gegangen waren. Wohl, um zu verdeutlichen, dass es darum ging, die Gegner „wegzublasen".

„Catherina – go!" imitierte Marius ganz den Tonfall von Tom mit dessen typisch amerikanischen Akzent. Und nach einem überraschenden Spurt hatten die beiden Jungs die verblüfften Reporter weit hinter sich gelassen. Auf dem Spielplatz angekommen, machten sie einen Freudenhüpfer, wie nach einem besonders coolen Basketballtreffer. Dann liefen sie mit triumphierendem Blick Richtung Bad Soden zu Marius' Lieblings-Kebap.

Kapitel 3

Olaf Schmieder stand mit hochrotem Kopf und Perlen auf der Stirn bei den Reportern und gab banale Beschwichtigungen von sich. Normalerweise fühlte er sich im Rampenlicht ganz wohl - die Ereignisse hier passten ihm jedoch überhaupt nicht ins Konzept. So etwas gab nur schlechte Publicity für den Club. Gerade jetzt, wo beim BC Sulzbach alles so gut lief und die teuren Einkäufe für die erste Mannschaft der Damen erste Erfolge zeigten. Die Zeidler und die Meyer waren absolute Spitzenspielerinnen, mit denen der Verein letztes Jahr auf Anhieb in die erste Basketball-Bundesliga aufgestiegen war. Im Moment lagen sie sicher im ersten Drittel der Tabelle. Das war zweifellos auch der Verdienst des Trainers, den kein Geringerer als er zum BC Sulzbach geholt hatte. Welcher andere Taunus-Verein konnte einen Trainer vorweisen, der schon die kubanische Basketball-Nationalmannschaft trainiert hatte? Schmieder sah es als persönlichen Erfolg an, dass er einen Spitzenmann wie Migalla für die erste Damenmannschaft hatte gewinnen können. Und wie der sich um den Nachwuchs kümmerte, Hut ab! Besonders die jüngeren Mädchen profitierten von seiner Jugendarbeit. Der Verein hatte einen Zulauf, der mittlerweile nur noch mit langen Wartelisten zu bewältigen war.
Jetzt hatte das auch endlich mit der neuen Halle geklappt. Keiner - außer ihm - konnte ermessen, wie viel Schweiß und Überzeugungskunst nötig gewesen war, bis die Banken dem Millionenkredit zugestimmt hatten. Wenn der neue Hauptsponsor nicht gekommen wäre, würde der Verein heute noch in der Luft hängen. Da läuft endlich alles - und dann so was! Schmieder wischte sich zum wiederholten Male mit dem Stofftaschentuch über die Stirn und schob einen gar zu forschen Reporter beiseite. Er sah sich suchend um. Wo steckte denn überhaupt dieser Hausmeister?

Als hätte Bertram Holzer den Vorwurf gehört, kam er in seinem hellgrauen Arbeitskittel auf Schmieder zu, wie immer einen kleinen Werkzeugkoffer mit Henkel in der Hand, den er wie eine Aktentasche trug. Holzer hatte eine sehr eigene, wippende Art zu gehen. Sie erinnerte unwillkürlich an diese mechanischen Holzenten, die Kleinkinder hinter sich herzogen. Bei jedem Schritt ging sein Kopf ein kleines Stückchen rauf und runter. Und die Werkzeugtasche ging mit. Rauf und runter. Das - und vielleicht noch die merkwürdig abstehenden Ohren - waren aber auch schon das einzig Lustige an diesem kleinen Mann mit dem unbewegten Gesicht und dem schütteren Haarkranz, der eine spiegelblanke Halbglatze umrahmte. Holzer war so ein Typ, der zum Lachen vermutlich in den Heizkeller ging.

„Wo waren Sie denn nur?“ blähte sich Schmieder jetzt vor ihm auf, so dass sein korpulenter Bauch fast zu platzen drohte. „Hier ist der Teufel los, und Sie sind nirgends aufzutreiben. Die Polizei wollte in den Geräteraum und stand vor verschlossenen Türen.“

„Ich habe meinen Sohn besucht.“ Holzer verzog keine Miene und machte nicht den geringsten Versuch, sich zu rechtfertigen.

„Sohn besucht!“ äffte Schmieder verächtlich. „Ich wusste gar nicht, dass Sie einen Sohn haben! Nächstes Mal erwarte ich, dass Sie in so einem Fall da sind.“ Da erst wurde Schmieder das Absurde dieser Anweisung bewusst. Natürlich wollte er alles andere als noch einen Toten in Sulzbach. „Ach, vergessen Sie es einfach!“ Wütend stapfte er davon.

•

Währenddessen saß Jonas Beyerle bereits in der SCREEN-Redaktion über seinem Artikel, der für die Titelseite der

Abendausgabe bestimmt war.

TOD BEIM BC SULZBACH

So lautete die Schlagzeile, die in dicken, fetten Buchstaben auf seinem Bildschirm prangte. Beyerle traktierte gedankenverloren eine Haarsträhne hinterm Ohr. Dann schürzte er die Lippen und strich sich mechanisch mit der Hand über die untere Kinnpartie. Das tat er immer, wenn er angestrengt nachdachte. Rasieren war auch mal wieder nötig, stellte er nebenbei fest. Dann legte er seine Hand zurück auf die Tastatur und hackte unter die Überschrift:

Wer ist der Tote unterm Basketballkorb?

Der Anruf bei der Mordkommission Frankfurt hatte nichts Brauchbares ergeben. Das Übliche, das man der Presse hinwirft, wenn man noch im Dunkeln tappt. Die Polizei wusste nichts – rein gar nichts. Auf jeden Fall ließen sie vor der offiziellen Pressekonferenz nichts raus. Und auch im Polizeifunk, den jeder halbwegs gewiefte Reporter bei einem aktuellen Kriminalfall mithörte, gab es keinerlei Anhaltspunkte. Die Abendausgabe musste aber in kürzester Zeit stehen – sonst würde der Artikel erst morgen erscheinen. Als Profi stellte Beyerle deshalb die Frage nach dem großen Unbekannten. Das kam bei den Lesern immer gut. So baute er eine Dramaturgie auf, die ihm mindestens einen weiteren Beitrag auf der Primeseite sichern würde. Sein Chef hatte ihm bei der letzten Redaktionskonferenz nur allzu deutlich signalisiert, dass er mal wieder „'ne richtig geile Story" von ihm erwartete. So was wie damals mit der Entführung des Bankiersjungen. Wochenlang hatte er da seine Leser in Atem gehalten, Personen und alte Geschichten aus dem Umfeld der Opferfamilie ausgegraben, mit denen sich atemberaubende Verknüpfungen zu dem Fall herstellen ließen. Mit den Bandenkriegen und Drogentoten der jüngeren Vergangenheit holte man doch keinen mehr hinterm Ofen vor. Das stand den Lesern bis zur Halskrause. Aber herzaubern konnte er emotionsgeladene Mordgeschichten ja nun auch nicht. Sein Chef hatte die Bemerkung zwar scherzhaft fallen lassen, aber Beyerle wusste nur zu genau, wie schnell man hier im wahrsten Sinne des Wortes „abgeschrieben" war und ein neuer, jüngerer Kollege den Platz einnahm.

Beyerle warf sich einen neuen Kaugummi ein. Jetzt eine Zigarette! Aber nach dem dritten Anlauf wollte er sich selbst beweisen, dass er dieser Sucht entsagen konnte. Außerdem war ihm Rauchen bei den neuen Bestimmungen mit zu viel Frischluft und lästigem Smalltalk vor dem Verlagseingang verbunden. In der Redaktion galt mittlerweile absolutes Rauchverbot - an einem Ort, wo früher mit dicken Nebelschwaden das ganze Jahr November zu sein schien. Der Zeitungsmann sah auf seine Uhr – er musste sich ranhalten. Schnell ging er in seinem Text auf die beiden jungen Basketballspieler ein, die den Toten gefunden hatten. Er grinste noch immer über deren Abgang. Seine Kollegen von den Konkurrenzblättern hatten reichlich verdutzt aus der Wäsche geschaut. Noch ein kleiner Bildtext zu dem Foto der Jungs vor der Basketballhalle und dann ab die Mail an die Redaktionsleitung.

Kapitel 4

Flo versuchte, sich auf die Nacherzählung zu konzentrieren. Vor ihm lagen seine Deutschlektüre und Lebron James - der wohl einzige Kater der Welt, der mit seiner pelzigen Tatze kleine Papierknäuel auf einen Mini-Basketballkorb schlagen konnte. Und manchmal sogar traf. Im Moment machte der rostrot-weiß gestreifte Basketball-Tiger seinem Namensvetter aus den USA jedoch wenig Ehre. Träge und schläfrig riss er sein Maul auf, räkelte sich ausgiebig, um dann quer über Flos Buch eine neue Liegeposition einzunehmen.

Während der Junge das wuschelige Langhaarfell kraulte, schweifte sein Blick immer wieder aus dem geöffneten Fenster in den Garten. Die hohen Platanen und der gewaltige Ahornbaum versperrten zwar den Blick auf den dahinter liegenden Kronberger Park, aber dafür gaben sie jetzt im Sommer angenehmen Schatten. Doch Flo war zu faul, um mit seinen ganzen Sachen runter zu gehen, den Liegestuhl aufzustellen und sich seinem Lehrstoff in der Horizontalen zu nähern. Stattdessen sah er in den strahlenden Himmel, der von einem solch intensiven Blau war, dass es fast schon künstlich wirkte.

„Lebron", sagte er laut „bei so schönem Wetter wollte ich wirklich nicht in der Leichenhalle liegen." Der tote Basketballspieler ging ihm nicht aus dem Kopf. Noch Stunden später jagte ihm die Erinnerung an sein entstelltes Gesicht eine Gänsehaut über den Rücken. „Lebron, Du glaubst nicht, wie schrecklich das war." Für Flo war es ganz natürlich, dass er mit seinem Kater wie mit einem Menschen sprach. Seit er seine Eltern vor Jahren davon überzeugt hatte, dass er kein Kindermädchen mehr brauche, war er in der alten Jugendstilvilla oft allein - sah man von Mathilda, der brasilianischen Haushaltshilfe, ab. Flos Vater hatte eine Anstellung als Pilot und seine dunkelhäutige Mutter, die französisch-afrikanischer

Abstammung war, arbeitete als Kunstgaleristin. Beide waren also viel unterwegs. Denn wenn Flos Mutter nicht in aller Welt nach Kunstschätzen suchte, verbrachte sie viele Stunden in ihrer Galerie im Frankfurter Westend. Da war so ein Hauskater ein geduldiger Freund und Zuhörer. Lebron James hatte immer Zeit. Meckerte nie, dass er zu viel Zeit am Computer oder Fernseher verbrachte. Doch heute vermisste Flo seine Eltern fast schmerzlich. Er wollte in den Arm genommen werden. Mit jemandem über dieses unglaubliche Ereignis sprechen. Aber seine Mutter war wegen einer Auktion in New York - sein Vater auf einem Flug nach Singapur. Beide hatte er telefonisch noch nicht erreicht. Flo seufzte. „Komm, Lebron, wir sehen mal, was Mathilda für ein feines Fresschen gekocht hat."

Das Wort „Fresschen" ließ den Stubentiger die Müdigkeit schlagartig vergessen. Er hob seine Hinterläufe, schob die Vorderbeine weit nach vorne und streckte sich genüsslich wie ein Fragezeichen. Dann sprang er erwartungsvoll hinter Flo her und folgte seinem jungen Herrchen die massive Holztreppe hinunter, die bei jedem Schritt knarrte.

Heute klang dieses Knarren irgendwie bedrückend und hohl. So ein altes Haus war ein Klangkörper wie ein Instrument. Man hörte genau, wer darauf spielte. Und in welcher Stimmung. War Mathilda im Haus, schwang es in einer Mischung aus Samba und polternder Geschäftigkeit. Seine Mutter erfüllte jeden Raum mit starker Präsenz. Vielleicht lag es daran, dass sie jedes der antiken Möbel- und Designerstücke, alle Bilder, jede Skulptur selbst ausgewählt hatte. Diese alte Villa trug überall ihre Handschrift. Natürlich hatte sie ihm auch den wertvollen alten Schreibtisch ausgesucht, an dem er vorhin gesessen hatte und den sie ihm im zarten Alter von sieben Jahren zum Schulanfang geschenkt hatte. Dabei hatte Flo insgeheim seine Klassenkameraden um ihre einfachen

Exemplare aus Kiefernholz oder bunten Pressspanplatten beneidet, die diese mehr oder weniger ungeniert ramponieren durften. Auf einen hochglanzpolierten Kirschbaumschreibtisch mit aufwändigen Intarsienarbeiten musste man immer aufpassen. Man wuchs nie aus ihm heraus. Man konnte ihn nur rauswerfen. Aber das wollte Florian, wie seine Mutter ihn mit französischem Akzent nannte, ihr nicht antun. Er wusste genau, wie stolz sie auf das Geschenk war und die Idee, sein Zimmer mit einer hellblauen Seidenstofftapete tapezieren zu lassen. Die hatte er mittlerweile mit Postern seiner Basketball-Idole fast vollständig zugepflastert.

Flos Vater war mehr ein Mann der klaren Grundtöne. Was weniger an seiner Stimme als an seiner unprätentiösen Art lag. Holger Hansen war steifer Hanseat und überließ Kindererziehung und Haus grundsätzlich seiner Frau - sah man von seiner Vorliebe für technische Geräte und deren Reparatur mal ab. Er war berüchtigt dafür, dass er stundenlang irgendwelche Haushaltsmaschinen auseinandernahm. Mit mäßigem Erfolg. Nur gut, dass er seine Flugzeuge nicht selbst warten und reparieren durfte.

Flos Eltern konnten unterschiedlicher nicht sein. Aber irgendwie ergänzten sie sich auf wundersame Weise, seit sie vor über zwanzig Jahren auf einem Flughafen in Paris aufeinander geprallt waren. Flo hatte die Geschichte tausendmal gehört: wie seine Mutter - damals noch Kunststudentin - mit einem großen Bild auf dem Arm den stattlichen blonden Co-Piloten übersah, und dieser plötzlich einen Rahmen um den Kopf trug. Zur Wiedergutmachung für das zerstörte Kunstwerk lud er sie zum Essen ein – drei Monate später hielt er um ihre Hand an. Obwohl Catherine mittlerweile schon lange in Deutschland lebte, konnte sie das H von Hansen bis heute nicht aussprechen. Es hätte auch etwas von ihrem Charme genommen.

Flo hatte mittlerweile die Küche erreicht und öffnete die Kühlschranktür. Er fand ein vielversprechendes kreolisches Hähnchen-Ragout, von Mathilda persönlich gekocht. Statt es in der Mikrowelle aufzuwärmen, fischte er sich die Fleischstücke kalt aus der Sauce und aß sie im Stehen. In Erwartung der Leckerbissen schnurrte Lebron wie ein Rasenmäher und schwänzelte auffordernd um Flos Beine. Flo hielt dem Kater ein kleines Fleischstückchen vor die Nase und hob die Hand so hoch, dass er danach springen musste. Lebron beherrschte das mit Bravour. Nur einmal erwischte er Flo mit seinen spitzen Krallen am Finger.

„Autsch, Lebron, du Geier!" fluchte Flo und steckte den angeritzten Finger in den Mund. Er hasste es, wenn er sich verletzte. Erst heute Morgen hatte er sich einen Riesenkratzer am Schienbein zugezogen, weil er über eine Leiter gefallen war, die so dämlich im Flur vor der Basketballhalle herumlag. Ach ja, das hatte er ganz vergessen, der Kommissarin zu erzählen. Vielleicht war es ja nicht wichtig. Aber Marius hatte da sicher eine andere Meinung. Flo warf die restlichen Fleischstücke in den Katzennapf. Dann nahm er das Telefon und wählte die Handynummer seines Freundes.

Kapitel 5

Die „Katze“, wie Benina Gatti von ihren Kollegen heimlich genannt wurde, lief unruhig in ihrem Büro des Frankfurter Polizeipräsidiums auf und ab. Den Spitznamen hatte sie nicht nur wegen ihres italienischen Nachnamens, der „Katzen“ bedeutete. Es lag auch an ihrem geheimnisvollen Wesen und der speziellen Art, wie sie Fälle löste. Da sie in ihrer kurzen Laufbahn schon einige Erfolge verbuchen konnte, schwang in dieser Bezeichnung durchaus eine gewisse Bewunderung mit. Immerhin war sie mit ihren 32 Jahren schon Hauptkommissarin mit Personalverantwortung. Dabei arbeitete sie am liebsten auf eigene Faust. Bei ihren Teamkollegen war sie berüchtigt für ihren Hang zu Alleingängen. Selten weihte sie andere in ihre Überlegungen ein. Und die Art ihrer Ermittlungen führte immer wieder zu Irritationen. Zum Glück war der Leiter der Mordkommission von ihren Leistungen überzeugt und stand hinter ihr. Aber die Kollegen hatten schon Recht: im Grunde ihres Herzens war sie eine Einzelgängerin – im Moment auch privat. Ihre Beziehung mit einem Sportlehrer war vor knapp einem Jahr in die Brüche gegangen. Und was das Geheimnisvolle betraf: Benina verfügte tatsächlich über außergewöhnliche Fähigkeiten, von der weder ihre Berufskollegen noch ihre Freunde die geringste Ahnung hatten: Die junge Kommissarin konnte Aura sehen.

Für Benina hatte die Welt von Kindheit an viele Farben und Facetten. Menschen, Tiere, Pflanzen - ja selbst Räume und Landschaften zeigten sich ihr in einem Energiefeld, das sich in den vielfältigsten Tönen und Formen erschloss. Das gleiche Phänomen hatte sie bei Musik. Schon immer konnte sie Töne als Farbe wahrnehmen. Und angeblich hatten auch der Komponist Franz Liszt, der Maler Wassily Kandinsky und die Schriftstellerin Virginia Woolf und andere Künstler diese Sinnesverknüpfung von Klang und Farbe, die unter dem Begriff „Synästhesie“ und „Farbhören“ bekannt war.

Menschen, die wie Benina „aurasichtig“ und „farbhörend“ waren – also beide Wahrnehmungen besaßen - waren jedoch sehr selten.

Benina hatte lange geglaubt, dass jeder diese Fähigkeiten mit ihr teilte. Sie war fast vierzehn gewesen, als sie erkennen musste, dass sogar das Feuerwerk von Händel für die meisten Menschen nicht mehr als ein Ohrenschmaus war. Für Benina war ein Konzert ein Rausch der Sinne. Händel eine Farbexplosion, inszeniert durch Töne, die sich über den Orchestergraben erhoben und ihre leuchtenden Rot- und Grün- und Gelbtöne selbst dann nicht verloren, wenn man die Augen schloss.

Ihr Vater – ein Berufsmusiker - hatte ihr schon früh die ureigene Farbtypik großer Komponisten nahe gebracht. Bach liebte klare, kraftvolle Blau-Töne mit Magenta akzentuiert. Vivaldi setzte gerne fröhlich beschwingte Gelbtöne. Und Mozart: seine Kompositionen strahlten von lieblich-sahnigem Rosa über sattes Rasengrün bis zu göttlichem Gold. Orff kam mit starkem Violett auf samtigem Schwarz daher – mystisch und anziehend zugleich.

Ihre Schulfreundin Pia war richtig beleidigt gewesen, als Benina sie nach einem gemeinsamen Konzertbesuch gefragt hatte, ob sie auch so begeistert von den satten Rot- und Grüntönen der Musik war. Pia hatte geglaubt, Benina würde sich über sie lustig machen: „Natürlich verstehst du mehr von Musik, wenn dein Vater Berufsgeiger ist“, hatte sie vorwurfsvoll gemeint. „Aber deshalb brauchst du mich nicht für doof zu halten!“ Die Freundschaft mit Pia war danach nicht mehr das, was sie vorher war.

Benina hatte die Welt nicht mehr verstanden und war empört

zu ihrer Mutter gelaufen. Zu ihrer Verwunderung erfuhr sie, dass diese nur zwei Menschen kannte, die Musiktöne visuell wahrnehmen konnten: ihren Vater und sie.

„Wieso können das andere nicht sehen?" hatte sie Benina fassungslos gefragt.

„Vielleicht konnten es früher alle Menschen sehen. Es ist verloren gegangen wie andere Eigenschaften und Phänomene."

„Aber das ist doch ... entsetzlich! So ganz ohne Farbe!"

„Man kennt es eben nicht anders, Benina-Schatz." Sie hatte aber eingeräumt, dass sie ihren Mann und ihre Tochter manchmal schon um diese Fähigkeit beneidete – gerade wegen ihrer Liebe zur Musik.

„Und warum hast Du mir das nicht vorher gesagt?" hatte Benina später ihrem Vater zornig vorgeworfen.

„Bella Benina", hatte er in seiner unnachahmlichen Art liebevoll geantwortet. So nannte er sie meistens, wenn sie etwas nicht durfte oder er ihr sagte, dass er für längere Zeit auf Tournee musste. „Ich habe die Erfahrung gemacht: Je weniger man darüber spricht, desto besser. Man erntet in der Regel nur ..." Er suchte mit den Fingerspitzen nach dem deutschen Wort und sah dabei erwartungsvoll seine Frau an.

„Unverständnis", antwortete diese, ohne von ihrer Näharbeit aufzusehen.

„Genau: Unverständnis! Und warum, Piccola, sollten wir dir deine Unbefangenheit rauben?"

Unbefangenheit klang wie Unschuld. Und genau so hatte sich

Benina damals gefühlt. Man hatte ihr die musikalische Unschuld genommen. Wie sollte sie jemals wieder mit jemand anderem als ihrem Vater über Musik diskutieren können? Wo doch besser keiner wissen sollte, wie farbintensiv sie Musik erlebte ...? Sie zog sich mehr und mehr zurück. Wenngleich sie sich auch vorher eher selten mit Schulfreundinnen verabredet hatte. Stattdessen musizierte sie noch öfter mit ihrem Vater, der ihr begeisterter Lehrmeister war.

Nach seinem Selbstmord vor vielen Jahren hatte Benina alles verdrängt, was sie an ihn erinnerte. Sie hatte seine Geige – ein wertvolles Meisterstück aus Italien - kein einziges Mal angerührt. Auch ihr eigenes Instrument gab sie ihrer Mutter in Verwahrung. Selbst Konzerte mied sie, was ihre Mutter überhaupt nicht verstehen konnte. Für die Witwe war Musik Trost. Außerdem gab sie Klavierunterricht. Die Hinterbliebenenrente war nicht so üppig, dass sie allein davon hätte leben können.

Damals hatte Benina Berlin Hals über Kopf verlassen, um sich in Frankfurt für Germanistik einzuschreiben. Sie sah den Hörsaal jedoch kaum von innen. Jobbte stattdessen bei einem Rechtsanwalt für Strafrecht. Die Fälle interessierten sie. Sie hatte ernsthaft überlegt, ob sie auf Jura umsatteln sollte. Aber sie merkte bald, dass es nicht wirklich um Recht und Gerechtigkeit ging, sondern oft genug um Rechtsverdrehung, Vergleich, Kuhhandel. Sie hätte gegen ihren stark ausgeprägten Gerechtigkeitssinn arbeiten müssen. Eher hätte sie sich vorstellen können, Staatsanwältin zu werden. Aber ihr war auch klar, dass sie nicht für eine reine Schreibtischtätigkeit geboren war. Plötzlich stand ihr Entschluss fest: Sie bewarb sich – sehr zur Verwunderung ihrer Familie und Freunde – bei der Polizeischule in Wiesbaden für den gehobenen Dienst. Sie wollte Kommissarin werden. Das war jetzt fast neun Jahre her.

An den Rat ihres Vaters hatte sich Benina bis heute gehalten. Dass sie Energiefelder und Musik in Farbe sehen konnte, das war ihr Geheimnis geblieben. Bei „Farb-Blinden“ rief das nur Befremden hervor. Doch die Fähigkeit, Gefühle und Stimmungen anhand des Energiefeldes zu erkennen, nutzte sie unbewusst. Manchmal konnte sie auch gesundheitliche Probleme ausmachen, wenn die Energieschwingung an einer bestimmten Stelle gestört war. Aber eigentlich maß sie ihrer außergewöhnlichen Wahrnehmungskraft keine allzu große Bedeutung bei.

Als sensitiver Mensch verfügte Benina auch über eine ungewöhnliche Intuition, die rational nicht immer erklärbar war. So wie jetzt, als sie just in dem Moment bei ihrem Kollegen Holm anrief, als der Pathologe aufgrund des Zustandes der inneren Organe einen natürlichen Tod des Basketballspielers so gut wie ausschloss.

„Tod durch Vergiftung ...“, raunte Holm in sein Handy, um die unappetitliche Prozedur vor ihm nicht mehr als nötig zu stören. „Aber der offizielle Obduktionsbericht kommt frühestens in drei Tagen.“ Benina hörte an den Schritten und der gepressten Stimme, dass er in einen anderen Raum ging – danach sprach er deutlich lauter.

„Dann mach mal ein bisschen Druck, Christian. Können die Gerichtsmediziner denn wenigstens schon sagen, wann der Tod eingetreten ist ...?“

„Na, ja - da wollten die sich nicht hundertprozentig festlegen. Vermutlich zwischen sieben und neun Uhr morgens. Aber der neue Assistent hat gemeint, mit großer Wahrscheinlichkeit 8 Uhr oder 8.15 Uhr, da die kleine Verletzung noch sehr frisch war.“

„Der Tote hatte eine Verletzung ...?" Benina merkte auf.

„Ja, eine Schnittwunde an der rechten Hand. Jetzt muss ich aber wieder rein. Ich melde mich, sobald es was Neues gibt. Hätte eh gleich angerufen."

Benina legte geistesabwesend den Hörer auf und sagte leise: „Gift also ..." Natürlich: Bei bestimmten Giften genügte schon eine minimale Dosis, um das Opfer grausam sterben zu lassen. Sie hatte während ihrer Ausbildungszeit eine Selbstmörderin gesehen, die sich mit Schlangengift umgebracht hatte und total blau angelaufen war. Die Gedanken in ihrem Kopf überschlugen sich. Vor diesem Befund wäre theoretisch auch ein Herzinfarkt denkbar gewesen. Sportler putschten sich ja manchmal mit so viel Chemie auf, dass selbst ein junges Herz plötzlich versagte. Das war zumindest die Vermutung des Mediziners gewesen, der den Tod festgestellt hatte. Das Klingeln des Telefons riss sie aus ihren Gedanken.

Es war die Telefonistin von der Zentrale: „Eine gewisse Ann-Katrin Meyer hat eben angerufen. Aber da haben Sie gerade gesprochen. Sie wollte eine Vermisstenmeldung für ihren Verlobten aufgeben."

„Und was interessiert das die Mordkommission?" Für Irrläufer hatte Benina im Moment wirklich keinen Kopf.

„Die Frau hatte Angst, dass das Verschwinden ihres Verlobten etwas mit dem Toten in Sulzbach zu tun hat", rechtfertigte sich die Stimme am Telefon. „Da dachte ich ..."

„Das ist natürlich etwas anderes. Verbinden Sie mich doch gleich mal."

Wenig später hatte sie eine Frau am Ohr, die erklärte, dass sie Basketballspielerin der ersten Damenmannschaft von Sulzbach sei. Ann-Katrin Meyer machte sich offensichtlich große Sorgen: „Dennis ist noch nie so lange weggeblieben, ohne etwas zu sagen. Nicht einmal zu unserem Auswärtsspiel ist er gekommen. Und in seiner Wohnung ist er auch nicht. Vielleicht hat sein Verschwinden etwas mit diesem Toten zu tun. Womöglich hat er den Mörder überrascht und der hat ihn gekidnappt."

„Langsam, langsam. Wer soll wen überrascht haben? Und von welchem Mörder sprechen sie überhaupt?“

„Na ja der, der den dunkelhäutigen Basketballspieler umgebracht hat ...“

„Woher wollen Sie wissen, dass der Tote dunkelhäutig ist ...?“ Benina war immer wieder sprachlos, wie schnell die Gerüchteküche brodelte. Da war ein Toter blauschwarz angelaufen und schon wurde er zu einem Dunkelhäutigen.

„Das haben mir meine Mannschaftskameradinnen erzählt. Ich selbst konnte heute Morgen ja gar nicht nach Sulzbach kommen, weil mein Auto kaputt war. Dabei wollte ich vor dem Training ein paar Würfe mit Dennis machen.“

„Wann und wo wollten Sie sich mit Ihrem Verlobten treffen?“ Jetzt wurde die junge Kommissarin hellhörig.

„Viertel vor neun Uhr. Vor der Halle in Sulzbach. Aber dann sprang mein Auto nicht an. Natürlich habe ich dauernd versucht ihn auf dem Handy zu erreichen. Ohne Erfolg.“

„Wie heißt Ihr Verlobter denn mit vollem Namen?“

„Dennis Pohl."

„Der Stammspieler der Frankfurt Skyliners?" fragte Benina Gatti erstaunt. Den Starspieler aus USA kannte sie von Titelblättern und diversen Sportsendungen.

„Ja, genau der", sagte Ann-Katrin nicht ohne Stolz in der Stimme, um gleich wieder in einen besorgten Ton zu verfallen. „Ich habe solche Angst, dass ihm etwas zugestoßen ist."

„Das hoffen wir ja nun nicht. Aber es wäre trotzdem wichtig, wenn sie Ihre Aussage hier im Präsidium machen könnten. Vielleicht sagt Ihnen ja die Sporttasche etwas, die man in einem nahen Wäldchen gefunden hat. Wenn Sie wollen, schicken wir Ihnen einen Wagen."

Als Benina Gatti eine knappe Stunde später die schwarz-gelbe Sporttasche mit den aufgesetzten Netzfächern vor Ann-Katrin Meyer auf den Tisch stellte, wurde die ungewöhnlich große, junge Frau mit den kurzen blonden Haaren blass und brach in Tränen aus. „Die habe ich Dennis vor zwei Wochen zum Geburtstag geschenkt." Sie schluchzte und kramte verlegen nach einem Taschentuch.

Der Inhalt der Sporttasche lag in Plastiktüten daneben: Ein T-Shirt, türkisfarbene Flipflops, ein Kopfhörer, eine Zahnbürste und weiterer Kram, der sich in solchen Taschen so ansammelt. Ausweise und Geld hatten sich nicht in der Tasche befunden.

„Erkennen Sie von den Gegenständen irgendetwas ...?"

„Ja. Mehrere. Kein Zweifel, das ist die Tasche von Dennis." Die letzten Worte gingen wieder in einem Schluchzen unter.

Die Kommissarin gab ihr Zeit. Ohne etwas zu sagen, betrachtete sie die Sportlerin, die ein blassgrünes Energiefeld mit braun-orangen Angstflecken umgab.

Ann-Katrin Meyer irritierte dieser „Aurablick“ der Kommissarin. Sie drehte sich um, als wollte sie sehen, was hinter ihr vorging.

Benina Gatti hatte dieses Phänomen schon öfters erfahren, fuhr jedoch mit der größten Selbstverständlichkeit fort: „Frau Meyer, hat Ihr Verlobter irgendwelche Feinde?“

„Nein, natürlich nicht ... Mein Gott, er ist für die Kids ein Idol. Er kann nirgendwo hingehen, ohne dass er auf Autogramme angesprochen wird. Obwohl, neulich lag so ein merkwürdiger Brief im Flur ...“

„Ein Brief ...?“

„Ein Umschlag ohne Adresse, wohl unter der Tür durchgeschoben. Dennis hat ihn aufgemacht. Den Inhalt hat er gleich verschwinden lassen. Aber irgendwie war er danach komisch drauf. Auf meine Frage, hat er es als „Quatsch“ abgetan. Vielleicht war es auch nichts. Ich weiß es nicht.“ Die junge Frau schien nervlich am Ende und strich sich fahrig durch das kurze, blonde Haar. Sie hatte dunkle Ringe unter den Augen, alle Energie schien von ihr zu weichen – sie sah wirklich schlecht aus.

„Soll ich Ihnen ein Glas Wasser bringen?“ Benina hatte Angst, dass sie ihr jeden Moment vom Stuhl kippte.

„Danke, das wäre nett – sie müssen wissen, ich ..., ich bin im zweiten Monat schwanger.“

"Auch das noch", dachte Benina und ließ das Bild des entstellten Toten schnell wieder verschwinden, das sie Ann-Katrin Meyer eben noch zeigen wollte.

„Wir fahren Sie erst mal nach Hause, Frau Meyer. Sobald wir etwas Neues wissen, rufen wir Sie an. Und Sie melden sich bitte umgehend, wenn Ihr Verlobter auftaucht." Die Kommissarin wünschte ihrem aufgelösten Gegenüber, dass sich ihr herber Verdacht nicht bestätigen würde. Dass sich der frisch gebackene Verlobte mit einer anderen vergnügte und dabei die Zeit vergessen hatte. Alles im Leben war relativ.

„Ach ja, Frau Meyer, könnten Sie uns die Adresse und die Schlüssel zur Wohnung Ihres Verlobten hier lassen? Wir würden uns dort vorsichtshalber mal umsehen. Sollte er mittlerweile da sein, können wir ihn gleich als Zeugen vernehmen."

„Ich weiß nicht, ob das Dennis Recht ist. Wenn er jetzt doch ..."

„Sicher ist sicher."

Die Basketballspielerin willigte zögernd ein. Sie war kaum aus der Tür, als Benina Gatti die Sporttasche samt Inhalt ins Labor bringen ließ. Für eine DNA-Analyse gab es genug persönliche Gegenstände. Mit dem Schnelldurchsuchungsbefehl für die Wohnung des Basketballspielers würde es schwieriger sein. Es war bereits später Samstagnachmittag. Nachdem sie die Nummer der Staatsanwaltschaft mehrmals ohne Erfolg gewählt hatte, delegierte sie diese Aufgabe an ihren Mitarbeiter Christian Holm. Sie selbst versuchte krampfhaft, ein paar klare Gedanken zu fassen. Was hatten sie übersehen? Die kleine Verletzung an der Hand des Toten ließ ihr keine Ruhe. Sie musste nochmals in die Basketballhalle in Sulzbach. Jetzt sofort!

Kapitel 6

Die Leute von der Spurensicherung waren nicht gerade begeistert, als Benina Gatti sie kurz vor Ende ihres Bereitschaftsdienstes nochmals anforderte. Schließlich hatten sie jeden Quadratzentimeter des Tatorts akribisch abgesucht. In einer Stunde war eigentlich Dienstschluss. Statt eines Feierabendbiers durften sie jetzt das Polizeisiegel an der Hallentür aufmachen. Nur weil diese Jungkommissarin nicht hinnehmen wollte, dass es keine „Mordwaffe" gab. Was hieß schon Mordwaffe? Bei einem möglichen Giftmord, wie es mittlerweile hieß? Ein Metallgegenstand, mit dem sich der Tote die Verletzung an der Hand zugezogen haben könnte, wäre ihnen doch aufgefallen. Brummig folgten die zwei Beamten der „Katze" in die Halle und warfen ihr unfreundliche Blicke hinterher.

Benina Gatti ging zu ihrer Überraschung nicht zu der mit Kreide markierten Stelle, wo der Tote gefunden worden war. Nein, sie stellte sich mitten auf das Spielfeld und drehte sich Zentimeter für Zentimeter im Uhrzeigersinn. Dabei scannte sie mit ihren Augen Stück für Stück den Raum, die Lider bis auf einen schmalen Spalt geschlossen. Sie schien nicht auf einen festen Punkt fixiert. Vielmehr sog sie ihr Umfeld förmlich auf. Auf Höhe des Basketballkorbes blieb ihr Blick hängen. Die beiden Kollegen beäugten sie argwöhnisch. Der große Blonde mit dem kümmerlichen DJ-Bärtchen verdrehte vielsagend die Augen, als würde er an ihrem Verstand zweifeln. Der andere grinste nur grimmig. Doch Benina ließ sich nicht beirren.

„Habt Ihr den Basketballkorb untersucht?" fragte Gatti den Älteren. Er war etwas untersetzt und schon ewig beim Technischen Dienst.

„Natürlich haben wir das." Kiefer beglückwünschte sich noch im Nachhinein, dass er auf dieser Aktion bestanden hatte, obwohl sein Kollege der Ansicht war, dass der Korb über dem Toten sowieso zu hoch sei, um für Fingerabdrücke in Frage zu kommen.

Benina Gatti sah enttäuscht aus, wollte sich schon abwenden. Dann drehte sie sich nochmals um 180 Grad und deutete auf den gegenüberliegenden Basketballkorb: „Habt Ihr den auch untersucht ...?"

„Nein, natürlich nicht", knirschte Kiefer jetzt ungehalten, „wir können ja auch noch die Decke nach Fingerabdrücken absuchen. Schließlich lag der Tote unter dem anderen Korb."

„Schon mal was von einem Dunking gehört ...?" gab Benina scharf zurück.

„Keine Ahnung - ich geh Kegeln. Basketball interessiert mich nicht." Kiefer blähte sich auf und verschränkte seine Arme demonstrativ vor der Brust.

„Aber mich interessiert der zweite Korb", entgegnete die junge Kommissarin mit Nachdruck. „Untersucht ihn bitte. Aber seid vorsichtig ..."

Widerwillig und mit einem kleinen verächtlichen Lächeln auf den Lippen stapfte der junge Blonde die herbeigeschaffte Aluleiter hoch, bis er auf Blickhöhe mit dem Korb war. Umständlich kramte er eine Lupe aus seiner verbeulten Hosentasche und suchte den Metallring ab. „Verdammt!" entwischte es ihm, während er an seinem mickrigen Bärtchen zupfte. „An dem Korb sind kleine Pfeilspitzen angebracht."

Kapitel 7

SEIN LETZTER DUNKING

Dicke, fette Versalien mit einem Foto von Dennis Pohl prangten auf der Titelseite der Sonntagsausgabe des SCREEN. Und darunter:

Basketballstar grausam vergiftet!

Die Sensation war perfekt. Marius stand wie angewurzelt in der lecker duftenden Bäckerei bei seinem Vater um die Ecke und bezahlte gerade die Sonntagsbrötchen für das gemeinsame Frühstück. Ungläubig starrte er auf die Sonntagsausgabe der Boulevard-Zeitung, die neben der Kasse auslag. Gestern Abend hatte er den SCREEN das erste Mal in seinem Leben gekauft, weil er und sein Freund auf der Titelseite der Abendausgabe abgelichtet waren. Mit unscharfen Gesichtern, wegen Personenschutz und so. Jetzt legte er das Geld gleich passend auf die Theke und hätte beim Hinausgehen fast die Baguette-Brötchen und Schoko-Croissants vergessen. Die sympathische kleine Schwarze hinter dem Ladentisch rief ihm noch nach und drückte ihm die warmen Tüten persönlich in die Hand. Aber Marius hatte keinen Blick für ihr Lächeln. Direkt neben dem Eingang überflog er in Windeseile den Artikel, persönlich verfasst von Jonas Beyerle. Der tote Spieler, den er und Flo gefunden hatten, war Dennis Pohl! Aber das war doch unmöglich. Der Tote, den sie gefunden hatten, der hatte doch ganz dunkle Haut. Marius las weiter und fand die angebliche Erklärung in einem heimtückischen Schlangengift aus Südamerika, an dem der Basketballstar gestorben sein soll. Es entstellte die Opfer grausam und ließ sie blauschwarz anlaufen.

Marius war schlichtweg fassungslos: Dennis Pohl mit einem

vergifteten Pfeil am Ring des Basketballkorb ermordet? In ihrer Basketballhalle? Ein Schauer lief ihm über den Rücken. Ein Mord war ja spannend, aber wenn das jetzt wirklich Dennis Pohl war, dieser sympathische Spitzenspieler seines Lieblingsvereins, dem er große Bewunderung entgegenbrachte - das gab dem Fall einen sehr bitteren Beigeschmack. Da überwog Mitleid die anfängliche Sensationslust. Und auch ein bisschen Angst. Wer konnte nur so heimtückisch sein, jemanden auf diese Art und Weise umzubringen? Mit Pfeilspitzen einen Basketballkorb präparieren? Das ging über seine Vorstellungskraft. Was, wenn die anderen Körbe auch präpariert waren? Wie oft hatte er sich schon aus Jux und Tollerei an einen Basketballkorb gehängt. Erneut lief ihm ein Schauer über den Rücken. Eins stand für Marius fest: Das musste jemand gewesen sein, der keine Skrupel kannte – und der sich mit Basketball auskannte!

Marius zückte sein Handy. Mist, natürlich mal wieder der Akku leer. Er musste dringend Flo sprechen, egal ob der noch schlief oder nicht. Vermutlich wusste sein Freund das mit dem Pohl auch noch nicht. Er musste ihn sofort vom Festnetz aus anrufen. Eilig und betroffen lief er zurück zu dem alten Frankfurter Bürgerhaus. Im dritten Stock befand sich die Wohnung, in der sein Vater mit seiner neuen Partnerin lebte. Marius' Begeisterung für Marion hielt sich in Grenzen. Dafür stand er umso mehr auf ihre Tochter, die bereits 23 war und es als Einzelkind ganz schick fand, plötzlich einen „kleinen" Bruder zu haben. Bei Marius' Gardelänge eine vermessene Bezeichnung. Aber Larissa war echt cool. Sie hatte ihn auch schon ein paar Mal in irgendwelche Studentenkneipen oder ins Living mitgenommen, wo man eigentlich erst ab 18 Jahren rein kam. Neulich war er mit ihr auf dem Uniball der Zahnärzte gewesen. Larissa studierte Zahnmedizin an der Goethe-Universität. Bis um halb vier Uhr morgens war er mit ihr unterwegs gewesen. Seiner Mutter erzählte er davon natürlich nichts. In manchen Dingen behandelte sie ihn immer noch wie einen kleinen Jungen. Warum sollte er sie unnötig aufregen?

Insofern genoss Marius die Regelung, die seine Eltern irgendwann nach ihrer Scheidung getroffen hatten. Dass Marius abwechselnd eine Woche bei seiner Mutter und seinem Vater leben würde. Das ging jetzt fast schon vier Jahre so, nachdem zunächst beide verbissen um das alleinige Sorgerecht gekämpft hatten.

Am besten war die Zeit gewesen, als Paps und er noch allein waren und eine richtige Männerwirtschaft geführt hatten. Wenn seine gesundheitsfanatische Mutter, die grundsätzlich nur in Naturkostläden und alternativen Bio-Höfen einkaufte, damals gewusst hätte, dass sie sich meistens von Fastfood und Pizza-Service ernährten, deren Überreste sich im Laufe der Woche in der ganzen Wohnung stapelten, wäre sie wahrscheinlich gleich wieder zum Jugendamt gelaufen. Aber Marius hatte sich angewöhnt, von seinen verschiedenen Leben dem jeweils anderen Elternteil so wenig wie möglich preiszugeben. Mittlerweile hatte sich eine Art Routine mit Waffenstillstand eingespielt, der von beiden Seiten respektiert wurde. Und Marius – er konnte sich mit dieser Regelung überall das Beste raussuchen. Erwachsene waren ja schon verdammt leicht gegeneinander auszuspielen.

Als Marius die Wohnungstür mit den bunten Bleiglaselementen aufschloss, kam ihm schon der Duft von frischem Kaffee entgegen.

„Flo hat angerufen“, rief ihm Larissa im Vorbeigehen zu. Sie merkte nicht, wie aufgewühlt Marius war. Sie trug ein Longshirt, das ihre braun gebrannten Beine in ganzer Länge freigab und steuerte das Badezimmer an. Sie war schon in der

Nasszelle verschwunden, als sie nochmals ihren hübschen Kopf aus der Tür streckte und meinte: „Wenn Dein Freund will, könnt Ihr Beiden heute Abend mitkommen ins Living. Ich treffe mich dort mit Studienkollegen. Ich nehme Euch gerne mit.“

„Super“, sagte Marius matt, für den neben Basketball Musik und Abtanzen das Wichtigste auf der Welt waren. Doch im Moment gingen ihm ganz andere Dinge durch den Kopf.

Kapitel 8

Das Living war größer als man dem modernen Glasbau von außen ansah. Links und rechts der kultigen Bartheke, die sich im Eingangsbereich breit machte, führten großzügige Treppen weit nach unten zu einer Tanzfläche, umringt von edel eingedeckten Tischen. Statt Stühlen bestanden die Sitzgelegenheiten meist aus weißen Sitzsofas. Und auch die Tischdecken und Stoffservietten sowie die Blusen, Hemden und Halbschürzen des durchweg jungen Bedienungspersonals leuchteten in strahlendem Weiß. Der Bereich zwischen den Treppen war terrassenförmig angelegt und bot weiteren Platz für die besonders begehrten Tische, an denen man mit Blick durch die Glaskuppel in den Frankfurter Sternenhimmel und auf die angrenzenden Wolkenkratzer stilvoll dinieren konnte.

Diese Glaskuppel wurde kurz vor Mitternacht elektrisch dicht gemacht. Dann wechselte die Musik von lounchiger Hintergrunduntermalung in treibende Tanzrhythmen. Innerhalb weniger Minuten verwandelte sich der vornehme Dining-Room in eine riesige Disko-Höhle mit gleißenden Lichteffekten. Und die vielen, jungen - teilweise überraschend jungen - Menschen, die bislang scheinbar gelangweilt an ihren Tischen gesessen hatten oder irgendwo an der Theke abhingen, erwachten zu plötzlichem Leben und stürmten die Tanzfläche. Das war der entscheidende Vorteil, wenn man im Living einen Tisch reserviert hatte. Während sich Last-Minute-Einsteiger draußen in einer langen Menschenschlange bis zum Eingang und dem Türsteher vorkämpfen mussten, fragte drinnen niemand mehr nach einem Ausweis und ob man nun schon 18 war oder nicht. Drin war drin.

Flo erinnerte sich sehr wohl daran, als Marius und er das erste Mal an dem prolligen Türsteher gescheitert waren. Während er Marius, der einen halben Kopf größer war als Flo, durchgelassen hatte, war für ihn kein Durchkommen gewesen. Leider hatte ihm auch die herbeigerufene Chefin nicht abgenommen, dass er schon volljährig sei und nur seinen Perso vergessen hatte. Unverrichteter Dinge waren sie wieder abgezogen, denn alleine hatte Marius auch keine Lust reinzugehen.

Heute war das super easy gelaufen. Marius und Flo gehörten zu den Privilegierten, die dank der Tischreservierung von Larissas Studienfreund ohne Stress in Pole-Position waren. Die Bedienung hatte zwar ein bisschen dumm geguckt, dass sie zum Essen nur eine kleine Krabben-Suppe bestellten. Aber was soll's. Jetzt hieß es abtanzen!

Marius steuerte ein blondes Mädchen in einer knallengen Jeans an. Flo wiegte sich allein im Rhythmus seiner Lieblingsmusik. Dabei beobachtete er aus dem Augenwinkel eine Gruppe attraktiver Mädchen, die alle als Models durchgingen - so dünn und lang waren sie. Die Dunkelhaarige mit dem aparten Profil meinte er schon mal auf irgendeinem Cover eines Frauenmagazins seiner Mutter gesehen zu haben. Der braun gebrannte Typ mit dem blonden Pferdeschwanz und dem überheblichen Zug um den Mund war vermutlich der Fotograf. Der andere ein Manager oder – keine Ahnung. Auf jeden Fall zogen die auf der Tanzfläche voll die Show ab. Als die Musik von HipHop-Rhythmen mehr in House-Music überging, lümmelten sich die zwei Typen mit einigen der Mädchen auf die bequeme weiße Sitzcouch. Gleich zwei Kellnerinnen kamen herbei und schenkten aus Champagnerflaschen nach, die in einer silbernen Schale auf einer dicken Eisschicht lagen.

Die anderen Mädchen tanzten albern kichernd weiter. Plötzlich – wie aus dem Nichts – stand neben der Dunkelhaarigen mit dem markanten Profil ein kleiner älterer Mann mit Halbglatze und sprach auf sie ein. Flo konnte ihn nur von hinten sehen, aber sein Outfit passte weder in dieses Etablissement, geschweige denn zu dieser dunklen Schönheit. Doch anstatt ihn mit Verachtung zu strafen oder mit eindeutiger Handbewegung wegzuscheuchen, beugte sie sich zu ihm hinunter und flüsterte ihm etwas ins Ohr. Der Mann drehte sich um und verließ die Tanzfläche.

Flo starrte ihm nach. Das glaube ich jetzt nicht, dachte er. Das war doch Gnomi, der Hausmeister von der Sulzbacher Basketballhalle, mit dem sie des Öfteren im Clinch lagen, weil sie ihre Basketballschuhe outdoor wie indoor trugen. Wer wollte schon eine Sporttasche mitschleppen? Duschen nach dem Training, das machten doch nur ein paar Lauchs. Er und Marius hatten keinen Bock auf den Siff in den öffentlichen Duschanlagen. Aber was hatte ausgerechnet dieser nervige Hausmeister mit so einer Edeltante zu schaffen, während er selbst ohne Mädchen hier herumstand? Flo tanzte sich zu Marius vor und versuchte, gegen die Musik anzuschreien: „Hast Du den Gnomi gesehen“?

„Was ist geschehen?“ schrie Marius zurück, offensichtlich bemüht, den Augenkontakt mit dem langhaarigen, blonden Mädchen während des Tanzens zu halten.

Flo wiederholte seine Frage, diesmal noch lauter. Als Marius nur entschuldigend auf seine tauben Ohren zeigte, gab Flo auf. Dann würde er die Story eben später erzählen. Flo sah auf die Uhr: schon kurz nach ein Uhr. Allzu lange wollte er sowieso nicht mehr bleiben. Andererseits, wann war die Gelegenheit schon so günstig wie heute: Seine Eltern nicht zu Hause und Tischreservierung im Living. Übernachten würde er bei Marius auf der Couch. Dessen Vater würde sie morgen früh in die Schule fahren. Der war da echt cool. Manchmal bezweifelte Flo, dass sein eigener Vater in seiner Jugend irgendwelche unvernünftigen Dinge getan hatte. Der war wahrscheinlich schon mit korrekter Bügelfalte und Dienstvorschriften auf die Welt gekommen. Plötzlich fühlte er einen Arm auf seiner Schulter. Es war Marius. Nachdem sich die Langhaarige verabschiedet hatte, erinnerte auch er sich irgendwie dumpf an die Schule morgen, beziehungsweise heute früh.

„Komm, lass uns gehen", sagte er. „Larissa kommt nicht mit, sie pennt bei ihrem Typen. Habe ihr schon tschüß gesagt."

Die beiden Jungs tranken einen letzten Schluck Cola und verließen das Tanzlokal. Obwohl es ein lauer Sommerabend war, erschien ihnen die Luft draußen angenehm kühl. Die Ohren dröhnten noch nach.

„Da läuft er", sagte Flo plötzlich und deutete auf die Gestalt am Ende des Weges.

„Wer läuft?"

„Ach ja, Du hast mich auf der Tanzfläche ja gar nicht verstanden. Der Gnomi, stell Dir vor, der alte Sack hat diese super gut aussehende Model-Frau angemacht. Wo der jetzt wohl hingeht?"

„Wow, Gnomi, der Hausmeister von unserer Basketballhalle? Gibt's das auch in merkwürdig? Komm, dem gehen wir nach." Marius' Spürsinn war erwacht.

Sie folgten der kleinen Gestalt auffällig unauffällig mit unbewegtem Oberkörper und viel zu großen Schritten über die zweispurige Straße, die selbst um diese Zeit noch recht gut befahren war. Die letzte Fahrspur mussten sie rennend überqueren, um gleich wieder in ihren Detektiv-Gang zu verfallen. Gnomi hatte nichts bemerkt. Vorsichtshalber hielten die beiden Jungs genügend Abstand. Als er die nächste Nebenstraße Richtung Bahnhof einbog, beschleunigten sie ihren Schritt, um ihn nicht aus den Augen zu verlieren. Der Hausmeister lief wippend wie immer den Bürgersteig entlang. Statt seiner üblichen Werkzeugtasche trug er eine richtige Aktentasche.

„Du, der geht sicher zu diesem In-Restaurant. Dieses „Heart of Africa", wo meine Mum schon die ganze Zeit ihren Lover hinschleppen will," meinte Marius.

Tatsächlich blieb der Hausmeister vor besagtem Lokal stehen, sah unsicher hoch zu dem großen Restaurantschild über der Eingangstür, um dann etwas zögerlich hineinzugehen.

„Komm, lass uns auch mal reinschauen ..." Marius war nicht mehr zu bremsen.

„Und wenn er uns sieht ...?"

„Gibt's Dich auch in ängstlich? Was soll schon passieren? Er ist ja nicht mal von unserer Schule. Kann uns doch gar nichts." Marius sah die Sache cool.

Also zwängten sich die Beiden durch die halb offen stehende Tür, die mit einem handgemachten Rollo aus grobem Holz bedeckt war. Der Innenraum sah wie ein Berberzelt aus. Lange Stoffbahnen verkleideten die Wände. Und auf den Boden hatte man einfach einige Fuhren Sand gekippt und diesen mit arabischen Sitzkissen ausgelegt. Darauf saß, lag oder lümmelte eine bunt gemischte Ansammlung von Gästen: Studenten und Geschäftsleute jeden Alters, Frankfurter neben Menschen verschiedenster Nationen. Auf niedrigen Tischchen waren Schälchen mit Oliven und irgendwelchen undefinierbaren Gerichten drapiert, die süßlich-scharf dufteten. Kerzen und orientalische Musik unterstrichen die besondere Atmosphäre des Restaurants.

„Wow! Ist das chillig oder ist das chillig?“ stellte Marius bewundernd fest und stemmte seine Arme in die Hüften.

„Dahinten ist er, dort neben der großen Dunkelhaarigen“, sagte Flo leise. Ein milde lächelnder Ober im weißen Kaftan mit spitzer Kapuze und rotem Fez auf dem Kopf schleppte gerade ein paar reich dekorierte Fruchtdrinks an ihnen vorbei. Mit sanftem Blick unter langen Lidern fragte er sie, ob sie reserviert hätten.

Die beiden Freunde verneinten. Erklärten, sie wollten sich einfach mal umschauen. Er nickte nur. Marius und Flo rückten bis zur Bar auf und sahen im Schutz einer Palme, wie der Hausmeister mit der dunkelhaarigen Schönen auf den extrem niedrigen Polstern saß, wobei die junge Frau offensichtlich Mühe hatte ihre gigantisch langen Beine unterzubringen. Während ihrer Unterhaltung zog der Hausmeister plötzlich einen braunen Umschlag aus seiner Tasche und steckte ihn in die Handtasche der jungen Frau. Sie beobachteten das merkwürdige Paar noch eine kurze Weile - dann machten sie sich aus dem Staub, bevor Gnomi sie womöglich doch noch entdeckte. Aber morgen würden sie diese Kommissarin anrufen und ihr von dieser äußerst verdächtigen Begegnung berichten.

Kapitel 9

Trutz Helmer fuhr sich mit dem kleinen Kamm, den er stets in seiner Brusttasche mit sich führte, durch das kurz geschnittene, schwarze Haar. Dabei sah er an dem mehrstöckigen Gebäudekomplex empor, der sich anthrazitgrau und blöckisch wie eine Burg der Neuzeit vor ihm aufbaute. Das Frankfurter Polizeipräsidium lag im Nordend an der Kreuzung Adickesallee und Eschersheimer Landstraße – einem der wichtigsten Straßenknotenpunkte der Stadt. Sehr verkehrsgünstig. Sehr strategisch. Über die Schönheit ließ sich streiten.

Helmer ging schwungvoll durch die große, gläserne Eingangstür und hielt sie galant für eine attraktive junge Frau auf, die das Gebäude gerade verlassen wollte. Sie trug einen knappen schwarzen Minirock und lächelte ihn mehr als dankbar an. Helmer lächelte vielsagend zurück. Er war sich bewusst, dass er auf andere wirkte, als wüsste er genau, was er wollte. Dabei war er bei näherer Betrachtung mehr der Mensch, der sich treiben ließ. Wie ein Stück Holz im Wasser. Immer obenauf. Jederzeit bereit sich zu drehen. Die nächste Welle aufzunehmen, um immer in Bewegung zu bleiben. Schneller voranzukommen. Nur - wohin? Nach zwei Scheidungen und mehreren gescheiterten Beziehungen wusste er das manchmal selbst nicht mehr so genau. Mittlerweile ging es mehr um das reine Ankommen. Besonders bei Frauen. Das fiel ihm bei seinem Aussehen meist nicht schwer. Und beruflich war auch alles im Fluss. Erst kürzlich war er wieder befördert worden. Das Geld konnte er gut brauchen – seine schnellen Autos mussten schließlich finanziert werden. Neben dem 5er BMW, den er als Dienstfahrzeug beim BKA fuhr, hatte er privat einen silbernen AUDI TT und einen alten, grünen Porsche in der Garage, an dem er in seiner Freizeit mit Vorliebe herumbastelte. Eigentlich fand er sich und sein Leben ganz in Ordnung.

Er ignorierte den Aufzug und nahm die Treppe im Eilschritt - immer zwei Stufen auf einmal. Er kannte sich aus. Es war nicht das erste Mal, dass man ihn als Mitarbeiter des Bundeskriminalamtes Wiesbaden beauftragte, hier im PP – wie Insider das Polizeipräsidium Frankfurt kurz und bündig nannten – an einem Fall mitzuarbeiten.

Diesmal war es ein Sonderauftrag wegen des ermordeten Basketballspielers, für den er sich freiwillig gemeldet hatte.
Der Fall Pohl hatte bereits für großes Aufsehen gesorgt und reizte ihn deshalb besonders. Heimtückischer Giftmord. Im Moment noch schwer einzuschätzen. Womöglich gab es internationale Verstrickungen. Schließlich war das Mordopfer amerikanischer Staatsbürger. Das konnte man schon aus politischen Gründen nicht allein der Frankfurter Mordkommission überlassen.

Der junge BKA-Mitarbeiter war oben angekommen. Er ging die langen, breiten Gänge entlang, die für seine Begriffe übertrieben modern und steril waren. Aber so was war Geschmacksache. Forschen Schrittes und mit einem gewinnenden „Hallo“ auf den Lippen marschierte er in die Abteilung der Mordkommission ein.

Alle Blicke richteten sich auf ihn. Er begrüßte die drei Damen, die sich das Großraumbüro mit den hellen Ahornmöbeln teilten. Die Ältere mit der randlosen Brille und der radikalen Kurzhaarfrisur kannte er von seinem letzten Job. Der etwas hageren Blondine war er schon einmal auf einer Blaulichtparty begegnet, wobei er in seinen grauen Zellen krampfhaft nach ihrem Namen und dem Ausgang dieses Zusammentreffens suchte.

Dann war da noch eine Brünette mit Kraushaar, die er noch nie gesehen hatte: jung, groß, gut aussehend und mit aufgeblühten Sommersprossen um die Nase, was Trutz Helmer bei Frauen besonders anziehend fand. Sie musste neu hier sein. Unabsichtlich half sie ihm auf die Sprünge, als sie die blonde Kollegin mit Tina ansprach, was Trutz dankbar aufgriff. Wie sich später herausstellte, war die Neue eine Hospitantin und arbeitete eigentlich bei der Polizei in Wiesbaden. Statt Streife zu schieben, hospitierte sie auf Zeit bei der Kripo Frankfurt. Komisch, dass er ihr in Wiesbaden noch nie über den Weg gelaufen war. Für so was hatte er normalerweise ein Auge.

Helmer sah auf die Uhr. Gleich würde die Sonderkommission gebildet werden. Er überlegte, ob er sich noch schnell einen Kaffee ziehen sollte, bevor er in den großen Besprechungsraum am anderen Ende des Ganges ging. Im gleichen Moment öffnete sich auch schon die Tür des Dienststellenleiters: Udo Bernsdorfer - ein Brocken von einem Mann - bewegte sich mit der tapsigen Schwerfälligkeit eines Grizzlys auf ihn zu.

„Ah, Helmer, da sind Sie ja!“ polterte er von weitem. „Steht Wiesbaden noch ...?“ Ohne eine Antwort zu erwarten, lachte Bernsdorfer köstlich über seinen eigenen Witz und schlug dem jungen Kollegen freundschaftlich auf die Schultern.

Erst jetzt entdeckte Helmer, dass er noch eine junge Kommissarin im Schlepptau hatte, mit der er letztes Jahr in einem Drogenfall zusammengearbeitet hatte. So weit er sich erinnern konnte, hieß sie Nina oder so ähnlich. Neben dem wuchtigen Kriminalhauptkommissar sah sie noch kleiner und schmächtiger aus als er sie in Erinnerung hatte. Die war ja eigentlich nicht so sein Fall. Sehr eigenwillig. Und ihre Ansichten und Untersuchungsmethoden waren ihm - gelinde gesagt - etwas suspekt vorgekommen. Sie schien sich bei ihren Ermittlungen weit mehr auf ihr Bauchgefühl als auf die Gesetze der Logik oder ihren Verstand zu verlassen. Dennoch begrüßte er sie freundlich, während ihm die junge Hauptkommissarin reserviert die Hand reichte und keine Miene verzog.

Na, das kann ja heiter werden, dachte er bei sich. Aber der würde er schon zeigen, wie man so einen Fall aufzieht. Außerdem bestand so eine Sonderkommission aus mindestens zehn Leuten oder mehr. Da waren sicher auch andere dabei, die kooperativer mit ihm zusammenarbeiten wollten. Er sah nochmals interessiert in Richtung der jungen Hospitantin zurück, die – als würde sie seinen Blick spüren – fragend aufsah. Nachdem er ihr ein zwinkerndes Lächeln geschenkt hatte, folgte er den anderen in den großen Besprechungsraum, wo schon einige Kolleginnen und Kollegen mit Kaffeetasse in der Hand warteten.

Kurze Begrüßung allerseits. Dann gab Benina Gatti – Helmer versuchte, sich den Namen dieses Mal richtig einzuprägen - einen kurzen Statusbericht über den Mordfall Dennis Pohl und ließ unter anderem den umfangreichen Obduktionsbericht herumgehen.

Bernsdorfer bedankte sich und verlas die Liste mit den Namen der Mitarbeiter, die aus Frankfurt bis auf weiteres für die Sonderkommission „Pohl" abgestellt und damit von anderen Aufgaben entbunden waren. Helmer stellte er als willkommene Unterstützung vom BKA in Wiesbaden vor. Mit der Begründung, dass Pohl amerikanischer Staatsbürger war und das Bundeskriminalamt bekanntermaßen den internationalen Dienstverkehr mit Polizeibehörden anderer Staaten regelte. Helmers Anwesenheit vor Ort sei deshalb in jedem Fall eine Bereicherung. Benina Gatti würde von der Frankfurter Seite die Leitung der Kommission übernehmen. Das war es fürs erste. Die Versammlung löste sich auf.

„Na, jetzt schauen Sie doch nicht so unglücklich ...“ Bernsdorfer lief neben seiner auffallend schweigsamen Hauptkommissarin den Gang entlang und legte seine Pranke beschwichtigend auf ihre Schultern. „Um das BKA wären wir in diesem Fall eh nicht herumgekommen. Sie machen Ihre Arbeit wie immer.“

Benina sah Udo Bernsdorfer kritisch von der Seite an. Sie hatte diesen Blick drauf, den ihre Mutter immer den „Fernblick“ genannt hatte. „Sie sollten sich mal um ihren Weisheitszahn kümmern“, sagte sie nur und ließ ihren Chef verdutzt stehen. Der griff sich prüfend an die rechte und linke Backe. Was sollte da sein? Er hatte doch kein Problem mit seinen Zähnen. Merkwürdig ...

Kapitel 10

Flo ging an der "Lila Landschaft" vorbei - wie die Sitzgruppe im Eingangsbereicht des Albert-Einstein-Gymnasiums in Schwalbach genannt wurde - und steuerte die Terrarien und Aquarien an, die von der Vivarium AG der Schule betreut wurden. Er hatte sich für das Projekt zwar nicht gemeldet, aber die seltsamen Lebewesen faszinierten ihn immer wieder aufs Neue. Während er an seiner Cola nippte, beobachtete er gedankenverloren den hässlichen Nacktmolch – ein recht seltener, fleischfarbener Axolotl mit langen Kiemenbärtchen. Ganz in Gedanken versunken sah er das große schlanke Mädchen mit den staksigen Streichholzbeinen deshalb erst, als sie direkt neben ihm stand.

„Weißt Du, wo Marius ist ...?" fragte Silja. Sie hatte dichtes schwarzes Haar bis zum Kinn, ein paar freche Sommersprossen um die kleine Stupsnase - und so blanke braune Bambiaugen, als wäre sie die einzig wahre Vorlage für diese japanischen Cartoons im Fernsehen.

Diese Augen waren es, die immer wieder unkontrollierbare Regungen bei Flo verursachten. Wenn sie ihn so wie jetzt mit dieser neugierigen Offenheit ansahen, knipsten sie einen Kippschalter an, der zwischen flauem Magen und wonnigem Glücksgefühl schwindelerregend hin und her wechseln konnte. Dieses Wechselbad der Gefühle machte es ihm schier unmöglich, normal mit ihr zu reden. Oder sie gar zu fragen, was er zu Hause vor dem Spiegel schon so oft geprobt hatte, damit es besonders cool und souverän klingen konnte: Ob sie nicht Lust hätte, nach der Schule ein Eis bei seinem Lieblingsitaliener mit ihm zu essen oder einen Cheeseburger bei Mc'es. Stattdessen brachte er lediglich ein barsches „Woher soll ich das wissen?" hervor. Er erschrak über die eigene Stimme, die sich fremd und abweisend anhörte, und ärgerte sich über die hektischen Flecken, die ihm unangenehm auf dem Hals brannten. Nach den wenigen Stunden Schlaf diese Nacht fühlte er sich eh etwas gereizt und gerädert. Als sie nach ihrer nächtlichen Verfolgungsjagd endlich zu Hause gewesen waren, war ihnen nicht mehr viel Schlaf geblieben, bis der Mörderwecker von Marius zu krähen begonnen hatte.

„Na, dann halt nicht." sagte Silja schnippisch und spuckte mit einem arrogant nachgeschobenen „Pppphh" die Haarsträhne aus, auf der sie herumgekaut hatte - und ging wiegenden Schrittes von dannen.

Flo sah ihr nach - bewundernd und bedauernd zugleich. Außer seiner peinlichen Schüchternheit hielt ihn noch etwas anderes davon ab, sich mit Silja zu verabreden: Silja war die „Ex" von Marius und damit absolutes Tabu für ihn. Schließlich war Marius sein bester Freund. Außerdem hatte sich dieser Ex-Status in den letzten Wochen immer mal wieder geändert. Aber was konnte er gegen seine Gefühle für Silja tun? Na ja, so ungeschickt wie er sich verhielt, würde sie sowieso nie merken, was er für sie empfand.

Er hing in Gedanken immer noch Silja nach, als plötzlich Marius mit seinem breiten Lächeln vor ihm stand. „Ey, Alter, was ist los?" fragte er. „Ist Dein Referat nicht gut gelaufen?"

„Ging schon. Übrigens hat Dich Silja gesucht."

„Ach, die kann mich mal. Die geht mir so langsam echt auf den Sender."

"Ah, ja ..."

„Die weiß nicht, was sie will. Mal bin ich total abgeschrieben. Und dann simst sie mich wieder wegen jedem Quatsch an. Ist halt noch ein Küken. Deswegen rufen wir nach der Schule ja auch gleich diese Kommissarin an ..." Marius grinste und verdrehte vielsagend die Augen.

Benina Gatti war nicht gerade bestens gelaunt, als sie der Anruf der beiden Zeugen im Sulzbacher Mordfall erreichte. Kurz zuvor hatte ihr Chef bekanntgegeben, dass man ihr in dem Fall Pohl einen Spezialisten vom BKA in Wiesbaden zur Seite stellte. Oder sollte man sagen: vor die Nase setzte? Als ob sie den Fall nicht lösen könnte, nur weil es sich bei dem Toten um einen prominenten Basketballspieler handelte und der Mord landesweit für Aufsehen sorgte. Dazu kam, dass sie diesen Trutz Helmer von einem Mord-Fall in der Drogenszene kannte. Ein arroganter Macho-Schnösel, der sich Wunder was auf seine ballermanngebräunte Haut und die paar Muckis aus dem Fitness-Studio einbildete. Frauen schien er sowieso jede kriminalistische Fähigkeit abzusprechen. Ausgerechnet Helmer! Er sah vielleicht für manche Frauen ganz gut aus, aber das war auch schon alles. Doch sie hatte sich nichts anmerken lassen – glaubte sie zumindest. Nach dem Meeting hatte sie ihm wortlos die Akte mit dem Obduktionsbericht hingelegt und war zum Judo-Training nach Bokkenheim gefahren. Dorthin hatte sie auch die beiden Jungs bestellt, die ihr unbedingt etwas „ganz Wichtiges" erzählen mussten und „zufällig gerade in Frankfurt waren." Der Blonde mit dem verschmitzten Lächeln, der sie bei der ersten Befragung so angestarrt hatte, dass ihm fast die Augen aus dem Kopf gefallen wären, wohnte wohl zeitweise bei seinem geschiedenen Vater im Frankfurter Westend. Von dort war es nicht weit zu Beninas Sporthalle. Die beiden Jungs fühlten sich offensichtlich wie kleine James Bonds. Aber nicht unsympathisch. Wären sie zehn Jahre älter, hätte man durchaus noch andere Interessen entwickeln können. Sie ärgerte sich über ihre eigenen Gedanken. Soweit war sie nun schon in ihrem Single-Dasein. Also wirklich! Mit voller Konzentration widmete sie sich fortan dem Training. Es tat gut, die Anspannung der letzten Tage herauszulassen. Das bekam auch ihre Trainingspartnerin zu spüren, die heute einen schweren Stand hatte.

„Ey, nicht übel!“ konnte sich Marius nicht verkneifen, als Benina ihre Gegnerin mit einem gekonnten Armstreckhebel aus der Drehbewegung heraus auf die Matte legte. „Gibt’s das auch in krass?“ Er stand mit Flo johlend am Hallenrand und zeigte mit dem Daumen nach oben.

Wie unbeschwert spontan Jungs in dem Alter doch sein konnten. Und wie sie vor Energie förmlich sprühten, dachte Benina bei sich. Die irritierten Blicke ihrer Sportkameradin störten sie wenig. Sie verabschiedete sich von ihrer Gegnerin mit einer kleinen Verbeugung und stellte sich neben ihre potentiellen Informanten.

In ihrem weißen, gesteppten Stoffkimono wirkte sie auf die Jungs nicht so offiziell wie neulich in der Sulzbacher Sporthalle, wenngleich der schwarze Gürtel großen Eindruck auf sie machte. „Hallo, ihr Beiden! Was gibt’s?“ fragte die Kommissarin betont freundlich, um ihre abweisende Reaktion von heute Mittag wieder gut zu machen.

„Ja, wir haben da vielleicht einen Verdächtigen ...“ Marius sprach übertrieben akzentuiert und mit groß ausladender Gestik, um es so spannend wie möglich zu machen.

„Und wer ist denn der Verdächtige?“ fragte die Kommissarin leicht belustigt.

„Na ja“, übernahm Flo das Wort. „Der Hausmeister der Sulzbacher Halle. Wir haben ihn am Sonntagabend im Living gesehen. Erst hat er auf der Tanzfläche ein Model angemacht und dann hat er sie später im „Heart of Africa“ getroffen und ihr einen Umschlag zugesteckt.“

„Soviel ich weiß, ist das nicht strafbar“, sagte Benina Gatti.

Flo errötete etwas. „Ja natürlich nicht, aber ich dachte ..., wir dachten ..., weil das Mädchen überhaupt nicht zu ihm passte.“

„Das mag sein. Aber der Umschlag könnte ja auch auf etwas anderes schließen lassen ... War dieses Restaurant nicht zufällig in der Nähe des Bahnhofsviertels?“ meinte die junge Kommissarin, ohne ihre Vermutung zu vertiefen.

„Ja, so habe ich das noch gar nicht gesehen.“ Flo kapierte sofort. Wie ärgerlich, dass er nicht selbst auf diese Möglichkeit gekommen war. „Auf jeden Fall war das alles sehr merkwürdig“, schob er trotzig nach und war sichtlich enttäuscht, dass die Kommissarin dieser Begegnung gar keine Bedeutung beimaß, beziehungsweise offensichtlich an eine Prostituierte dachte. „Ach ja“, ereiferte er sich, „dann ist mir noch eingefallen, dass ich am Samstag in dem dunklen Flur der Halle über eine Leiter gestolpert bin. Und zwar bevor wir den Toten gefunden haben. Vielleicht ist ja das wichtig ...“

Jetzt wurde die Kommissarin aufmerksam: „Das kann man wohl sagen. Um die Giftpfeile anzubringen, kann der Täter zweifellos eine Leiter benutzt haben. Aber als wir eintrafen, lag nirgendwo eine herum. Wenn du dir ganz sicher bist, heißt das, der Mörder war vermutlich noch in der Halle, als ihr Beiden Basketball gespielt habt.

Den beiden Jungs wurde mulmig bei der Vorstellung, dass der Mörder zeitgleich mit ihnen in der Halle gewesen sein konnte. Der Fall wurde immer unheimlicher.

„Dass ausgerechnet wir Dennis Pohl gefunden haben, kann

ich immer noch nicht fassen“, sagte Marius, um von diesen unangenehmen Gedanken abzulenken. „Und wir haben ihn nicht einmal erkannt.“

„Apropos Pohl“, sagte Benina Gatti: „War euch bekannt, dass Pohl mit Ann-Katrin Meyer aus eurer ersten Mannschaft verlobt war?“

„Nee, ist ja geil. Hätte ich der gar nicht zugetraut“, antwortete Marius. „Ich habe nur gehört, dass der Pohl mal was mit der Zeidler gehabt haben soll. Aber zusammen mit ihr habe ich ihn nie gesehen. Du Flo ...?“

Sein Freund verneinte.

„Diese Hanni Zeidler spielt doch auch in der ersten Mannschaft?“ wollte die Kommissarin weiter wissen.

„Ja klar, die ist sogar Mannschaftsführerin.“ Diesmal antwortete Flo.

„Angeblich können die Meyer und die Zeidler nicht besonders gut miteinander“, schob Marius nach.

„Ist ja interessant.“ Benina Gatti bedankte sich für die Auskünfte. „Will übrigens einer von Euch nach Sulzbach?“ fragte sie zum Schluss. „Wenn ihr eine Viertelstunde wartet, kann ich euch mitnehmen. Ich muss dort noch was erledigen.“

„Das wäre super, dann müssen wir nicht die S-Bahn nehmen.“ Marius war natürlich sofort dabei. „Unser Coach hat angerufen. Wir trainieren heute Abend im Freien. Die Halle ist ja gesperrt.“

Benina Gatti hielt mit dem silberfarbenen Dienst-BMW direkt vor dem Sportplatz, der sich neben der Halle befand, und ließ Marius und Flo unter den erstaunten Blicken einiger Mannschaftskameraden aussteigen. Marius sah Flo triumphierend an. Wenn das nicht super geklappt hatte!

Bevor Benina Gatti winkend weiterfuhr, meinte sie noch: „Ach übrigens: etwas mehr Schlaf täte euch Jungs sicher gut. Soviel ich weiß ist die Tanzfläche im Living erst ab Mitternacht freigegeben. Lasst Euch mit Euren 16 Jahren mal nicht erwischen!“

Mist, so einer Kommissarin konnte man einfach nichts vormachen.

Kapitel 11

Die Ermittlungen im Fall Pohl liefen auf Hochtouren. Die Tatsache, dass der Tote bei den Frankfurt Skyliners spielte, erweiterte den Kreis der Verdächtigen beträchtlich. Benina Gatti überließ es zwei ihrer Mitarbeiter, die Mannschaftskollegen und die Trainer von Pohl zu befragen. Yannik Gruber und Kerstin Weiss, die Hospitantin, die erst seit vier Wochen in ihrem Team war, brannten darauf, Ermittlungen bei einem der Prestige-Clubs der deutschen Basketball-Szene durchzuführen. Christian Holm hatte sie die Konfiszierung aller Leitern aus der Turnhalle aufs Auge gedrückt. Wenn Benina sich auch nicht viel davon versprach und es darauf sicher nur so von Fingerabdrücken wimmelte, musste man trotzdem jeder Spur nachgehen. Es konnten theoretisch ja auch Spuren des Giftes festgestellt werden.
Einige weitere Mitarbeiter der Sonderkommission führten systematische Befragungen in den Häusern und Wohnanlagen in der Nachbarschaft der Sulzbacher Halle durch. Ein Kripobeamter hatte den Auftrag, die Nachbarn von Ann-Katrin Meyer zu befragen. Einmal, um gegebenenfalls ihr Alibi zu bestätigen. Zum zweiten konnte auch beobachtet worden sein, dass sich jemand an ihrem Auto zu schaffen gemacht hatte. Denn die Untersuchung des alten Polos hatte ergeben, dass der Defekt bewusst herbeigeführt worden war. Sofort, nachdem sich herausgestellt hatte, dass der Tote tatsächlich Dennis Pohl war, hatte die Kommissarin das Auto seiner Verlobten vom Spurendienst abschleppen lassen.

Trutz Helmer forderte über seine amerikanischen Kollegen einen Bericht über das familiäre Umfeld und die Lebensgeschichte und sportliche Laufbahn des Toten an. Bis jetzt wusste er nur, dass Pohls Eltern in Boston lebten und der tote Basketballspieler eine Bilderbuchkarriere mit vielen Stipendien, Auszeichnungen und Titelgewinnen gemacht hatte. Außerdem hatte sich Helmer darum gedrängt, alle Personen zu vernehmen, die einen Schlüssel zur Halle besaßen. Außer diesem Marius Maciewsky, der mit seinem Freund den Toten gefunden hatte, waren das neun Personen: die Trainer und Co-Trainer, der Hausmeister und natürlich dieser Clubvorsitzende Schmieder. Alle sollten nach der Vernehmung auch ihre Fingerabdrücke erfassen lassen und einen Speicheltest absolvieren.

Benina hatte noch überlegt, ob sie Helmer darauf aufmerksam machen sollte, dass die Jungs den Hausmeister im Living gesehen hatten, ließ es aber dann doch sein. Wahrscheinlich würde er das Gleiche vermuten wie sie, dass das angebliche Model wahrscheinlich eine Prostituierte war. Außerdem: sie hatte die Aussagen der Jungs in einer Aktennotiz festgehalten, die er ja jederzeit einsehen konnte.

Benina selbst konzentrierte sich auf den Personenkreis im näheren Umfeld Pohls hier in Deutschland. Nähere Freunde außerhalb der Mannschaftskollegen hatten sich bislang nicht gefunden. Also blieb die erneute Vernehmung der Verlobten Ann-Katrin Meyer. Und natürlich wollte sie auch die angebliche Exfreundin Pohls, diese Hanni Zeidler, befragen. War es womöglich ein Mord aus Eifersucht? Es wäre nicht das erste Mal, dass abgelehnte Liebe in Hass umschlug. Sie wollte beide Frauen zu Hause aufsuchen, um zu vermeiden, dass Helmer sich womöglich in die Gespräche einmischte.

Die Verlobte des Toten lebte mit ihrer Mutter in Bad Soden in einem kleinen, mediterran anmutenden Doppelhaus mit hellrotem Mützendach und blauen Fensterläden. Neben der Eingangstür blühte Oleander in rustikalen Terrakottatöpfen. Das kleine Haus sah so aufgeräumt und schmuck aus, dass es an ein Puppenhaus erinnerte. Benina Gatti schob das weiße Gartentürchen zur Seite, ging die kleine Treppe hoch und klingelte an der Haustür. Es dauerte eine geraume Zeit, bis sich die blaue Haustür einen schmalen Spalt breit öffnete. Eine elegant gekleidete Frau mittleren Alters mit tadellos frisiertem, grau meliertem Haar sah sie argwöhnisch an. Erst als die Kommissarin ihren Ausweis zückte und nach Ann-Katrin fragte, wurde die Sicherheitskette ausgehängt und die Tür ganz aufgemacht. Die Frau war die Mutter von Ann-Katrin Meyer. Sie bat die Kommissarin, in der Diele zu warten und ging nach oben.

Kurz darauf kam ihre Tochter die Holztreppe herunter. Sie war von den Ereignissen der Vortage gezeichnet: die Augen rot geweint, kraftlos ihr Blick und ihre Aura. Benina Gatti hatte bis zuletzt gehofft, dass sich ihre Befürchtungen als grundlos erweisen würden und Dennis Pohl gesund und munter wieder auftauchen würde. Um der Schwangeren die Identifizierung zu ersparen, hatte die junge Kommissarin kurzfristig zwei Teamkameraden von Dennis Pohl aufgetrieben, die ihn anhand eines Tattoos auf dem Oberarm und einer kleinen Anomalie am kleinen Zeh hatten identifizieren können. Die DNA-Analyse hatte endgültig bestätigt, dass es sich bei dem Toten um den verschwundenen Basketballspieler handelte.

In dem puppenhaften Haus wirkte Ann-Katrin auf Benina Gatti noch riesiger. Sie konnte es sich nicht verkneifen zu fragen, wie groß sie sei.

„2,08 m“ antwortete Ann-Katrin monoton. „Kann ich sonst noch etwas für Sie tun?“

„Tut mir leid, dass ich Sie nochmals stören muss, Frau Meyer, aber wir haben mittlerweile den Untersuchungsbericht für Ihr Auto vorliegen.“ Benina Gatti räusperte sich: „Ihre Panne war nicht zufällig. Die Benzinleitung wurde offensichtlich manipuliert. Ein Nachbar will morgens um fünf Uhr ein Motorrad gehört haben. Wir können aber noch nicht sagen, ob es da einen Zusammenhang gibt. Es sieht so aus, als ob jemand mit allen Mitteln verhindern wollte, dass Sie rechtzeitig zur Verabredung mit Ihrem Verlobten kommen konnten."

Ann-Katrin zeigte kaum eine Reaktion, wurde lediglich noch blasser. Ihr Energiefeld war nur noch ein fahler Schleier.

„Frau Meyer, wer hat von Ihrer Verabredung am Samstagmorgen mit Dennis Pohl gewusst ...?"

„Niemand, so viel ich weiß." Die Worte kamen leise und wie von weit her.

„Und der Hallenschlüssel ...?"

„Den habe ich – wie ich Ihnen schon gesagt habe - von unserem Trainer ausgeliehen. Aber ich bin mir ganz sicher, dass ich Jens nicht erzählt habe, dass ich mit Dennis trainieren wollte. Das Einzige ...", sie zögerte: "Mein Trainer machte so merkwürdige Andeutungen, als ob er schon wüsste, dass ich schwanger bin. Vielleicht habe ich es mir auch nur eingebildet."

„Und Hanni Zeidler haben sie auch nichts von Ihrer Verabredung erzählt ...?" Die Kommissarin war gespannt, wie Ann-Katrin auf diese Frage reagieren würde.

„Nein, der schon zweimal nicht." Ann-Katrin konnte die Abneigung gegenüber ihrer Teamkollegin nicht verheimlichen. „Die stellte Dennis doch immer noch nach."

„Können Sie sich vorstellen, Frau Meyer, dass Frau Zeidler mit der Ermordung Ihres Verlobten irgendetwas zu tun hat ...?" Bildete sie es sich nur ein oder hatte Benina Gatti gerade den Kopf von Ann-Katrins Mutter im dunkleren Hinterbereich der Etage gesehen?

„Ich weiß nicht, so was Abscheuliches trau ich nicht mal Hanni zu, obwohl die schon ein Typ ist, der über Leichen geht.“ Sie lächelte matt, als ihr die unfreiwillige Doppeldeutigkeit ihrer Worte bewusst wurde.

„Vielen Dank, Frau Meyer. Ihr Auto brauchen wir für unsere Ermittlungen übrigens nicht mehr. Sie können es durch Ihre Werkstatt abholen lassen. So viel ich weiß, ist es ja nicht fahrbereit. Oder Sie sagen uns, wohin wir es bringen sollen. Rufen Sie einfach im Präsidium an. Und wenn wir noch Fragen haben, melden wir uns.“

Kapitel 12

Die Kommissarin sah auf ihre Namensliste: Bis zum Wohnort von Hanni Zeidler war es nicht weit. Sie wohnte in Kronberg, mit dem Auto gut zehn Minuten von Bad Soden entfernt. Es bot sich an, die Befragung der Mannschaftsführerin und Teamkollegin von Ann-Katrin Meyer gleich folgen zu lassen. Zumal es da einige Spannungen zwischen den Teamkameradinnen zu geben schien.

Trotz des eingebauten Navigationssystems hatte Benina Gatti Probleme, das Haus im Fünfginsterpfad zu finden. Die vielen Einbahnstraßen waren Teil eines verwinkelten Labyrinths, in dem sich immer wieder neue idyllische Ecken und schmale Sträßchen mit Kopfsteinpflaster eröffneten. Die steile Altstadt, in die sie mit ihrem Dienst-BMW abgedriftet war, hatte für sie fast schon etwas Italienisches. Sie erinnerte sie sogar ein bisschen an den Heimatort ihres Vaters, wo sie als Kind oft bei Verwandten die Sommerferien verbracht hatte.

Benina musste zurück zu der Straße oberhalb des Stadtparks mit den wunderschönen alten Bäumen, vorbei am Golfplatz und dem Schlosshotel. Eine kleine Stichstraße führte sie schließlich zu einem verklinkerten Gebäude mit schwarzem Walmdach, das einsam und verlassen am oberen Waldrand der idyllischen Taunusstadt lag.

Die junge Kommissarin drückte auf die Klingel neben dem riesigen, schmiedeeisernen Gartentor. Auf dem Treppenabsatz erschien ein alter Mann, der an diesem diesigen Morgen einem Kafka-Roman entsprungen zu sein schien: gebückt, finster dreinblickend und mit säuerlich verkniffenem Mund. In der Hand hielt er einen Stock mit Messingknauf, auf den er sich beim Laufen stützte. Vielleicht war sie ja falsch hier.

Als sie sich als Kriminalkommissarin auswies und den Grund

ihres Besuches nannte, war der Alte auf einmal überaus freundlich und zuvorkommend, was aber nichts an der trüben Ausstrahlung seiner Aura änderte. „Meine Tochter kommt erst in einer halben Stunde zurück“, sagte er beflissen. „Sie können aber selbstverständlich so lange hier warten.“ Er drückte auf einen Knopf und das schmiedeeiserne Gartentor öffnete sich wie von Geisterhand, indem es fast lautlos zur Seite schwebte.

Nicht gerade ein junger Vater, dachte Benina Gatti bei sich, als sie ihm durch einen dunklen Gang im Haus folgte. Darüber konnten auch die schwarzen, offensichtlich gefärbten Haare nicht hinwegtäuschen. Er führte sie in ein holzgetäfeltes, altdeutsch eingerichtetes Wohnzimmer und bot ihr einen Kaffee an. Ein Mineralwasser hätte ihr genügt, aber während er den Kaffee aufbrühte, konnte sie sich ungestört in dem Raum umsehen.

Auf dem Kaminsims standen silbern gerahmte Fotos. Ein hübsches Kind mit dunklen Haaren und ernsten, hellblauen Augen blickte sie in unterschiedlichem Alter an. Das musste seine Tochter sein: als ungewöhnlich großes, pausbäckiges Baby, die ersten Schritte, bei der Einschulung mit Schultüte. Die neueren Bilder zeigten Hanni Zeidler als erfolgreiche Basketballspielerin in typischen Siegerposen oder mit Pokalen in der Hand. Auf allen Fotos war nur das Kind. Von einer Mutter nichts zu sehen. Auf einem Foto saß das Mädchen auf den Knien einer mit einem durchsichtigen Schleier vermummten Gestalt, eine Pfeife im Mund. Wohl eine Art Imkerkluft. Unwillkürlich sah Benina zum großen Wohnzimmerfenster hinaus, das von oben bis unten vergittert war. Bei der Waldrandlage war das Haus sicher sehr einbruchgefährdet. Tatsächlich entdeckte sie im nahen Garten grün gestrichene Holzkästen mit unterschiedlichen Farbmarkierungen, die wie Bienenstöcke aussahen.

„Sie sind Hobby-Imker, Herr Zeidler?“ fragte Benina und rührte in dem Kaffee, den er ihr gerade zusammen mit Zucker und Kondensmilch auf den niedrigen Couchtisch gestellt hatte.

„Ich bin Doktor der Biologie“, sagte Zeidler eitel von oben herab. „Bienen sind mein Fachthema, über das ich einige wissenschaftliche Artikel und ein Buch geschrieben habe.“ Zeidler fixierte sie mit seinen Wieselaugen. Trotz seines Alters und der körperlichen Gebrechen hatte er eine so dominante Autorität, dass es Benina neben ihm fast die Luft nahm. Deshalb folgte sie gerne seinem Vorschlag, sich draußen die Bienenstöcke anzusehen.

Zeidler hinkte an seinem Stock vor ihr her über die Terrasse zum Garten. Er ging zu den bunten Holzkisten und zog ohne Scheu vor den Bienen eine Schublade heraus. Ein paar der Insekten, die auf den Waben sitzen geblieben waren, verscheuchte er mit der bloßen Hand. Dann kam er mit der Lade zu ihr – sie war vorsichtshalber ein paar Schritte entfernt stehen geblieben.

„Nur keine Angst, Frau Kommissarin. Wir wissen doch: Das wirklich starke Geschlecht sind die Frauen.“ Er verzog sein Gesicht, was wohl als Lachen durchgehen sollte. Dann hielt ihr der Alte fast triumphierend das Innenleben des Stocks vors Gesicht.

Benina versuchte, ihre Abneigung gegenüber Insekten zu überwinden und das monotone Summgeräusch in der schwülen Mittagsluft zu ignorieren. Sie sah, dass manche Waben mit Honig gefüllt waren. Andere waren bereits mit Wachs verschlossen.

„Schauen Sie sich diese Wachsschicht an“, sagte Zeidler jetzt und deutete auf die verschlossenen Zellen. „Bei diesen heißen Temperaturen müssen die Bienen dafür sorgen, dass sie nicht schmilzt. Die Arbeiterinnen tragen deshalb permanent Wasser in den Stock, um die Waben zu kühlen. Das funktioniert wie eine kleine Klimaanlage.“

Benina lauschte interessiert und ließ ein erstauntes „Ah ja“ vernehmen.

„Das hier“, fuhr Zeidler fort, „das sind Zellen, in denen junge Bienen heranwachsen. Die großen Zellen sind für die Königinnen. Man nennt sie auch Weiselnäpfchen“, erklärte der Alte. „Wussten Sie, dass allein die Größe der Wabe und die Nahrung darüber entscheiden, ob es eine Arbeiterin oder eine Königin wird ...?“

„Na, hat mein Vater wieder ein Opfer für seine wissenschaftlichen Erkenntnisse gefunden?“ Sie hatten Hanni Zeidler nicht kommen hören, die plötzlich wie aus dem Nichts neben ihnen stand. Sie begrüßte ihren Vater mit einem flüchtigen Kuss auf die Wange, wobei sich die athletische Basketballspielerin tief bücken musste.

Benina Gatti musterte sie mit offener Neugier. Die Mannschaftsführerin des BC Sulzbach war noch größer als Ann-Katrin Meyer. Sie hatte dunkle, lockige Haare, zu einem Pferdeschwanz zusammengebunden. Ihre stahlblauen Augen waren sehr eindringlich und übten auf Benina eine seltsame Faszination aus, der sie sich schwer entziehen konnte. Überhaupt war die junge Frau vor ihr zweifellos eine sehr attraktive und selbstbewusste Person mit starker Ausstrahlung. Doch das flammende Fuchsienrot ihrer Aura hatte etwas Unnahbares.

Dr. Zeidler schob in aller Ruhe die Waben zurück und wandte sich dann an seine Tochter: „Hanni, das ist Frau Gatti von der Mordkommission. Sie will Dir ein paar Fragen stellen."

„Dann tun Sie, was Sie nicht lassen können." Hanni Zeidler hatte nicht gerade einen verbindlichen Ton. Auch ihre Aura signalisierte Benina Reizbarkeit und Misstrauen. Warum war sie so genervt?

„Vielleicht können wir ja ungestört ...?" Benina zeigte auf das Wohnzimmer.

„Befragen Sie mich ruhig in Anwesenheit meines Vaters. Wir haben keine Geheimnisse."

Benina Gatti ließ sich von Hanni Zeidlers forscher Art nicht aus dem Konzept bringen: „Frau Zeidler, Sie kannten Dennis Pohl, der letzten Samstag getötet wurde – umgebracht in derselben Basketballhalle, in der auch Sie trainieren?"

„Klar, kennen sich die Leute in der Szene. Und Dennis war ja nicht gerade der Unbekannteste."

„Um deutlicher zu werden, Frau Zeidler, hatten Sie ein Verhältnis mit Dennis Pohl ...?"

„Ich war ein paar Mal mit ihm aus, wenn Sie das meinen. So viel ich weiß, ist das nicht verboten."

„Gab es deshalb Auseinandersetzungen mit Ihrer Mannschaftskollegin Ann-Katrin?"

„Nun ja, ich habe ihr ein paar mal gesagt, was ich von ihm halte."

„Und – was hielten Sie von ihm?“ Die Kommissarin sah sie neugierig an.

„Wenn Sie es genau wissen wollen: nicht viel. Der hat bei Ann-Katrin einen auf große Liebe gemacht – und dann baggert er mich bei der nächsten Gelegenheit an. Ich habe ihr gesagt, dass sie besser die Finger von ihm lassen sollte. Aber sie dachte nur, dass ich ihr den Typen ausspannen wollte. Als ob ich das nötig hätte!“ Hanni Zeidler ließ ein höhnisches Lachen hören.

„Tut mir leid, Frau Zeidler, aber ich muss Sie fragen, wo Sie Samstagmorgen zwischen fünf und neun Uhr waren.“

„Steh' ich jetzt unter Mordverdacht? Das ist ja lächerlich!“ Hanni funkelte die junge Kommissarin mit ihren Kristallaugen an, während sich ihre Aura in zorniges Rotbraun verfärbte.

„Reine Routine“, gab die Kommissarin zurück. Die Frau vor ihr konnte es offensichtlich nicht ertragen, wenn man sie in Frage stellte. Oder es war Strategie. Nach dem Motto: Angriff ist die beste Verteidigung.

„Na schön“, beruhigte sich Hanni Zeidler. „Samstag zwischen fünf und neun - da war ich hier. Mein Vater kann das bestätigen.“ Hanni Zeidler sah den Alten auffordernd an.

„Ja, ja sicher“, meinte der alte Zeidler. „Meine Tochter hat bis halb acht Uhr geschlafen. Wir haben zusammen gefrühstückt und später hat sie mir beim Umsiedeln eines Bienenvolkes geholfen.“

Benina Gatti hatte das unbestimmte Gefühl, dass diese Aussage zu prompt kam. Zu abgesprochen klang. Aber Vater und

Tochter blickten sie mit der größten Selbstverständlichkeit an.

„Ach ja: fährt jemand von Ihnen ein Motorrad ...?“

Bevor seine Tochter antworten konnte, kam ihr Zeidler zuvor: „Ich habe in der Garage noch eine alte BMW herumstehen. Gefahren wird die aber schon ewig nicht mehr.“

„Haben Sie etwas dagegen, wenn wir das untersuchen? Unsere Spurensicherung kann in einer halben Stunde hier sein.“

Während man Hanni Zeidler ansehen konnte, dass wieder Unmut in ihr aufstieg, sagte ihr Vater nur süffisant: „Kein Problem!“

Kapitel 13

Albert Pohl war ein typisch amerikanischer Geschäftsmann der Ostküste. Dunkler Anzug mit Nadelstreifen, runde Hornbrille auf der markanten Nase – eine Ledertasche in der Hand, die Schuhe auf Hochglanz poliert. Sein schwarz gewelltes Haar trug er pomadig streng nach hinten gekämmt. Hinter der dicken Brille versteckten sich wache Augen, die Benina unfreundlich musterten. Das war also der Vater des Mordopfers.

„Mein herzliches Beileid, Herr Pohl“, begann die junge Kommissarin voll Mitgefühl und streckte ihm die Hand entgegen.

Albert Pohl zögerte, schüttelte die Hand nur widerwillig: „I haven’t got time for small talk, Lady. Lots of things have to be done”, sagte er widerstrebend.

Benina entschuldigte sich auf Englisch, dass sie vorausgesetzt hatte, dass er Deutsch spräche. Sie sah die große emotionale Spannung, unter der dieser Mann stand. Mit stumpfen Farben und bizarren Formen zeichnete seine Aura ein Bild der Wut und Verzweiflung. Es kostete ihn viel Überwindung, bis er schließlich mit stark amerikanischem Akzent, aber gut verständlichem Deutsch sagte:

„Ich hatte mir geschworen, nie mehr deutschen Boden zu betreten. Meine ganze Familie ist in Konzentrationslagern umgekommen. Ich bin bei Verwandten in Boston aufgewachsen.“

Wie immer in solchen Situationen fühlte sich Benina hilflos. Was sollte sie sagen ...? Dass ihr Vater Italiener war? Dass sie noch gar nicht geboren war, als all diese unfassbaren Gräueltaten in Auschwitz, Buchenwald und anderswo geschahen? Wieso sollte das an der Einstellung dieses Mannes etwas ändern? Schon gar nicht jetzt, wo sein Sohn hier auf so tragische Weise ums Leben gekommen war. Sie atmete tief durch. Versuchte ihren Job zu machen: "Hat ihr Sohn Ihnen gegenüber jemals irgendwelche Drohbriefe erwähnt?"

Albert Pohl sah sie an, als wäre er kein bisschen überrascht. „Nein, hat er nicht. Aber ich wollte überhaupt nicht, dass er diesen Vertrag hier in Frankfurt annimmt. Er hätte in Los Angeles spielen können. In Denver. Überall. Aber nein, er wollte unbedingt hierher. Er hat mir nie etwas erzählt. Er wusste, wie ich zu seiner Entscheidung stand. Als hätte ich es geahnt ...“
Nach einer Weile fuhr er fort: „Dennis soll in USA beerdigt werden. Seiner Mutter bricht sein Tod das Herz.“ Seine Stimme drohte zu kippen. „Sagen Sie mir, wann ich ihn überführen lassen kann.“

„Eigentlich ist Herr Helmer für die internationale Koordination zuständig.“

„Er schien nicht da zu sein. Man hat mich zu Ihnen geschickt.“

„Natürlich werde ich dafür sorgen, dass Sie sofort informiert werden, wenn der Leichnam freigegeben wird. Hinterlassen Sie bitte, wohin wir Ihnen eine Nachricht übermitteln können.“

Pohl nannte das Hotel, in dem er abgestiegen war.

Benina notierte es auf einem Zettel. „Ach ja, noch etwas“, sagte sie zu Pohl gewandt: „Im Moment können Sie leider nicht in die Wohnung ihres Sohnes. Sie ist noch versiegelt. Sobald die Untersuchungen abgeschlossen sind, übergeben wir Ihnen die Schlüssel. Übrigens hatte noch jemand einen

Schlüssel zu seiner Wohnung. Eine gewisse Ann-Katrin Meyer hat Ihren Sohn als vermisst gemeldet. Sie sagt, dass sie mit Ihrem Sohn verlobt war."

„Mir hat Dennis nichts von einer Verlobung erzählt." Der Vater des Ermordeten war offensichtlich nicht an der Beziehung seines Sohnes interessiert. Er wollte in dieser Stadt nichts anderes als sein totes Kind nach Hause zu holen. Dennoch drückte ihm Benina Ann-Katrins Adresse und Telefonnummer in die Hand. Albert Pohl steckte sie widerwillig in ein Seitenfach seiner Ledertasche und verabschiedete sich.

Benina geleitete ihn noch bis zum Aufzug. Prompt lief sie Trutz Helmer in die Arme, der ihr mit einer abwehrenden Handbewegung signalisierte, dass er jetzt absolut keine Zeit hätte. Er geleitete gerade einen grauhaarigen, hageren Mann in schwarzer Hose und weißem Poloshirt zur Vernehmung in ein separates Besprechungszimmer. Das musste der Basketballtrainer der ersten Damenmannschaft sein, ein gewisser Jens Migalla. Benina hatte es auf dem Belegungsplan gelesen. Auch der Co-Trainer Krey und der Hausmeister der Basketballhalle, den sie schon von Sulzbach kannte, waren heute einbestellt. Benina war gespannt, was bei den Vernehmungen herauskam, hatte aber absolut keine Lust, sie gemeinsam mit Helmer zu führen.

Kapitel 14

Donnerstagabend. Das erste Training nach dem Mord in der Halle von Sulzbach. Das Siegel an der Tür war verschwunden, der Boden von den Kreidespuren gereinigt, die die Lage des Ermordeten markiert hatten. Der hintere Basketballkorb war nagelneu - als Ersatz für den von der Kripo konfiszierten.

Olaf Schmieder, der erste Vorsitzende vom BC Sulzbach, hatte noch eigenhändig die Kerzen und Blumen neben dem Eingang entsorgt, die Dennis-Pohl-Fans dort als Zeichen ihrer Trauer aufgestellt hatten. Rein äußerlich erinnerte nichts mehr an den Mord in dieser Halle und dem Spielfeld, auf dem üblicherweise zu dieser Zeit die U 16 Mädchen trainierten. Aber in den Köpfen war alles präsent. Der Korb war für die jungen Spielerinnen wie unsichtbar vernagelt. Kaum eine schaffte es, den Ball durch den Ring des Korbs zu werfen. Ihr Trainer verzweifelte fast. Migalla, der Trainer der ersten Damenmannschaft, der auch die Mädchen der U 16 unter seine spezielle Obhut genommen hatte, schaute nur kurz herein und ging dann frustriert wieder, weil absolut nichts lief. Offensichtlich war es doch zu früh gewesen, das Training wieder aufzunehmen. Aber die Punktespiele gingen ja auch weiter. Jetzt kurz vor der Sommerpause mussten noch ein paar Siege eingefahren und wertvolle Punkte gemacht werden.

Bei den Jungs der U 18 war es nicht viel besser. Tom – ihr amerikanischer Coach - zog sein Trainings-Programm durch: erst ein paar Runden Laufen, Stretching, einige Sit-ups. Dann versuchte er mit den Spielern Standardstellungen einzustudieren. Es half nichts. Selbst in dem abschließenden Trainingsspiel Grün gegen Orange, wollte kein Spielfluss aufkommen. Marius, der durch Flos Zuspiel mehrmals in eine gute Wurfposition kam, schaffte es einfach nicht, den Korb zu machen. Er warf entweder an die Wand oder voll darüber.

Ein Luftball nach dem anderen. Hae-Soe, ebenfalls in ihrem Team, vergab mehrere Strafwürfe. Einzig Lenny und Mehmet von der Gegnermannschaft ließen sich nicht aus dem Konzept bringen. Zweimal setzte sich Mehmet im Alleingang durch, indem er den Ball hoch über seine Gegner warf. Doch die Abwehrspieler machten nicht einmal den Ansatz eines vernünftigen Blocks. Lenny punktete als Flügelspieler mit einem Dreier und entschied das Spiel zu Gunsten der Grünen. Die Stimmung blieb mau. So pünktlich hatten sie selten Schluss gemacht.

„Ciao, Alter!" verabschiedete sich Marius mit einem mageren Abklatscher auf die fünf Finger von Flos Hand draußen vor der Halle. „Und vergiss nicht, die Karten für Samstag zu besorgen."

Flo hatte die Tickets für das Master-Match Frankfurt Skyliners gegen ALBA Berlin schon letzte Woche telefonisch reserviert. Das war in der Basketball-Bundesliga einfach das Spiel der Spiele. Berlin war Tabellenführer und Frankfurt stand auf Platz 4. Letztes Jahr hatte Frankfurt beim Heimspiel gegen ALBA Berlin gewonnen und am Ende der Saison nur ganz knapp die Meisterschaft verpasst. Wie das Spiel nach dem Tod von Dennis Pohl ausgehen würde, war schwer einzuschätzen. Marius und er hatten lange überlegt, ob sie wirklich hingehen sollten. Als die Frau aus dem Ticketshop gestern anrief, ob er die Karten haben wollte, sagte Flo dann doch zu.

Marius winkte seinem Freund nochmals und verschwand im Auto seines Vaters. Flo sah den Beiden nach. Er hatte dankend abgelehnt, von ihnen nach Hause gebracht zu werden. Stattdessen ging er mit Lenny und weiteren Spielern seiner Mannschaft Richtung S-Bahn. Vor ihnen lief Silja in einem bauchfreien Top und Jeans – die Trainingstasche halboffen.

„Hey, Du hast Deine Anti-Babypillen verloren“, unkte Lenny, der plötzlich stehen blieb und schnell die Packung aufhob, die vor ihm auf den Boden gefallen waren.

„Gib her“, sagte Silja ärgerlich und wollte sie ihm aus der Hand reißen. „Das sind die Mineraltabletten vom Coach.“

Doch Lenny war schneller und zog die Hand weg. „Aha, Royalis“, las er betont langsam. „Ist das eine neue Sorte?“

„Ey, Lenny, Du Lauch! Gib sie ihr!“ griff Flo ein. Er schnappte Lenny die weiße Packung mit den roten Strichen aus der Hand und überreichte sie Silja.

„Danke“, Silja war sichtlich überrascht über die unerwartete Hilfe und schenkte Flo ein Lächeln, das seine Beine zu Gummi machte. Er merkte kaum, dass ihm Lenny einen ärgerlichen Knuff in die Rippen gab, weil er ihm die Show versaut hatte.

Sie liefen weiter zur S-Bahn-Station und nahmen die S 3. Außer Hae-Seo und ihm stiegen alle in Schwalbach aus. Flo sah Silja nach. Sie schien seine Blicke zu spüren, denn sie drehte sich noch einmal um, sah ihn mit ihren rehbraunen Augen an und winkte ihm kurz zu. Flo hob zaghaft die Hand. Hae-Seo winkte heftig mit. Offensichtlich fühlte er sich auch angesprochen.

Irgendwie ging es Flo jetzt besser. Vielleicht war sein Vater sogar schon von seinem Flug zurück und wartete zu Hause auf ihn. Dann würden sie zusammen essen, und er könnte ihm endlich erzählen, was die letzten Tage alles passiert war. Na ja, nicht alles. Das mit dem Living behielt er besser für sich.

Kapitel 15

Marius und Flo standen erwartungsvoll in der langen Schlange vor der Ballsporthalle Höchst, wo das Match Frankfurt Skyliners gegen ALBA Berlin ausgetragen werden sollte. Vor und hinter ihnen Fans im blau-weißen Outfit: Skyliners Trikots, Skyliners Basketball-Kappen, Skyliners Schals. Einige hatten sich zum Zeichen der Trauer für ihren ermordeten Basketball-Star ein Kreuz aufgemalt oder das Gesicht schwarz geschminkt. Selbst Fans im Trikot der Berliner trugen ein schwarzes Kreuz auf Stirn oder Glatze. Alle waren ungewöhnlich schweigsam.

Eine Gruppe von jungen Mädchen stand etwas abseits - dort wo auch die brennenden Kerzen, Blumen und Plüschtiere sich häuften. Die Mädchen hatten Spruchbänder aufgerollt: Dennis, wir lieben Dich. Dennis, wir vergessen Dich nicht! Dennis, you were simply the best! Daneben zwei Motorradfahrer in eigenwilliger Lederkluft und schwarz verspiegelten Helmen, die gemeinsam eine Stofffahne mit undefinierbaren roten Zeichen hochhielten. Auch in der Warteschlange sah man Transparente und Schilder: Komm zurück Spider! Dennis, wir rächen Dich! Fast schon furchterregend: die Glatzentypen, die eine schwarze Fahne mit weißem Totenkopf schwenkten.

Presseleute überall - auch dieser Reporter vom SCREEN war da. Foto- und Filmkameras hielten den gespenstischen Trauermarsch fest. Wobei ‚Marsch' das falsche Wort war - seit über fünfzehn Minuten ging rein gar nichts mehr voran. Einige der Fans hatten sich auf den Boden gesetzt, eine Zigarette angezündet oder starrten Löcher in den frühen Abendhimmel.

Plötzlich rasten von allen Seiten Streifenwagen mit Blaulicht herbei. Merkwürdigerweise ohne Martinshorn. Ein Polizist in Uniform und Flüstertüte gab den fassungslosen Fans die Anweisung, dass sie unverzüglich den Eingangsbereich räumen müssten. Kurz darauf stürmte aus einem großen Bereitschaftswagen ein Einsatzkommando das sternförmig ausströmte und in kürzester Zeit die Halle umstellt und die Eingänge besetzt hatte.

Flo und Marius verfolgten mit offenem Mund das Szenario um sie herum, während sie in der Menge zurück zum Eingang geschoben wurden. Direkt vor ihnen hielt ein silberner BMW. Eine junge Frau mit rotbraunen Haaren stieg aus: die Gatti. Fast hätte die Kommissarin die Beiden über den Haufen gerannt.

„Was macht Ihr denn hier?“ fragte sie überrascht und blieb abrupt stehen.

„Wir wollten uns das Spiel ansehen“, antwortete Flo, wie um sich zu rechtfertigen.

„Was geht denn hier ab?“ wollte Marius neugierig wissen. Doch obwohl es diesmal keine rhethorische sondern eine echte Frage war, erhielt er keine Antwort. Benina Gatti warf ihm nur ein kurzes „Keine Zeit“ entgegen. Eilig stürmte sie durch die Absperrung, an der jetzt zwei Streifenpolizisten standen. Sie schienen sie zu kennen, denn sie nickten ihr zu und ließen sie ohne Verzögerung durch.

Mehr erfuhren die beiden Jungs erst am nächsten Morgen auf der Titelseite des SCREEN. Jonas Beyerle war jetzt voll in seinem Element – schließlich war der Reporter live dabei gewesen.

Giftanschlag beim Spiel der Giganten
Schlägt der Basketball-Mörder wieder zu?

Neben dem dreispaltigen Artikel das Bild der trauernden Fans vor der Ballsporthalle mit den Kerzen und Transparenten sowie ein Bild des ermordeten Dennis Pohl. Angeblich forderte ein Erpresser eine Million Euro in kleinen Scheinen und drohte mit weiteren Giftanschlägen, sollte man seiner Forderung nicht nachkommen.

Würden jemals wieder Basketballer gegeneinander spielen können, ohne vorher in den Korb gesehen zu haben? Wer konnte sich nach diesen Ereignissen noch mit jugendlicher Unbekümmertheit an den Metallring hängen?

Eine der beliebtesten Ballsportarten der Welt verursachte plötzlich eine Gänsehaut. Jonas Beyerle konnte zufrieden sein. Das waren Ereignisse, wie sie einem Großstadtjournalisten schmeckten.

Kapitel 16

Auch Benina Gatti hatte den SCREEN auf ihrem Schreibtisch liegen. Die meist verkaufte Boulevard-Zeitung Deutschlands, deren rote Farbe schon verriet, um was es heute in der Welt ging: Um Blut. Um Sex. Um Sensation. Nur eine schlechte Nachricht war eine gute Nachricht. Die Kommissarin warf einen geringschätzigen Blick auf die Titelseite. Mit Grauen dachte sie an die Hauruck-Aktion von gestern Abend.

Eine Stunde vor Spielbeginn war die Giftdrohung telefonisch bei den Sportveranstaltern eingegangen. Ein Anrufer hatte mit offensichtlich verstellter Stimme gedroht: "Eine Million Euro - oder der nächste stirbt am Korb! Wir melden uns ...“ Dann hatte der Anrufer einfach aufgelegt.

Vor dem Mord an Dennis Pohl hätte man diese Nachricht vielleicht als üblen Scherz abgetan. Jetzt verständigten die Verantwortlichen sofort die Polizei. Udo Bernsdorfer, der Chef der Mordkommission, war ausgerechnet an diesem Tag in Urlaub - Benina zu diesem Zeitpunkt beim Judo-Training in Bockenheim. Also ging die Nachricht direkt an Trutz Helmer weiter, der ohne Zögern sofort ein ganzes Einsatzkommando mobilisierte. Absperrung der Eingänge, Räumung des Eingangsbereiches - eben das volle Programm. Natürlich hatten die Leute von der Spurensicherung dieses Mal zielstrebig die Basketballkörbe angesteuert – und waren schnell fündig geworden. Bei Beninas Eintreffen in der Ballsporthalle wurde gerade der Korb im hinteren Basketballfeld abgeschraubt, damit die daran angebrachten Pfeile im Labor näher untersucht werden konnten.

Trutz Helmer hatte sie wie der große Zampano begrüßt. Alles unter Kontrolle - alles im Griff. Herr Krisenmanager in Höchstform. Es war für Benina das Beste gewesen, ihm das

Feld kampflos zu überlassen. Sie hatte lediglich noch die Leute von der Spurensicherung angewiesen, sämtliche Leitern zu konfiszieren, um sie auf Fingerabdrücke zu untersuchen. Dann war sie zurück ins Präsidium gefahren.

Beninas Blick fiel auf den ersten Bericht vom Labor, der direkt neben dem SCREEN lag. Sie konnte sich ein schadenfrohes Grinsen nicht verkneifen: die Giftpfeile am Basketballkorb hatten sich als abgebrochene Schreibfedern entpuppt, die mit Senf bestrichen waren. Nicht giftiger als der Füllfederhalter eines Erstklässlers oder eine Thüringer Bratwurst! Ganz schön harmlos für den Gewalteinsatz des Vorabends. Komm, ermahnte sie sich selbst. Du hättest auch nicht anders reagieren können, wenn dich die Drohung als Erste erreicht hätte. Schließlich wusste man nie: Hatte sich ein Trittbrettfahrer einen üblen Scherz erlaubt? Oder war es eine ernst zu nehmende Warnung vor einem erneuten Giftanschlag? Bis jetzt hatten sich die Erpresser allerdings nicht wieder gemeldet.

Die beiden jungen Basketballspieler des BC Sulzbach kamen ihr wieder in den Sinn. Vielleicht war ihnen vor der Ballsporthalle etwas aufgefallen. Sie griff zum Telefon und wollte Marius Maciewskys Handy-Nummer wählen. Doch halt, der musste zu dieser Zeit ja mitten im Unterricht sein. Sie legte den Hörer wieder auf und schrieb sich eine Notiz, damit sie nicht vergessen würde, ihn nachmittags anzurufen. Sie war noch ganz in Gedanken, als ihr Kollege Trutz Helmer auftauchte und sich direkt vor ihr auf den Schreibtisch schwang, ungeachtet der Unterlagen, die sie sorgfältig darauf sortiert hatte.

„Na, Frau Hauptkommissarin, haben Sie schon Ihren Senf zu der Aktion von gestern Abend dazugegeben ...?“ Da war sie wieder, diese ironische Selbstsicherheit in seiner Stimme. Die

Sicherheit eines Mannes, der sich das Recht herausnahm, sich über sie und die Vorkommnisse von gestern Abend lustig zu machen, obwohl er es war, der aus heutiger Sicht der Dinge mit Kanonen auf Spatzen geschossen hatte. Benina sah ihn mit einer Mischung aus unverhohlener Abneigung und Sprachlosigkeit an. Das dominante Rot in seiner Aura passte zu seiner Selbstgefälligkeit und dem wichtigen Gehabe. Sie hasste dieses kleine süffisante Lächeln um die Mundwinkel. Plötzlich wusste sie, an wen sie dieses Lächeln erinnerte, auch wenn sonst kaum Ähnlichkeit bestand: Niklas! Splitter der Erinnerung kamen hoch, zusammengekehrt in einer dunklen Ecke ihres Herzens: Ihre erste Verliebtheit, die sich an einem Abiball festmachen ließ, der für die beiden erst am frühen Morgen an der Spree endete. Ja, Niklas war ihre erste große Liebe gewesen. Doch er war zu egoistisch und besitzergreifend, als dass ihre Liebe eine Chance gehabt hätte. Benina überlegte. Tat sie Helmer womöglich Unrecht, nur weil er sie unbewusst an Niklas erinnerte? Nein, seine Selbstgefälligkeit war anderer Natur. Und außerdem ging es hier um ihren Job.

Helmer musste ihr die gemischten Gefühle wohl ansehen. Denn er erhob sich unaufgefordert von ihrem Schreibtisch und fragte sie betont freundlich, ob sie nicht zusammen die neuen Erkenntnisse im Fall Pohl durchsprechen könnten.

Neue Erkenntnisse? Soviel sie den Vernehmungsprotokollen entnehmen konnte, gab es keine neuen Anhaltspunkte für einen konkreten Tatverdacht, weder bei den verschiedenen Trainern, noch bei dem Hausmeister oder dem Clubvorsitzenden. Es hatten zwar nicht alle für die Tatzeit ein hundertprozentiges Alibi – aber was sollte das Motiv für die Ermordung des Basketballstars sein ...? Sie tappten im Dunkeln. Selbst die Untersuchung des Motorrades von Zeidler hatte ergeben, dass es Jahre nicht mehr benutzt worden war. Und so wie es aussah, hatte der angebliche Giftanschlag in der Basketballhalle nicht zwangsläufig mit dem Mord zu tun. Dafür sprach auch, dass die Fingerabdrücke auf dem Basketballkorb und den untersuchten Leitern keinerlei Übereinstimmung mit dem Fall Pohl ergaben. Doch wie sich zeigte, spielte Helmer mehr auf die von ihr durchgeführten Vernehmungen der Verlobten des Toten und deren Spielführerin Hanni Zeidler an. Doch da gab es schließlich auch einsehbare Protokolle. Außerdem würde die Sonderkommission gleich wieder zusammensitzen. Warum sollte sie alles zweimal erzählen?

Kapitel 17

Samstagmorgen. Verhangener Himmel und Dauerregen. Frankfurt in seiner trostlosen Form. Benina Gatti saß fröstelnd auf dem grau-weiß gefliesten Mauervorsprung neben ihrer Badewanne und fönte sich. Nicht etwa ihre kinnlangen Haare – die waren bei dem heißen Bad mit Mandelöl kaum nass geworden. Nein, sie richtete den warmen Luftstrom auf ihre wohlgeformten Füße, ihre Oberschenkel, den Hals ... Alles eben, was an nackter Haut aus dem knappen, türkisfarbenen Bademantel hervorlugte. Sie liebte diese an sich sinnlose Beschäftigung, die ihre Mutter früher zur Weißglut gebracht hatte, weil sie wertvolle Zeit vor der Schule kostete. Minuten um Minuten, die ihrer Meinung nach besser für Frühstück oder Schulweg genutzt werden sollten. Als Benina älter geworden war, hatte sie einfach die Badezimmertür abgeschlossen. Irgendwann hatte ihre Mutter es aufgegeben, gegen das monoton scheppernde Geräusch anzuschreien. Der Fön war immer laut genug, um für Benina eine unüberwindbare Geräuschkugel, einen geschützten Gedankenraum zu schaffen, in dem man sich wunderbar verlieren und für den Rest der Welt taub stellen konnte.

Auch jetzt ließ Benina ihren Gedanken freien Lauf, tauchte ab in die Ereignisse der letzten Tage. Sie genoss den wohligen Schauer, der ihr mit dem warmen Luftstrom über den Rücken lief. Dabei sah sie abwechselnd in den großen Spiegel vor sich und das ablaufende Badewasser, das unschuldig in der Wanne gluckste, um sich am Ende zu einem kreisförmigen Strudel zu formen, der die wahre Kraft von Wasser erahnen ließ.

Wie konnte man beim Fall Pohl den Stöpsel ziehen? Wie brachte man den Mörder oder die Mörderin dazu, das wahre Gesicht zu zeigen? Benina überlegte hin und her, zog dabei unbewusst ihre Augenbrauen hoch: Dieser Hanni Zeidler traute sie ja einiges zu. Aber war es wirklich denkbar, dass eine Frau einen Mord beging, nur weil ihr persönlicher Stolz verletzt war? Sie quasi ihrer Teamkameradin Ann-Katrin den „Sieg" nicht gönnte? Sportlerinnen ihrer Klasse waren doch eigentlich gewohnt, mit Niederlagen umzugehen. Was, wenn es im Fall Pohl nicht um Eifersucht und Rache ging? Wenn ganz andere Kräfte im Spiel waren, die auf bestimmte menschliche Subjekte mit genügend negativer Energie eine Sogwirkung entfalteten? Pohl war immerhin Spitzensportler. Was, wenn es zum Beispiel um Doping ging? Die Protokolle über die Vernehmung der Skyliners Trainer hatte sie schon vor Tagen gelesen. Da gab es keinerlei Anhaltspunkte für einen solchen Verdacht. Aber was war eigentlich mit dem Trainer der Sulzbacher Damenmannschaft? Immerhin war Pohl in Sulzbach und nicht in Frankfurt ermordet worden. Und dieser Jens Migalla hatte Ann-Katrin Meyer den Schlüssel für die Halle geliehen. Benina hatte es plötzlich sehr eilig, in ihre Jeans zu kommen. Schnell streifte sie sich ein schwarzes T-Shirt über. Ein Schluck des lauwarmen Milchkaffees im Stehen – dann jagte sie von ihrer Dachwohnung die sechs Treppenabsätze hinunter. Die meisten Nachbarn schienen noch zu schlafen. Nur aus dem ersten Stock dröhnte eine deutsche Rockröhre erbarmungslos „Zeig Deinen Stachel". Der neue Mieter schien Heavy Metal zu lieben.

Wenige Minuten später erreichte sie das Präsidium. Sie war trotz des leichten Nieselregens mit dem Fahrrad gefahren. Privat besaß sie kein Auto. Machte für sie auch keinen Sinn. In der Regel würde es länger dauern, im Holzhausen-Viertel einen Parkplatz zu finden als zu Fuß oder mit dem Fahrrad zu ihrer Arbeitsstelle zu kommen. Sie stellte ihr Rad im Keller des Gebäudes ab und nahm wie immer statt des Aufzugs die Treppe. In einem kleinen geschlossenen Raum stecken zu bleiben, war für Benina eine Horrorvorstellung. Etwas außer Atem kam sie bei der Mordkommission im dritten Stock an.

Tina, die Bereitschaftsdienst hatte, sah sie erstaunt an und legte ihr angebissenes Käsebrötchen zur Seite: „Hast Du heute nicht frei ...?“

„Doch, doch ...“ wehrte Benina ab. „Ich muss nur eben mal was überprüfen.“

Benina suchte das Protokoll über die Vernehmung des Trainers der ersten Damenmannschaft, konnte es aber nirgendwo finden. Auch Tina wusste nicht, wo das Migalla-Protokoll geblieben war. Kurz entschlossen nahm Benina den Hörer und rief beim BKA an. Sollten die doch mal feststellen, was es mit dem smarten Trainer vom BC Sulzbach auf sich hatte. Ob seine Weste so weiß war wie das T-Shirt, das er trug, als sie ihm und Trutz Helmer auf dem Weg zum Verhör begegnet war.

„Migalla ...? Jens Migalla ...?“ fragte der Kollege vom BKA in Wiesbaden. „Ja, habt Ihr unsere Unterlagen denn nicht bekommen? Die habe ich doch schon vorgestern an Trutz Helmer geschickt.“

„Ach ja“, sagte Benina und wollte sich nicht anmerken lassen, dass sie keine Ahnung hatte. „Dann ..., dann müssen sie wohl irgendwo sein. Vielen Dank und sorry für die Störung!“ Zack legte sie auf. Sie kochte. Da hatte doch dieser Bastard heimlich, still und leise Informationen eingeholt und sie überhaupt nicht einbezogen. Schließlich war es ihr Fall. Na, dem würde sie helfen. Wütend tat sie, was sonst nicht ihre Art war: Sie holte sich den Schlüssel zu Helmers Büro und wühlte in seinen Schubladen. Tatsächlich - der Bericht vom BKA lag gleich oben links:

Jens Migalla, 1962 in Karl-Marx-Stadt geboren. Besuchte als Jugendlicher mehrere Sportinternate in der ehemaligen DDR.

Erst im Fußballkader, dann Wechsel zum Basketball, wo er in Auswahlmannschaften spielte, mit mittelprächtigen Erfolgen. Nach der aktiven Laufbahn Basketballtrainer verschiedener Vereine, Ausbilder einer Sportschule am Schwarzen Meer. Schließlich Basketball-Nationaltrainer in Kuba, bis er wegen Verdachts auf Beihilfe zum Doping freigestellt wurde. Kurz nach der Wende kam er zurück nach Deutschland, wo er wieder Vereinsarbeit machte. Seit knapp zwei Jahren Haupttrainer beim Bundesligaverein BC Sulzbach. Ein Mann mit Vergangenheit, die ganz neue Perspektiven zuließ.

„Suchst Du was ...?“ hörte Benina plötzlich eine Stimme hinter sich. Es war Helmer. Die junge Frau lief rot an, was sie noch mehr ärgerte als das unschuldige Getue ihres Kollegen.

"Sehr wohl!“ antwortete Benina gereizt. „Wieso erfahre ich nichts über Deine Recherchen über diesen Jens Migalla ...? Glaubst Du, dass mich seine Doping-Vergangenheit nicht interessiert ...?“

„Natürlich glaube ich das. Aber du bist ja so gut wie nie da! Bernsdorfer habe ich gestern ganz offiziell informiert.“

Noch schlimmer – da bootete er sie also auch noch bei ihrem Chef aus!

„Was regst du dich überhaupt so auf? Lass uns lieber zu dem neuen Diner in Sachsenhausen gehen und die Sache in Ruhe besprechen. Eggs Benedict – du wirst sie lieben ...“ Und um das Verlockende seines Angebotes zu unterstreichen, führte er seine Finger zum Mund und küsste sie wie ein sizilianischer Pizzabäcker.

Benina sah ihren Kollegen fassungslos an. Irgendwie war sie jetzt aus dem Konzept. Ja, fast war sie versucht, sein Angebot anzunehmen, um ihm mal klipp und klar zu sagen, was ihr an ihm nicht passte. Aber dann sagte sie nur lapidar: „Danke, habe schon gefrühstückt. Wir sehen uns dann Montag zum Statusmeeting.“

Kapitel 18

Der Verdacht gegen Migalla erhärtete sich, als sich Sonntagnachmittag ein gewisser Lars Fischer, ein Freund von Dennis Pohl, bei der Mordkommission meldete. Er war Chemiestudent und Pohl hatte ihm eine Woche vor seinem Tod ein paar Kapseln übergeben. Fischer sollte diese nach seiner Rückkehr von einem Sahara-Trip für den Basketballspieler untersuchen. Pohl muss ein ziemliches Geheimnis aus den gelb-braun gestreiften Pillen gemacht haben. Er wollte ihm partout nicht sagen, warum er so brennend an deren Inhaltsstoffen interessiert war. Offensichtlich hätte Pohl das Ergebnis am liebsten sofort gehabt. Aber Fischer hatte keinen unbegrenzten Zugang zu dem Unilabor am Frankfurter Riedberg.

Jetzt war Lars Fischer von seiner Reise zurückgekehrt und erfuhr bestürzt von Dennis' Tod. Natürlich fielen ihm sofort die Kapseln ein, und er ging damit zur Polizei. Die Spurensicherung stellte darauf Fingerabdrücke des Toten und des Chemiestudenten fest – sowie die von Ann-Katrin Meyer.

Die Verlobte von Pohl war sich sicher, dass es sich bei den Pillen nur um ihre Mineraltabletten handeln konnte, die sie regelmäßig von ihrem Trainer erhielt – von Jens Migalla! Es war ihr nicht aufgefallen, dass Dennis ein paar Kapseln an sich genommen hatte. Allerdings war er äußerst skeptisch gewesen, was diese Pillen betraf und hatte sie gebeten, sie nicht mehr zu nehmen.“

Hatte Dennis Pohl einen Verdacht, der so unglaublich war, dass er ihn weder gegenüber ihr noch seinem Freund konkret äußern wollte ...? War tatsächlich Doping im Spiel? Die Laboranalyse würde Klarheit schaffen, ob es sich um ein Mittel handelte, das auf der Liste stand.

Die neuen Verdachtsmomente reichten aus, um am gleichen

Tag einen Hausdurchsuchungsbefehl für die Wohnung Migallas zu erwirken. Als Trutz Helmer mit zwei uniformierten Polizisten vor der Tür zu dessen Penthousewohnung stand, verlor der Trainer die Nerven und versuchte, durch einen zweiten Ausgang zu fliehen. Jens Migalla wurde daraufhin festgenommen. In seinem Schlafzimmer fanden die Kripobeamten kistenweise ähnliche Kapseln. Abgepackt in weiße Packungen mit der Bezeichnung "Royalis". Neben dem Produktnamen waren drei rote Striche abgebildet, wobei der letzte so nach links gebogen war, dass er fast wie eine „Sieben“ aussah. Der Hersteller war angeblich ein Unternehmen auf Kuba. Einen Beipackzettel gab es nicht – nur die übersetzte Bezeichnung „Aufbau-Präparat“ stand irgendwo. Eine Suchmeldung bei Interpol lief bereits, damit man mehr über das Pharmaunternehmen und das Produkt erfahren konnte, das auf dem deutschen Markt nicht bekannt war. Alle Kisten mit Royalis wurden sichergestellt. Außerdem wurden ein paar Mitarbeiter darauf angesetzt, alle Produkte, die sich bei Spielerinnen und Spielern des BC Sulzbach im Umlauf befanden, umgehend einzuziehen. Interessanterweise besaß Migalla auch ein Motorrad, das regelmäßig genutzt wurde.

Jetzt saßen Gatti und Helmer dem Verhafteten beim Verhör im „Käfig“ gegenüber. So nannten sie intern den abgeschlossenen Raum mit der Kameraüberwachung und dem Spiegelspion, der von außen wie ein normales Fenster einsehbar war, im Raum selbst jedoch nur als Spiegel erkennbar war. Während bei Benina das Gefühl, Zuschauer zu haben, anfänglich immer Beklemmung hervorrief, schien dieser Voyeurismus Helmer eher zu beflügeln.

„Herr Migalla, es ist kein Geheimnis mehr, dass Sie in Ihrer früheren Laufbahn als Basketballtrainer mit verbotenen Substanzen gearbeitet haben“, begann der BKA-Mann souverän seinen Auftritt und sah dem sportlich hageren Mann mit den grau melierten Haaren scharf in die Augen.

Migalla verschränkte seine Arme und war um eine betont gleichgültige Haltung bemüht. Doch vor Beninas Aurablick konnte der Trainer seine innere Unruhe nicht verstecken. „Das ist lange her“, wehrte er gelassen ab. „Außerdem ist nie bewiesen worden, dass ich was mit dem Dopingfall in der kubanischen Nationalmannschaft zu tun hatte.“

„Und was ist dann das hier ...?“ Benina warf demonstrativ eine Packung mit den gelb-braunen Kapseln auf den Tisch und beobachtete die Reaktion des festgenommenen Trainers. Seine distanzierte Arroganz stand in krassem Missverhältnis zu seiner Aura, die Benina Unbehagen und Angst signalisierte. Rein äußerlich hatte sich der Mann jedoch gut im Griff

„Das sind reine Aufbaupräparate, die die körperliche Konstitution fördern ... Sie werden darin keinerlei Inhaltsstoffe finden, die verboten sind“, echauffierte sich Migalla, um gleich darauf wieder seine überhebliche Miene aufzusetzen.

„Vielleicht glauben Sie das ... Aber die andere Seite schläft auch nicht – wir werden sehen, was unsere Spezialisten von ihren „Aufbaupräparaten“ halten.“ Helmer schenkte ihm ein gemeines Grinsen.

„Royalis“, hakte Benina ein. „Was hat der Namen zu bedeuten ...?“

„Keine Ahnung – da müssen Sie den Hersteller fragen. Ich weiß nur, dass unsere Spielerinnen top in Form sind, seit wir das neue Aufbauprogramm fahren. Immerhin stehen sie in der ersten Bundesliga auf Rang zwei. “

„Aha, Aufbauprogramm‘!“, mischte sich Helmer wieder ein.

„So nennt man Doping jetzt also. Ist es nicht vielmehr so, Herr Migalla, dass Sie genau wegen dieser Pillen Pohl umgebracht haben, weil er Ihnen auf die Schliche gekommen war ...?“

„Ich habe Dennis Pohl nicht umgebracht! Warum sollte ich das tun ...?“

„Vielleicht, um zu verhindern, dass Pohl Sie wegen Doping-Manipulation an seiner Verlobten anzeigt ...?“

„Das ist doch absurd!“

„Wenn es so 'absurd' ist, wie Sie sagen, warum haben Sie dann versucht, zu fliehen ...?“

„Zugegeben: das war eine Kurzschlusshandlung. Ich habe einfach Panik bekommen, als ich die Uniformierten vor meiner Tür sah. Wenn man wie ich in der DDR groß geworden ist, löst das Anrücken von Uniformierten nicht gerade Vertrauen aus. Außerdem will ich jetzt endlich meinen Anwalt sprechen. Vorher sage ich kein Wort mehr.“

Notgedrungen brachen Helmer und Gatti das Verhör ab. Benina hätte ihn noch zu gern gefragt, ob er tatsächlich von der Schwangerschaft Ann-Katrins wusste. Aber da war im Moment nichts zu machen. Unbefriedigt packte sie ihr schwarzes Büchlein ein und verließ den Raum. Helmer wollte gleich Mittagspause machen.

Die Kommissarin war eben an ihren Schreibtisch zurückgekehrt, als ein angebliches Mitglied des israelischen Geheimdienstes bei ihr im Büro auftauchte. Auf jeden Fall zückte der kleine, drahtige Mann vor ihr einen Diplomatenausweis mit dem Hinweis „Secret Service“.

Benina Gatti sah ihn erstaunt an. Irgendwie erinnerte er sie an jemanden. Vielleicht weil er ein bisschen aussah wie ein Gremlin aus einem Fantasy-Film mit seinen abstehenden Ohren, die nach oben besonders ausladend waren und als hervorstechende Ablage für eine olivfarbene Basketballmütze dienten? Möglicherweise waren es auch die Augenbrauen, die wie zwei Dreiecke über den dunklen Knopfaugen schwebten und diese verniedlichende Assoziation hervorriefen.

Der erste Eindruck täuschte. Ben Goldmann war weder komisch noch knuffig. Ebenso wenig war er bereit, Benina zu Wort kommen zu lassen. Er polterte gleich los. Ohne große Erklärung verlangte er die sofortige Herausgabe Migallas an den israelischen Geheimdienst. Die junge Kommissarin konnte sehen, wie aufgeregt der kleine Mann vor ihr war. Sie versuchte ihm so sachlich wie möglich zu erklären, dass er dafür ein offizielles Gesuch stellen müsste.

„Ihr Deutschen habt doch nichts dazu gelernt", sagte der Fremde verächtlich in einem holprigen Deutsch mit starkem Akzent. „Dann lassen Sie mich wenigstens ein paar Fragen an ihn stellen", sagte er und ging dabei unruhig auf und ab. Beim Gehen zog er fast unmerklich das linke Bein nach.

„Auch für eine Vernehmung brauchen wir einen offiziellen Antrag. Tut mir leid, Herr Goldmann. Ich würde Ihnen wirklich gerne helfen." Sie konnte das nicht einfach so ohne Genehmigung von höchster Seite veranlassen, lenkte dann aber ein: „Vielleicht können wir ja gemeinsam weiterkommen. Sagen Sie uns doch erst einmal, warum Sie ein so starkes Interesse an dem Basketball-Trainer haben."

„Das kann ich Ihnen jetzt nicht sagen, das würde meine Operation gefährden", würgte ihr Gegenüber den Vorschlag ab. „Aber ich verspreche Ihnen, Sie darüber zu gegebener Zeit in Kenntnis zu setzen.“

Benina überlegte; trotz seiner sehr forschen Art war ihr der Mann mit der Basketballmütze nicht unsympathisch. Vielleicht konnte ihm ja ihr Chef weiterhelfen. Doch Udo Bernsdorfer nahm das Telefon nicht ab. Und seine Sekretärin wusste nicht, wo er sich aufhielt. Als sie den Hörer aufgelegt hatte, war der Fremde weg. Wie vom Erdboden verschluckt. Sie hatte ihn weder kommen noch gehen hören. Seine Visitenkarte lag noch auf ihrem Schreibtisch - gleich neben dem SCREEN, wo die Verhaftung des Basketball-Trainers vom BC Sulzbach in großen roten Lettern angekündigt war:

Giftmörder endlich gefasst?

Der Doping-Skandal in Kuba, in den Jens Migalla verwickelt war, sowie seine DDR-Vergangenheit wurden in dem Leitartikel ausführlich abgehandelt. Auch, dass Kuba nach Migallas plötzlichem Abgang nie mehr unter die Top 12 der Welt gekommen war.

Die junge Kommissarin nahm die Visitenkarte unschlüssig in die Hand und las: Ben Goldmann, Secret Service. Darüber ein Signet, das ihr nichts sagte. Sie würde überprüfen lassen, ob der merkwürdige Gast tatsächlich vom israelischen Geheimdienst war.

Kapitel 19

„Nö, kann leider nicht“, antwortete Flo auf Marius’ Frage, ob sie sich heute Nachmittag zum Basketballspielen in der alten Grundschule treffen könnten. Marius wohnte diese Woche wieder bei seiner Mutter und die Grundschule, die sein Freund und er vor vielen Jahren zusammen besucht hatten, verfügte über einen Basketballkorb mit der vorschriftsmäßigen Höhe von 3,05 m. „Wir kriegen Besuch. Ich sag nur: Thorsten!“ fügte Flo vielsagend hinzu.

Marius sah seinen Freund mitleidig an und klopfte ihm aufmunternd auf die Schultern. Er kannte die tiefe Abneigung, die Flo seinem Cousin entgegenbrachte.

Tante Merit, Thorstens Mutter, war die einzige Schwester von Flos Vater. Sie war eigentlich ganz nett, sah man von ihrem Spleen einmal ab, aus ihrem Sohn etwas Besonderes zu machen. Vergebliche Liebesmühe, wie Flo fand. Denn aus einem Streberlauch konnte einfach kein Blumenkohl werden. Zu allem Unglück war Thorsten in seiner Klasse auch noch immer der Kleinste. Was ihm in Verbindung mit seiner angeberischen Art natürlich den Spott seiner Mitschüler sicherte und Tante Merits Mutterinstinkte rebellieren ließ.

Thorsten war schon immer kleiner gewesen als Flo im Vergleichsalter. Als Basketballspieler hätte sich auch Flo gerne mindestens 10 cm mehr gewünscht, um nicht immer auf die Rolle des Aufbauspielers und Ballverteilers reduziert zu bleiben. Aber seine Mutter hätte nicht im Traum daran gedacht, deshalb von Arzt zu Arzt zu laufen wie Tante Merit. Dabei waren Tante Merit und Thorstens Vater auch nicht besonders groß. Aber Tante Merit hatte nun mal diese fixe Idee und ließ ihren verwöhnten Sprössling immer wieder untersuchen, damit ja keine Gefahr bestand, dass er kleinwüchsig bleiben würde. Sicher würde sie wieder bei Kaffee und Kuchen – im Beisein ihres Sohnes! - auf diesem Thema herumreiten. Das waren die einzigen Momente, in denen Flo Mitleid mit Thorsten hatte. Ansonsten konnte er mit ihm weniger anfangen denn je. Thorsten war drei Jahre jünger als er – in Flos Alter ein unüberwindbarer Unterschied. Während sich Thorsten noch für Dinosaurier interessierte und glaubte, er könnte ihn mit Mathe-Noten oder Schacherfolgen beeindrucken, war Flo längst in ein neues Zeitalter eingetreten, in denen ganz andere Dinge wichtig waren. Nicht einmal Basketballspielen konnte sein Cousin. Außerdem hatte ihm Flo nie verziehen, dass er seinen Kater in einem scheinbar unbeobachteten Moment höchst unsanft am Schwanz gezogen hatte. Nur weil Lebron James sich geweigert hatte, den zugeworfenen Papierbällchen nachzujagen, wie Thorsten es bei Flo gesehen hatte. Der Kater hatte natürlich nicht im Traum daran gedacht, und da hatte ihn Thorsten aus Ärger und Enttäuschung gepackt – just als Flo das Zimmer betreten hatte. Das war schon fast zwei Jahre her. Aber seitdem fauchte Lebron, wenn Thorsten auch nur in seine Nähe kam.

Als Flo zu Hause ankam, saß seine Mutter mit Tante Merit trotz der Hitze im Wohnzimmer. Flos Ma war immer sehr besorgt wegen der starken Bienengiftallergie ihres Sohnes und mied deshalb um diese Jahreszeit die Terrasse. Der Stich einer Biene im Mundbereich konnte für ihren Sohn lebensgefährlich sein. Vor einem Jahr hatte sich Flo deswegen einer zeitaufwändigen Desensibilisierung unterzogen. Aber der Insektenstich in den Fuß, den er neulich im Waldschwimmbad abbekommen hatte, verursachte trotzdem eine so starke Schwellung, dass er zwei Tage kaum laufen konnte. Flo selbst fand die Besorgnis seiner Mutter total übertrieben.

„'allo Cherie", begrüßte Madame Hansen ihren Sohn mit ihrem unverkennbar französischen Akzent, der das Vorhandensein des Buchstaben „H" in der deutschen Sprache charmant ignorierte. „Setz Dich zu uns, es gibt 'imbeertorte."

Flo begrüßte erst Tante Merit – dann seine Mutter. Thorsten war nirgends zu sehen. Flo hegte schon die Hoffnung, dass er gar nicht mitgekommen war. Aber dann trat er plötzlich hinter einem Vorhang hervor, wo er sich versteckt hatte, und ließ ein albernes „Hallo!" ertönen.

Wie alt war der Kerl? Dreizehn? Gab's den auch in albern? Flo reichte ihm die Hand und lächelte gezwungen. „Hallo Thorsten!" Seine Mutter hatte ihn vorher ausdrücklich gebeten, nett zu sein.

„Dann könnt Ihr ja zusammen spielen", meinte Tante Merit entzückt. „Thorsten war es schon langweilig ohne dich ..."

Die Jungs einigten sich auf eine Partie Schach – das einzige gemeinsame Interesse, das die Cousins verband. Flo spielte ganz gut Schach. Thorsten hatte sogar schon bei einigen Turnieren mitgemacht und war ein harter Brocken. Doch sie kamen nicht weit mit ihrer Partie. Nachdem die Damen die Kaffeetafel aufgehoben hatten, folgte der obligatorische gemeinsame Spaziergang. Flo versuchte, sich mit Hinweis auf eine PoWi-Arbeit abzuseilen. Aber er insistierte nicht, als er den Blick seiner Mutter sah.

Sie nahmen den Hinterausgang der Villa – eine eiserne Pforte, die direkt zum Stadtpark führte. Vorbei an einer kleinen Quelle, dem Golf-Club und dem Kronberger Schlosshotel, hoch zum Waldrand, wo es jetzt angenehm kühl war. Tante Merit liebte den Luftkurort im Taunus und war immer wieder von neuem angetan.

Die Frauen unterhielten sich angeregt. Thorsten lief links und rechts des Weges, um Stöcke zu suchen, deren Griff er mit seinem Pfadfindermesser schnitzen wollte. Flo hatte keine Lust, ihm ins Dickicht zu folgen. Dafür fühlte er sich einfach zu erwachsen. Stattdessen hörte er Musik auf seinem MP-3-Player und trottete hinter den Frauen her.

Als Thorsten eine ganze Weile verschwunden blieb, bat Tante Merit ihren Neffen, nach ihm zu sehen. Nicht gerade begeistert lief Flo einen kleinen Abhang hinunter, wo er seinen Cousin zuletzt erblickt hatte. Er landete auf einer Lichtung mit einem kleinen Anwesen, das größtenteils hinter einer hohen Hecke verborgen war. Die Fensterläden des Hauses und das große rostige Einfahrtstor waren geschlossen. Vielleicht ein Jagdhaus, dessen Besitzer nur ab und zu hier weilte.

„Thorsten!" rief Flo laut – bekam aber keine Antwort. War dieser Lauch vielleicht durch das kleine Loch in der Hecke auf das Grundstück geschlüpft? Wenn er ohne seinen Cousin auftauchte, würde seine Tante die Krise kriegen. Fluchend zwängte er sich zwischen kratzigen Zweigen durch die Öffnung und blickte auf einen gepflasterten Innenhof. Am hinteren Ende standen zwei große Gewächshäuser, in denen Licht brannte. Ganz so unbewohnt schien das Waldhaus doch nicht zu sein. Was, wenn es hier einen Wachhund gab? Der Sechszehnjährige legte mit unbehaglichem Gefühl den Rückwärtsgang ein. Gerade noch rechtzeitig, um von der merkwürdigen Gestalt, die aus der Kellertür des Hauses kam, nicht gesehen zu werden. Flo hätte nicht sagen können, ob es ein Mann oder eine Frau war. Weiße, durchsichtige Tücher verbargen wie ein Schleier Kopf, Gesicht und Oberkörper. Darunter steckten dünne Beine in Röhrenjeans. Hatte sich hier ein Scheich seinen Privatharem eingerichtet? Im Schlosshotel sollten angeblich schon immer saudi-arabische Prinzen abgestiegen sein. Fehlte nur noch, dass gleich ein Haremswächter mit Rundsäbel um die Ecke kam.

„Jetzt reicht es mir aber“ fluchte Flo innerlich und entfernte ein paar Blätter von seinen Klamotten. Wegen diesem Lauch bekam er hier womöglich massiven Ärger. Er ging leise zurück – und entdeckte Thorsten kurz darauf auf einem Baumstamm am anderen Ende der Lichtung. Er saß dort und schnitzte in aller Seelenruhe an einem Stock.

Kapitel 20

Benina überflog den Bericht vom Kriminaltechnischen Institut in Wiesbaden, wo es spezielle Labors zur Analyse und Identifizierung von Medikamenten und synthetischen Drogen gab. Über 300 BKA-Mitarbeiter arbeiteten in dem neuen Gebäude des KTI, um Sachbeweise von laufenden Ermittlungsverfahren unter die Lupe zu nehmen. Bei der Komplexität der heutigen Kriminalfälle war eine Zusammenarbeit von Wissenschaft und Polizei wichtiger denn je.

Laut Analyse enthielten die untersuchten Kapseln hochwertige Aminosäuren, Vitamin E, vielfach ungesättigte Fettsäuren, Zucker und die Mineralstoffe Kalium, Phosphor, Eisen, Calcium, Kupfer, Silizium. Der Laborbericht las sich wie der Beipackzettel eines Fitness-Produktes oder Aufbau-Präparates, wie es Jens Migalla selbst genannt hatte. Das angebliche Dopingmittel wies nur natürliche Inhaltsstoffe auf. Alles rein biologisch. Kein einziger Bestandteil war auf einer Doping-Liste zu finden. Von der Zusammensetzung her stellten die Chemiker eine gewisse Ähnlichkeit zu Weiselfuttersaft von Bienen fest, besser bekannt unter dem Namen „Gelee Royal". Das passte natürlich auch zu dem Namen „Royalis". Alles in allem unbedenklich. Das unterstellte Motiv hatte sich in den Reagenzgläschen mit aufgelöst.

Zur Überraschung aller gab Hanni Zeidler dann auch noch zu Protokoll, dass Migalla in der Nacht und am Morgen des Mordes bei ihr war, angeblich ohne dass ihr Vater etwas davon mitbekommen hätte. Migallas Anwalt beantragte die sofortige Freilassung seines Mandanten. Der Trainer kam noch am gleichen Tag frei.

Die Kripo war wieder am Anfang. Und zwar auf ganzer Linie. Denn mittlerweile stand auch fest, dass es sich bei den Erpressern der Ballsporthalle um Trittbrettfahrer gehandelt hatte. Zwei Siebzehnjährige waren festgenommen worden, nachdem sie sich in ihrem Freundeskreis mit der Tat gebrüstet hatten. Soweit abzusehen war, konnten sie mit dem Mord an Dennis Pohl nichts zu tun haben. Aber wegen der Erpressung lief ein Verfahren gegen die Jugendlichen.

Nach dem obligatorischen Statusmeeting an diesem Tag saß Benina grübelnd an ihrem hellen Ahorn-Schreibtisch und starrte auf den hässlichen Kaffeefleck, der sie schon seit Tagen störte. Die Putzleute schienen konsequent drum herum zu wischen oder – was wahrscheinlicher war – die Tischplatte hatte schon länger keinen Putzlappen mehr gesehen. Während sie überlegte, bei wem sie sich beschweren sollte, klingelte das Telefon.

„Benina Gatti, Mordkommission Frankfurt“, meldete sie sich. Am anderen Ende der Leitung war dieser Ben Goldmann, der ihr erst neulich einen Besuch abgestattet hatte und sie jetzt mit dem gleichen Anliegen nervte.

„Ach ja, Jens Migalla wollen Sie sprechen ...?“ sagte Benina. „Tut mir leid, der ist bereits wieder auf freiem Fuß.“

„Der Dopingverdacht hat sich also nicht bestätigt?“ fragte Ben Goldmann.

„Nein, das angebliche Dopingprodukt hat sich als eine Art Gelee Royal entpuppt. Das einzige, was wir ihm noch vorwerfen können, ist dass er ein nicht zugelassenes Produkt an Spielerinnen herausgegeben hat. Aber das rechtfertigt keine U-Haft.“ Benina sprach recht offen mit Goldmann. Immerhin hatte der israelische Geheimdienst seine Identität bestätigt, wenngleich er sich angeblich bereits im Vorruhestand befand. Auch Bernsdorfer hatte keine Bedenken gezeigt, als Benina ihn neulich darauf angesprochen hatte, wie in einem solchen Fall zu kooperieren sei. Sie fuhr fort: „Außerdem hat er mittlerweile für die Tatzeit im Fall Pohl ein Alibi. Angeblich hat er die Nacht bei seiner Mannschaftsführerin verbracht und das Haus in Kronberg erst 8.30 h verlassen. Auf jeden Fall hat die Beweislage nicht ausgereicht, um Migalla weiter festzuhalten. Wenn Sie ihn persönlich sprechen wollen, müssen Sie sich direkt an ihn wenden. Er müsste mittlerweile zu Hause sein - wenn er nicht vor der Presse geflüchtet ist."

Goldmann bedankte sich für die Auskunft, und Benina wünschte ihm viel Erfolg. Dann kramte sie ein Papiertaschentuch aus ihrer Handtasche, spuckte darauf und wischte den Kaffeefleck weg.

Kapitel 21

Flo konnte es selbst kaum glauben: er lief mit Silja querfeldein durch den Kronberger Wald, der jetzt im Hochsommer wunderbaren Schatten spendete. Ein paar Vögel zwitscherten. Die jungen Leute sprachen nichts. Nur die abgebrochenen Zweige knisterten unter ihren Füßen. Und es knisterte zwischen den Beiden, deren Hände sich wie zufällig immer wieder berührten.

Flo war Silja an diesem Nachmittag in seiner Lieblingseisdiele begegnet. Nach erster Befangenheit hatte er spontan den Mut gefasst, sie zu einem Milchshake einzuladen. Zu seiner Überraschung sagte sie zu. Nach der Bananenmilch hatte Silja sich noch ein Spaghetti-Eis bestellt, in dem sie wild herumrührte und kaum etwas davon aß, weil sie sich so angeregt unterhielten. Über die Schule, die unmöglichen Pauker, über Basketball - Gott und die Welt. Als Silja nicht wusste, was sie bei dem italienischen Ober noch bestellen sollte, schlug Flo einen kleinen Spaziergang vor. Ohne Ziel vor Augen landeten sie irgendwann in dem Waldstück oberhalb der kleinen Taunusstadt.

Von Marius sprach Flo vorsichtshalber nicht. Immerhin hatte Marius ja neulich signalisiert, dass er kein Interesse mehr an Silja hätte. Na ja, zumindest so gut wie kein Interesse, während ihm selbst das Herz bis zum Hals schlug, wenn er nur an sie dachte. Oder wenn sie ihn so ansah wie gerade jetzt, mit ihren rehbraunen Knopfaugen, die kleine Stupsnase frech gekräuselt. Und dieser uferlose Kirschmund, der ihm jetzt gefährlich nahe kam – um ihm gleich wieder kokett entzogen zu werden. Silja lachte ihm frech ins Gesicht und lief ein paar Schritte weiter. Auch von hinten sah sie verdammt gut aus in ihrer knappen weißen Jeans und dem bauchfreien roten Top, mit viel gebräunter Haut dazwischen.

Die beiden Teenager waren mittlerweile auf dem Weg oberhalb des verrotteten Anwesens angekommen, wo er neulich vergebens seinen Cousin gesucht hatte. Sie waren so vertieft, dass sie erst in letzter Sekunde den Jeep bemerkten, der um die Ecke bog. Flo und Silja sprangen erschreckt zur Seite, als dieser viel zu forsch an ihnen vorbeifuhr. Trotzdem glaubte Flo den Fahrer mit der Mütze erkannt zu haben: den Hausmeister von der Sulzbacher Ballsporthalle.

Das konnte doch nicht sein. Hatte er jetzt schon Verfolgungswahn? Oder kostete ihn die Liebe den Verstand? Er fragte Silja vorsichtig, ob sie den Fahrer erkannt hatte. Doch die zuckte nur gleichgültig mit den Schultern. Was sollte man sich ausgerechnet jetzt mit irgendwelchen Idioten befassen, die im Wald herumrasten? Flo ließ es aber keine Ruhe. Er bat Silja auf dem Weg zu warten, während er kurz zur Lichtung hinuntergehen wollte.

Silja fand die Wendung ihres bislang so anregenden Spaziergangs nicht in Ordnung und verschränkte etwas ungehalten die Arme vor der Brust. „Na, dann beeil dich aber!“

„Klar, ich schau nur mal, ob dieser Typi zu diesem Haus da unten geht.“

„Da wohnt doch gar keiner!“ protestierte Silja ärgerlich. "Was willst Du denn da? Vielleicht ist der Jeep wo ganz anders hingefahren.“

„Lass mich einfach mal nachsehen. Bin gleich zurück. Ehrenwort!“ Flo ließ Silja schweren Herzens zurück und lief den Hang hinunter. Nach kurzer Zeit sah er den Jeep am Wegrand stehen: leer. Der Fahrer konnte nicht weit sein. Flo schlich vorsichtig bis zu der Hecke des alten Hauses. Da war doch irgendwo ein Loch gewesen. Er ging in den Vierfüßlerstand und krabbelte durch die Hecke. Kaum hatte er auf der anderen Seite den Kopf heraus gestreckt, fühlte er einen dumpfen Schlag. „Silja ...," dachte er noch. Dann wurde es schwarz um ihn herum, und er verlor das Bewusstsein.

Silja war es zu diesem Zeitpunkt schon mehr als unheimlich, so mutterseelenallein mitten im Wald. Überall hörte sie ein Knacken oder andere undefinierbare Geräusche. Sie einfach hier stehen zu lassen, dachte sie erbost. So was war ihr ja noch nie passiert. Ärgerlich überlegte sie: „War das womöglich eine abgekartete Sache zwischen Flo und Marius? Hatte sie sich die Blicke von Flo nur eingebildet und er war überhaupt nicht verliebt in sie? Vielleicht wollten die beiden Freunde ihr nur eins auswischen und beobachteten sie heimlich ...? Silja sah sich misstrauisch um. Aber da waren nur Bäume. Bäume und Sträucher. Und schwarze, glänzende Mistkäfer auf dem Weg. Silja kam immer mehr in Fahrt. Die Beiden lachten sich womöglich kringelig über ihre Blödheit. Na warte ... Eben war es genug! Stocksauer wählte sie Marius' Nummer, die in ihrem Handy eingespeichert war und ließ eine Litanei an Beschimpfungen auf ihn niederprasseln. Ohne eine Antwort abzuwarten, legte sie auf und stapfte wütend den Waldweg zurück.

Kapitel 22

Flo wusste nicht, wie lange er bewusstlos am Boden gelegen hatte. Sein Kopf schwirrte. Und auch die Luft. Nur mühsam gelang es ihm, die zentnerschweren Lider seiner Augen zu öffnen. Träumte er ...? Doch die Beule am Kopf schmerzte sehr real und der Knebel in seinem Mund verursachte einen unangenehmen Würgereiz. Er schaute sich um und sah sich von Glaselementen umgeben. Er musste sich in einem der Gewächshäuser im Innenhof befinden. Plötzlich erkannte er auch, wovon dieses Schwirren in der Luft kam: Ein, zwei Meter vor ihm flogen ein paar Bienen mit monotonem Summgeräusch über einem Tisch, dessen Oberfläche er nicht sehen konnte. Als Allergiker hatte Flo vor Bienen höchsten Respekt. Das hier waren aber nicht nur die von ihm gefürchteten Honig-Insekten – diese hier erschienen ihm so riesig und furchterregend, dass er die Augen vor Schreck gleich wieder schloss. "Ich muss hier raus", schoss es ihm durch den Kopf. Er wollte aufspringen. Erst jetzt spürte er, dass seine Füße und Hände mit einem Band gefesselt waren. In was war er hier nur hineingeraten?

Die Fesseln gaben kaum nach. Was konnte er tun? Ihm fiel sein Handy ein, das er immer bei sich trug. Mit äußerster Konzentration konnte er es mit zwei Fingern aus der geräumigen Tasche seiner Hose fischen. Durch seine Anstrengungen wurden zwei der Horrorbienen auf ihn aufmerksam und schwirrten jetzt bedrohlich nahe vor seiner Nase. Weitere folgten. Er drückte mit letzter Kraft auf Wiederwahl. Dann vergrub er sein Gesicht so gut er konnte, was mit gefesselten Händen ein schwieriges Unterfangen war. In Erwartung der Stiche war er vor Angst wie gelähmt. Jetzt keine falsche Bewegung. Am Handy hörte er Marius, der immer wieder irritiert „Hallo?“ rief und dauern fragte: „Flo, bist du es ...?“

Er muss es doch an der Nummer erkennen, dachte Flo verzweifelt. Trotz des Knebels versuchte er „Hilfe“ zu schreien. Da öffnete sich plötzlich eine Tür – er spürte es an dem Windhauch und dem Knarren der metallenen Scharniere. Schritte, die auf ihn zukamen. Er wusste nicht, was ihm in diesem Moment bedrohlicher erschien. Die Bienen oder die Schritte. Dann fühlte er nur noch einen Wasserstrahl und Stiche im Gesicht und auf seinem linken Arm. Danach tiefe Nacht.

Kapitel 23

Marius saß wippend mit dem Rücken zum Schreibtisch, die Lehne des Drehstuhls nach hinten abgekippt, und starrte die bunt bedruckte Bob-Marley-Fahne über seinem Bett an. Er hatte sie erst neulich im Internet ersteigert, und sein Pa spendierte ihm nachträglich die 20 EUR, die er dafür ausgegeben hatte. Sein Vater war eingefleischter Reggae-Fan und hörte heute noch seine Langspielplatten auf dem alten BRAUN Plattenspieler, der - allen CD-Playern zum Trotz - als solitäres Designerstück auf dem Side-Board in seinem Wohnzimmer prangte. Für Marius war Reggae die einzige Musikrichtung der Eltern-Generation, die er sich ohne Remake anhören konnte. Diese Easy-Going-Rhythmen, dieser Groove – das wurde so wenig unmodern wie der weiße Sand an Jamaikas Stränden und die No-Problem-Sunshine-Mentalität schwarzer Musiker aus diesen Breitengraden.

Marius träumte davon, seine barocken Haarkringel in softe Rasta-Locken zu verwandeln. Einzig der satte Preis hatte ihn bislang davon abgehalten, seine Mutter mit einem neuen Look zu schocken und sich im Aussehen deutlich von seinem kleinen Bruder abzuheben. Der sah mit seinen Locken zwar aus wie ein kleiner Barockengel, in Wirklichkeit war der Fünfjährige ein kleines Teufelchen. Dabei lag Marius' Abneigung gegenüber seinem Halbbruder bestimmt nicht daran, dass Matthias der finale Scheidungsgrund seiner Eltern war. Nein, Matthias war einfach die Pest. Immer schaffte er es, dass Marius der Buhmann war, der nicht aufgepasst hatte. Der grob zu ihm war. Seine Spielsachen absichtlich kaputt machte. Keiner sprach dann von den Nervaktionen, die dem Ganzen vorausgingen. Und Klaus, Matthias' Vater, war eh schon mit allem überfordert. Fast tat er Marius leid. Der wollte doch eigentlich nur seine Ruhe, um ungestört üben zu können. Klaus war Cello-Spieler beim Hessischen Symphonie-Orchester und - abgesehen von dem unermüdlichen Geschrubbe auf seinem Instrument - eigentlich ganz o. K.

Marius spielte Gitarre und machte seine eigenen Stücke. Ansonsten hörte er gern HipHop und House. Seine Mutter hielt nicht viel von seinem Musikgeschmack. Sie stand schon immer mehr auf Klassik. Und seit sie mit Klaus zusammen wohnte, hörte man im Hause sowieso nur noch Bach, Orff und vielleicht noch zeitgenössische Musik, die sich für Marius' Ohren so schräg anhörte wie das alltägliche Geigeüben von Matthias.

Eigentlich sollte Marius für die Chemie-Arbeit büffeln, die sie diese Woche noch bei seinem bestgehassten Lehrer schreiben würden. Gefühltes Interesse gleich Null. Und diesem Barometer entsprach leider auch sein Wissensstand.

Seine Mutter erschien in der Tür, einen Teller mit einem Stück Torte in der Hand. Meike Maciewsky hatte das gleiche volle blonde Haar wie ihre beiden Söhne. Und sie hatte diesen schweifenden Adlerblick, dem weder die Kinderfeindlichkeit der Gesellschaft, noch Umweltsünden, noch eine Schlamperei ihrer Söhne entging. Trotz ausladender Figur war sie eine attraktive Erscheinung. Wohl gebräunt von den vielen Aufenthalten im Waldschwimmbad. Die Pölsterchen auf ihren Hüften waren vor allem auf ihre Vorliebe für vollwertige Süßspeisen zurückzuführen. Hauptsache gesund. Aber Marius ärgerte sie gerne mit ihren überflüssigen Pfündchen – als Retourkutsche für ihren Gesundheitsfimmel, mit dem sie ihre Familie gern traktierte. Aber gegen die Birnentorte mit Honigglasur in ihrer Hand war nichts einzuwenden. Marius schob sich fast das ganze Stück auf einmal in den Mund.

„Ach ja, Marius“, sagte seine Mutter, „könntest Du bitte mit Matthias zum Friseur gehen. Ich schaffe das vor seinem Auftritt am Sonntag sonst nicht mehr.“ Seine Mutter machte schon seit Wochen alle verrückt, weil Matthias im Jugendorchester sein erstes Geigen-Solo spielen durfte. Sie hatte ihm extra einen schwarzen Samtblazer und eine aufwändig gearbeitete Brokatweste gekauft. Marius fand, dass er darin aussah wie ein kleiner Lackaffe. Aber Matthias war offensichtlich noch nicht in dem Alter, wo ihm so was peinlich war. Marius hätte sich allerdings auch schon im Alter von sechs Jahren mit Händen und Füßen gewehrt, etwas anderes als seine Lieblingsjeans und T-Shirts anzuziehen.

Wenig später saß Marius neben seinem Nerv-Bruder auf den roten Kunstlederstühlen beim Friseur und wartete, bis der Kurze dran kam. Endlich wurde Matthias an einen Waschtisch geleitet. Zwar nicht von der Friseuse, die ihm sonst immer die Haare schnitt - die war heute krank - aber Marius war das so egal wie die chemischen Formeln in seinem Schulbuch, das er auf seinem Schoss hielt. Diese verdammten Formeln wollten sich einfach nicht in seinen grauen Zellen festsetzen. Zum Glück klingelte sein Handy. Er nahm ab und stoppte damit den schrägen Klingelton, der alle Köpfe in seine Richtung drehte. Am Display sah er, dass es Flo war. „Moment, ich geh nach draußen." Er ging durch die Glastür ins Freie. „So, jetzt kann ich, Alter."

Aber am anderen Ende waren nur sonderbar dumpfe Geräusche zu hören.

„Flo ...? Bist du es? Flo ..." wiederholte Marius mehrmals.

Aber Flo antwortete nicht. Oder doch ...? Irgendwie klang das wie, wie ... Hilfe. Aber sicher war er sich nicht. Dann gingen die Geräusche plötzlich in einem Gurgeln unter. Als hätte jemand das Handy in ein Becken geworfen. Die Verbindung war tot.

Marius schaute irritiert auf sein Handy. Nachdenklich klappte er es ein und machte sich auf die Suche nach seinem kleinen Bruder. Der war wie vom Erdboden verschluckt. War der womöglich schon rausgegangen? Erst als sich Matthias an dem Frisiertisch direkt vor ihm umdrehte, erkannte er ihn: er hatte sich von der jungen Friseuse mit den dreifarbigen Haaren einen Irokesenschnitt machen lassen. Marius blieb die Spucke weg. Sein kleiner Bruder sah ihn triumphierend an. Er hatte dieses dreist-fiese Lächeln, das ohne Engelslocken ungefiltert rüberkam. Matthias hatte es wieder einmal geschafft, dass Marius richtig Ärger bekommen würde. Seine Mutter würde ihn erschlagen. Oder nie mehr seine Lieblingsnudeln kochen. Verdammt! Marius biss sich grimmig auf seine Unterlippe.

Da klingelte sein Handy wieder. Es war Silja. Ohne Punkt und Komma ließ sie eine Litanei von Beschimpfungen auf ihn niederprasseln. Dass sie es unmöglich fand, dass Flo sie mitten im Kronberger Wald hatte stehen lassen und dass das wohl ein abgekartetes Spiel von Flo und ihm war. Und überhaupt. Bevor er etwas entgegnen konnte, hatte sie schon aufgelegt.

Hhäääähhh? War er im falschen Film? Gab's das auch in merkwürdig? Irgendetwas stimmte hier doch nicht. Er versuchte mehrmals, Silja anzurufen – aber die nahm einfach nicht ab. Warum er dann ausgerechnet die Nummer von Benina Gatti wählte, wusste er selbst nicht so genau. Marius war sich zwar total bescheuert vorgekommen, als er der Kommissarin von den merkwürdigen Anrufen erzählte. Aber Benina Gatti versprach, das Mädchen anzurufen, das offensichtlich mit Marius gerade nicht sprechen wollte, um zu hören, was mit Flo passiert war.

Bei der unbekannten Frankfurter Telefonnummer nahm Silja tatsächlich den Anruf entgegen. Widerwillig erzählte sie der

Kommissarin die peinliche Geschichte. Erst im Laufe des Gespräches zog das Mädchen in Erwägung, dass Flo etwas passiert sein könnte.

Benina Gatti schickte vorsichtshalber einen Streifenwagen in das beschriebene Waldstück, um nach dem Jungen Ausschau zu halten. Als die Polizisten den Waldparkplatz erreichten, stand da bereits ein Krankenwagen, der einen bewusstlosen Jungen abtransportierte. Es war tatsächlich Flo. Wer hatte den Notruf ausgelöst? Vielleicht ein Wanderer mit Handy, der den Jungen auf der Bank hatte liegen sehen? Auf jeden Fall wurde er sofort ins Krankenhaus gebracht. Ein Notarzt bemühte sich um ihn mit einer Sauerstoff-Flasche, denn es sah nicht gut für ihn aus.

Kapitel 24

Als Flo aus dem Koma erwachte, standen seine besorgten Eltern beide am Krankenbett. Wenn der einzige Sohn auf der Intensivstation lag, hatte man plötzlich alle Zeit der Welt. Seiner Mutter war die Erleichterung, dass er wieder die Augen aufmachte, anzusehen. Selbst sein Vater konnte eine Träne der Rührung nicht unterdrücken.

„Wo bin ich?“ fragte Flo benommen. Doch die Worte waren so kratzig und leise, dass sie kaum zu verstehen waren.

Seine Mutter legte ihm liebevoll den Finger auf den Mund. „Später, mon cherie“, sagte sie sanft und strich ihm über das glatte, schwarze Haar, wie sie es nicht mehr getan hatte, seit Flo ein Baby war.

Flo versuchte sich zu orientieren. Ein paar Fetzen der Erinnerung kamen hoch und ließen ihn ängstlich um sich blicken. Wo waren diese Horrorbienen? Und warum hingen Schläuche an seinem Arm? Als ein Arzt im weißen Kittel heraneilte, wusste er, dass er im Krankenhaus lag.

„Ach die Erde hat unseren Patienten wieder“, sagte dieser hoch erfreut. Ein sechzehnjähriger Junge im Koma lässt auch einen routinierten Oberarzt nicht kalt. Ein ganzes Team hatte mehrere Stunden um das Leben dieses Jungen gekämpft, der durch Insektenstiche einen allergischen Schock erlitten hatte. Und nicht jeder Kampf auf der Intensivstation endete mit einem Erfolgserlebnis.

Wieder versuchte Flo, etwas zu sagen.

„Bitte vorerst so wenig wie möglich sprechen. Durch das Sauerstoffgerät sind die Stimmbänder etwas in Mitleidenschaft gezogen worden. Aber das wird sich bald geben.“

Doch sobald der Oberarzt weg war, versuchte Flo seinen Eltern mitzuteilen, dass er dringend mit der Kommissarin sprechen müsste. Er hätte den Hausmeister aus Sulzbach im Wald gesehen, bevor er niedergeschlagen wurde.

Sein Vater rief sofort Benina Gatti an, die sich direkt in ihren Dienstwagen setzte und nach Frankfurt Höchst zum Krankenhaus fuhr. Trotz ihres Dienstausweises wollten die Krankenschwestern sie zunächst nicht zu dem jungen Patienten lassen. Zum Glück kam gerade Vater Hansen aus dem Zimmer der Privatstation, wohin man Flo verlegt hatte. Er signalisierte dem Pflegepersonal, dass das schon in Ordnung gehe.

„Hallo“, sagte Benina zu Flo, der schwach die Hand zur Begrüßung hob und kaum die Kraft zu einem Lächeln hatte. Die Kommissarin gab ihm Zeit. Sie setzte sich auf einen Besucherstuhl und sah abwechselnd ihn und die Infusionsflasche neben ihm an, beobachtete wie sich ein Tropfen nach dem anderen löste und in den durchsichtigen Schlauch sikkerte. „Und? Wie geht es Dir?“ fragte sie nach einer Weile.

Ohne ihre Frage zu beantworten sagte Flo heiser: „Der Hausmeister ...!“

„Der Hausmeister? Der Hausmeister von Sulzbach?“

Flo nickte.

„Der hat dich so übel zugerichtet?“

Flo zuckte mit den Schultern. „Ich weiß nicht, aber ich habe ihn erkannt. In dem Jeep ... dem ich gefolgt bin.“ Das Ende des Satzes kratzte beängstigend und blieb ihm fast im Halse stecken. Flo war wirklich ein Bild des Jammers mit seinen dick angeschwollenen Stichen an Auge und Schläfe, die sein Gesicht übel entstellten. Der rechte Arm wies gleich mehrere blau-rot umrandete Stiche auf.

„Sie können den Patienten nicht so lange strapazieren“, rügte die Krankenschwester hinter ihr streng. „Der braucht noch absolute Ruhe.“

„Da haben sie sicherlich Recht“, sagte die junge Kommissarin einsichtig. Und zu Flo gewandt: „Ich werde mich persönlich darum kümmern. Du schonst dich jetzt erst mal. Alles Weitere können wir nächstes Mal besprechen. Gute Besserung, Flo!“ Sie schenkte ihm ein aufmunterndes Lächeln. Dann ging sie nachdenklich zu ihrem Auto, das sie eine Straße weiter geparkt hatte. Flo hatte also im Wald den Hausmeister gesehen. Der Hausmeister der Sporthalle in Sulzbach, wo gerade ein Basketballstar umgebracht worden war. Zufall? Oder gab es womöglich eine Verbindung zwischen dem angeblichen Überfall im Wald und dem Mord in Sulzbach?

Bevor sie weitere Mutmaßungen anstellte, wollte Benina sicher gehen, dass sich der Junge nicht getäuscht und wirklich Bertram Holzer gesehen hatte. An einem Montagnachmittag wie heute musste der Mann normalerweise bei der Arbeit sein. Sie holte sich im Präsidium nur schnell die Akte mit Helmers Protokoll und der polizeilichen Erfassung. Die Fotos zeigten einen unscheinbaren Mann um die sechzig. Eilig überflog sie den Protokollbericht, der von ihrem Kollegen verfasst worden war: Bertram Holzer, geboren am 15. Januar 1945 – also wenige Monate vor Kriegsende auf die Welt gekommen. Jetzt war er 63 Jahre alt und würde wohl bald in Rente gehen. Seit acht Jahren als Hausmeister für die Sporthalle und die daran angrenzende Gesamtschule tätig. Wohnhaft in einer Dienstwohnung in Sulzbach. Er besaß nicht nur einen Schlüssel zu der Sporthalle, sondern hatte auch Zugang zu einem Generalschlüssel, der im Sekretariat der Schule aufbewahrt wurde. Am Morgen des Pohl-Mordes war er angeblich bei seinem behinderten Sohn im Pflegeheim gewesen. Die Aussage war von Kerstin telefonisch überprüft worden. Das Pflegeheim hatte bestätigt, dass der Hausmeister kurz nach acht Uhr eingetroffen war, um seinen Sohn zu einem Spaziergang abzuholen und erst um zehn Uhr das Haus wieder verlassen hatte. Bei der Vernehmung hatte Holzer angegeben, dass ihm vor und nach dem Mord nichts Besonderes aufgefallen war. Soweit – so unspektakulär. Immerhin schien er über genügend Geld zu verfügen, um sich im Bahnhofsviertel mit gut aussehenden Damen zu vergnügen.

Benina lenkte den 3er BMW auf die A 66 und erreichte schon kurz darauf das modern umgebaute Schulgebäude. Auf der großen Treppe am Eingang kamen ihr einige ältere Schüler der Oberstufe entgegen, mit Rucksäcken und Büchern unterm Arm. Sie alberten ausgelassen herum, froh, der Schule für heute den Rücken kehren zu können. In dem großen, unübersichtlichen Eingangsbereich roch es nach Mittagessen und abgestandenem Schulmief. Benina hielt kurz die Luft an. Dann ging sie die schwarz-weiß gesprenkelte Steintreppe hoch zum Sekretariat und fragte eine der beiden Damen nach Bertram Holzer.

„Wechselt im zweiten Stock Lampen aus", erfuhr sie. „Physikraum", wurde ihr noch nachgerufen. Sie bedankte sich und erklomm die nächste Treppe. Im Biologieraum wurde sie schließlich fündig. Sie blieb unter der Tür stehen und schaute zu, wie Holzer eine Stablampe herausdrehte.

Die Bewegungen des kleinen Mannes auf der Leiter waren bedacht und von einer ernsthaften Konzentration. Ja, fast Trauer, dachte sie und sah noch einmal genau hin. Es war tatsächlich so. Hinter all seinen Handgriffen und dem unbewegten Gesichtsausdruck verbarg sich eine kleine Traurigkeit, die sich in seiner ganzen Ausstrahlung niederschlug. Seiner ansonsten warmen Aura fehlten das innere Licht und die klare Umrissenheit. Für Benina sah sie irgendwie gebrochen aus. War dies das Bild eines Mannes, der einen Sechzehnjährigen niederschlägt und bewusstlos liegen lässt? War es tatsächlich Holzer, den Flo gesehen hatte?

Benina räusperte sich. Holzer sah auf, sagte aber nichts. In aller Seelenruhe ging er wippend zum Pult, holte dort eine neue Lampe und schob sie in die Fassung.

„Benina Gatti, Mordkommission. Wir kennen uns von neulich. Herr Holzer, entschuldigen Sie bitte die Störung. Aber ich hätte da eine Frage an Sie: wo waren Sie letzten Samstag zwischen 15 und 16 Uhr?"

Wie Benina immer wieder erlebt hatte, kamen die meisten Menschen bei einer solchen Frage in Gefühlswallung. Aber Holzer strich sich nur gedankenverloren über seine Halbglatze und überlegte ruhig. Dann sagte er: „Wenn Sie es genau wissen wollen: Bei dem Spiel der U14. Die Jungs haben mich angerufen, weil kurz vor Spielbeginn die Deckenbeleuchtung anfing zu flackern. Das war kurz vor 15 Uhr. Eine Leuchtstofflampe musste ausgetauscht werden. Ich habe dann noch eine Weile zugeschaut. Nach der Halbzeitpause bin ich gegangen. So gegen 16 Uhr oder etwas später. Das können Ihnen die Jungs oder deren Eltern sicher besser sagen. Warum fragen Sie ...?"

„Jemand glaubt, Sie um diese Zeit im Kronberger Wald gesehen zu haben."

Holzer sah sie erstaunt an, sagte aber nichts. Auch seine Aura veränderte sich kaum. Flo musste sich getäuscht haben. Die

Kommissarin hatte nicht den Eindruck, dass der kleine Mann die Unwahrheit sagte – auch wenn sie seine Aussage natürlich überprüfen lassen würde.

„Sie fahren nicht zufällig einen grünen Jeep? Oder ein Motorrad?“ schob Benina noch nach.

„Mein blauer Passat steht unten auf dem Parkplatz. Wollen Sie ihn sehen?“

„Nein, danke, ist schon o. K.“

Kapitel 25

Nachdem die Aussage des Hausmeisters von mehreren Personen bestätigt worden war, fielen die weiteren Ermittlungen bezüglich des Überfalls auf Florian Hansen nicht mehr in Beninas Zuständigkeit. Jetzt ermittelten andere Kollegen des Polizeipräsidiums wegen des Überfalls auf den Jungen. Dennoch fuhr Benina Gatti nochmals ins Krankenhaus, um Flo persönlich zu berichten, was sie herausbekommen hatte. Das war sie ihm schuldig.

Die Kommissarin machte leise die Tür seines Krankenzimmers auf und musste unwillkürlich lächeln, als sie Flo sah, wie er sich im Takt der Musik seines MP-3-Players in den Kissen bewegte, die Stöpsel des Kopfhörers im Ohr, die Fernbedienung des Fernsehers daneben. Es schien ihm schon wieder deutlich besser zu gehen. Auch Benina hatte sich große Sorgen um den sympathischen Jungen gemacht. Wäre er mit seinem toxischen Schock nicht so schnell in ärztliche Obhut gekommen - wer weiß, wo er jetzt liegen würde. Da war das Krankenbett im Höchster Kreiskrankenhaus doch die bessere Alternative. Vom elften Stock konnte er fast bis Darmstadt blicken.

„Und Du bist ganz sicher, dass Du den Hausmeister von der Sulzbacher Basketballhalle erkannt hast?“ fragte die Kommissarin, nachdem sie ihm ein paar Süßigkeiten überreicht hatte, die Jungs in dem Alter normalerweise liebten.

„In dem Jeep, ja. Ganz sicher.“ Seine Stimme klang fast schon wieder normal. „Sonst wäre ich doch gar nicht runter zu dem Haus gelaufen. Mir kam das ja selbst sehr merkwürdig vor.“

„Du musst dich dennoch getäuscht haben. Der Hausmeister war zu der fraglichen Zeit in Sulzbach. Dafür gibt es ungefähr zwanzig glaubwürdige Zeugen.“

„Das gibt es doch nicht ..." Flo verstand die Welt nicht mehr. Mit großem Fragezeichen auf der Stirn sah er die junge Kommissarin an.

„Manchmal ist man so sehr auf eine Person fixiert, dass man glaubt, sie überall zu sehen. Vielleicht war das in diesem Fall so. Hast Du denn gesehen, wer Dich niedergeschlagen hat?"

„Nein, der Schlag kam für mich völlig unerwartet. Ich hatte kaum den Kopf durch die Hecke gestreckt, da bekam ich auch schon eins drüber. Ich habe überhaupt keinen zu Gesicht bekommen. Aber neulich, als ich an der gleichen Stelle meinen Cousin gesucht habe, da war in dem Hof so eine vermummte Gestalt mit Stoff über dem Kopf, wie aus einem Harem."

„Du hast eine verschleierte Frau gesehen?"

„Ich weiß nicht. Kann auch ein Mann gewesen sein."

Hhhmm, eine Haremsdame oder ein Mann mit Schleier? überlegte Benina skeptisch. Das klang ja sehr nach Räuberpistole. Dann in einer plötzlichen Eingebung: „Kann es nicht auch ein Imker gewesen sein? Das würde doch zu den Bienen passen, die Du gesehen hast."

„Ja, stimmt. Wenn ich gewusst hätte, dass auf dem Grundstück solche Horrormonster rumfliegen, hätte ich da einen Riesenbogen drum gemacht." Flo schauderte noch im Nachhinein.

„Wenn es jemals solche Bienen gab, sind sie in den Glashäusern alle verbrannt. Meine Kollegen, die nach der Beschreibung deiner Freundin Silja das verlassene Anwesen

ausfindig gemacht haben, konnten in dem Innenhof nur noch schwelende Überreste und Glasscherben finden. Jemand hat die Glashäuser mit Benzin angezündet. Ansonsten gab es nichts Verwertbares, was einen Hinweis auf den oder die Täter hätte geben können.
Aber was die Insekten betrifft: Die Ärzte vermuten aufgrund der Stiche, dass es wilde Hornissen waren. Durch den Schlag auf den Kopf sind sie Dir wahrscheinlich noch größer vorgekommen als sie eh schon waren. Und keine Frage, Du hattest einen toxischen Schock."

„Aber das waren keine normalen Insekten ..."

„Leider können wir das jetzt nicht mehr feststellen, da - wie gesagt - von den Tätern alle Spuren beseitigt wurden. Du warst offensichtlich zur falschen Zeit am falschen Ort. Ist dir sonst noch etwas aufgefallen?"

„Ja, als ich in diesem Glashaus aufgewacht bin und versuchte, Marius anzurufen, da hörte ich plötzlich diese Schritte ..."

„Waren es die Schritte eines Mannes oder einer Frau?

„Ich weiß nicht. Sie klangen irgendwie ... schwerfällig. So, als würde jemand hinken."

Benina machte sich wieder Notizen in ihrem kleinen, schwarzen Buch.
„Schade übrigens, dass du dir nicht das komplette Kennzeichen des Jeeps gemerkt hast. Bis jetzt konnten wir den Halter nicht ausfindig machen. Mittlerweile gibt es ja sehr viele Jeeps mit Frankfurter Nummer. Auch bei Autovermietungen. Aber jetzt wirst Du erst mal wieder ganz gesund. Dann sehen wir weiter." Benina Gatti strich Flo über die linke Wange, die nicht so viel abbekommen hatte und zwinkerte ihm aufmun-

ternd zu.

Doch so leicht gab Flo nicht auf: „Meine Mutter hat mir das Magazin mitgebracht. Das mit dem Model ..., das ich mit dem Hausmeister gesehen habe. Es liegt auf dem Tisch da drüben."

Benina sah Flo unschlüssig an. Er ließ nicht locker. „O.K.", meinte sie schließlich. „Ich nehme es mit. Schauen wir mal, wer dieses Mädchen ist." Und wie um von der Sache abzulenken: „Wusste eigentlich jemand von Deiner Allergie?"

„Wie meinen Sie das ...? Denken Sie, man hat diese Bienen absichtlich auf mich losgelassen ...?"

„Nein, nicht wirklich. Das war wohl eher ein Zufall. Aber Deine Eltern haben auf jeden Fall Anzeige wegen versuchten Totschlags erstattet. Du hattest gerade noch mal Glück. Die Sache hätte auch anders ausgehen können."

Die Tür ging auf. Ein Blumenstrauß mit Mädchen erschien. Es war Silja, die verlegen lächelnd auf Flo zuging und ihm die frischen Sommerblumen in die Hand drückte. Vorsichtig hauchte sie ihm einen Kuss auf die Wange. Flo bekam nicht einmal mehr mit, wie sich Benina schmunzelnd verabschiedete.

Auf dem Weg zum Auto fiel der Kommissarin der alte Zeidler ein. Der war doch Bienenspezialist. Ihn würde sie nach den von Flo beschriebenen Spezies fragen. Vielleicht gab es noch eine andere Erklärung als die wilden Hornissen, wie die Ärzte meinten. Wenn es jemand wusste, dann er!

Kapitel 26

Als Benina vom Krankenhaus ins Polizeipräsidium zurückfuhr, fing es plötzlich an zu schütten. Tausend Krönchen spritzten vor ihr auf. Die Autos auf dem mehrspurigen Zubringer zogen weiße Gischtfahnen neben sich her. Der Scheibenwischer konnte die Wassermengen kaum bewältigen.

Als sie das Auto abgestellt hatte und durch den Regen über den Parkplatz des Präsidiums lief, hatte es merklich abgekühlt. Sie fröstelte in ihrem dünnen Top, das sie unter der nass gewordenen Sommerjacke trug. An ihrem Schreibtisch kramte sie den Föhn aus der Schublade und wärmte sich mit dem warmen Luftstrom auf. Ihr Blick fiel auf einen Zettel mit Name und Anschrift der im Grundbuchamt eingetragenen Besitzerin des Waldanwesens – der Ort, wo Flo niedergeschlagen worden war. Kerstin hatte herausbekommen, dass das Haus einer gewissen Erika von Schlehendorff gehörte, die allerdings seit einigen Jahren in einem Senioren-Pflegeheim lebte. Die Polizeihospitantin machte sich wirklich gut. Außerdem mochte Benina die große junge Frau mit dem Kraushaar. Durchaus denkbar, dass man sie dauerhaft bei der Mordkommission übernehmen würde.

Als Trutz Helmer den Kopf in ihr Büro steckte, stellte Benina schnell den Föhn ab und ließ ihn in ihrer Schublade verschwinden. Der musste doch immer im unpassenden Moment auftauchen. Doch ihr Kollege verkniff sich eine Bemerkung und zog sich zurück. Aber das unverschämte Grinsen reichte ihr schon wieder. Was hatte er eigentlich gewollt? Sie fühlte sich grundlos aus dem Konzept gebracht. Sie sah erneut auf die Adresse des Seniorenstiftes: Stierstadt war gleich hinter Kronberg. Am besten würde man die Anschrift direkt an die Kollegen weiterreichen, die jetzt für den Fall zuständig waren. Da es keinen erkennbaren Zusammenhang mit dem Mordfall gab, war sie raus aus der Sache. Sie legte den Zettel auf die Seite und sah erst mal nach ihrer Post. Dann holte sie sich in der Kaffeeküche ein Pöttchen Kaffee und eines dieser ungesunden, klebrigen Stückchen mit weißem Zuckerguss, die jemand in der Abteilung ausgegeben hatte. Das Müsli heute Morgen war ihre letzte Mahlzeit gewesen, und sie kam fast um vor Hunger.

Während sie aß, versuchte sie, diesen Dr. Zeidler zu erreichen. Doch unter der Telefonnummer meldete sich niemand - weder Vater noch Tochter. Was konnte sie im Moment tun? Entgegen jeglicher Logik entschied sie sich, der Besitzerin in dem betreuten Wohnheim einen Besuch abzustatten. Einen Versuch wollte die junge Frau von der Kripo noch unternehmen, um herauszubekommen, ob der Hausmeister nicht doch etwas mit der Sache zu tun hatte und sich womöglich eine Verbindung zum Mordfall Pohl herstellen ließe.

Kapitel 27

Erika von Schlehendorff war für ihr hohes Alter sehr resolut. Zwar saß sie in einem Rollstuhl, aber die Stimme der Greisin war glasklar und sehr bestimmend. Ihr strenges Gesicht war von unzähligen Altersflecken und Falten gezeichnet. Sie musste gut und gern in den Neunzigern sein.

Benina zeigte der alten Dame ein Foto von Holzer, das sie aus der Akte mitgenommen hatte. Erika von Schlehendorff warf einen kurzen, kühlen Blick darauf. „Kenne ich nicht," sagte sie in ihrem Feldwebelton schroff. Im gleichen Moment klingelte sie nach einer Pflegerin und schimpfte: „Wo bleibt nur wieder mein Tee? Unglaublich, wie lange ich hier immer warten muss. Wollen Sie auch eine Tasse?"

„Nein danke", lehnte die Kommissarin ab. Und obwohl sie von ihrer Mitarbeiterin wusste, dass beim Einwohnermeldeamt niemand außer Erika von Schlehendorff unter dieser Adresse gemeldet war, fragte sie: „Frau von Schlehendorff, haben Sie das Haus am Kronberger Waldrand vermietet oder jemandem zeitweise überlassen ...?"

Die Greisin sah sie wie ein Habicht an und schien zu überlegen. „Ja, mein Haus vermisse ich sehr. Die Rehe und Karnickel sahen mir morgens auf den Teller. Nicht so wie hier nur alte, kranke Menschen." Ihre Stimme klang verächtlich.

„Frau von Schlehendorff, die zwei Glashäuser auf ihrem Grundstück ... Zu welchem Zweck haben sie diese benutzt?" Es fiel Benina schwer, sich bei der negativen Schwingung im Raum zu konzentrieren.

„Wer im Glashaus sitzt, soll nicht mit Steinen werfen", antwortete die alte Frau ärgerlich, als hätte Benina sie persönlich angegriffen. „Wenn Sie erst einmal so alt sind wie ich, werden Sie verstehen, was ich meine. Ach, da kommt ja mein Hagebuttentee. Hat ja wieder entsetzlich lange gedauert." Sie sah die Pflegerin strafend an. Und mit Blick auf die Kommissarin: „Die Dame möchte gehen – bitte geleiten Sie sie zur Tür."

„Nehmen Sie es nicht persönlich!" raunte die Pflegerin Benina zu. „Sie meint es nicht so. Sie hat auch schon viel Gutes getan in ihrem Leben und kann sehr großzügig sein. Aber der Kopf macht manchmal nicht mehr mit."

Benina beeilte sich, nach draußen zu kommen. Sie war einfach nur froh, der düsteren Stimmung dieses Raumes und seiner Bewohnerin den Rücken kehren zu können.

Kapitel 28

„Frau Maciewsky ...? Ich hätte da noch ein paar Fragen an Ihren Sohn“, Benina sah die attraktive Frau mit den blonden Locken und der leicht barocken Figur interessiert an. Das war also Marius’ Mutter.

„Gehen Sie ruhig hoch – immer dem Geklimper nach ... Dann sind Sie richtig.“ Benina entnahm der Bemerkung eine nicht gerade große Wertschätzung für die musikalische Betätigung ihres Erstgeborenen. Aber sie sagte nichts dazu und stieg die Reihenhaus-Treppe mit dem obligatorischen Harfengeländer hoch. Aus einem Zimmer im ersten Stock klangen monotone Geigentöne. Durch dessen halb geöffnete Tür sah Benina einen etwa sechsjährigen Jungen mit Punkerfrisur auf seiner Geige üben. Partituren, die sie selbst jahrelang immer und immer wieder exerziert hatte. Das war wohl Marius' Bruder. Aus einer anderen Tür klangen Cellotöne, deren Professionalität sie sofort erkannte. Sie musste noch eine Treppe höher, um das emotionale Schluchzen einer E-Gitarre Marius zuordnen zu können. Der junge Mann saß auf dem Bett über sein Instrument gebeugt, direkt unter einer rot-gelb-grünen Bob-Marley-Flagge. Die Art, wie Marius seine Gitarre hielt, ja fast umarmte, faszinierte Benina. Eben, als sie ihren Fuß in das Zimmer setzen wollte, fing Marius zu singen an. Benina verharrte wie angewurzelt auf der Stelle und lauschte dem Stück, das sie nie zuvor gehört hatte. Sie hätte dem Sechzehnjährigen diesen Ausdruck nicht zugetraut. Die diffuse Hibbeligkeit seiner Aura, die ihn sonst umgab, war wie von ihm abgefallen und hatte einer leuchtenden Reinheit Platz gemacht.

„Du hast eine starke Farbigkeit in Deiner Stimme. Nimmst Du Gesangsunterricht ...?“ Erst als der letzte Ton verklungen war, hatte Benina gewagt, ihn anzusprechen.

„Gibt es Sie auch in schleichend ...?" fragte Marius überrascht – ohne ihre Frage zu beantworten. Er fühlte sich wie ertappt und wollte schnell die E-Gitarre zur Seite legen. Aber die Kommissarin ermunterte ihn weiterzuspielen. Lange hatte sie Musik nicht mehr so emotional berührt. Marius ließ sich nicht lange bitten. Insgeheim träumte er davon, eine eigene Band zu gründen und vor großem Publikum aufzutreten. Er spielte für sie ein Stück, das ebenfalls von ihm war. Dann noch eine freie Version eines bekannten Songs, der im Moment überall im Radio dudelte.

Benina hatte sich auf dem einzigen Stuhl im Zimmer niedergelassen, nachdem Marius die Berge von Klamotten zur Seite geräumt hatte. Sie hörte nicht wirklich auf den Text, sah nur die geschickten Finger, wie sie Griff und Saiten bearbeiteten, die Buntheit der Töne. Sie klatschte begeistert Beifall und Marius – wieder ganz Showmaster – verbeugte sich demonstrativ und überschwänglich nach allen Seiten, obwohl sich außer Benina niemand im Raum befand.

Er legte die Gitarre zur Seite: „Verstehen Sie was von Musik ...?" Sie hörte ihm an, dass er es nicht für selbstverständlich hielt, dass eine Kommissarin sich für seine Musik interessierte.

„Ein bisschen. Mein Vater war Berufsmusiker. Er spielte Geige."

„Mein Bruder auch. Und Sie ...?"

„Seit dem Tod meines Vaters habe ich kein Instrument mehr angefasst."

„Sorry, ich wusste nicht ..." Trotz seiner Jugend spürte Marius, dass dies in ihrem Leben ein wunder Punkt war.

„Ist schon gut ... Aber eigentlich bin ich ja auch nicht hergekommen, um mit Dir über Musik zu sprechen.“ Benina gab sich einen merklichen Ruck. Schließlich wollte sie vor Marius nicht als Sensibelchen dastehen. „Es geht um das Mädchen, dieses Model, das Du und Flo im „Living“ mit dem Hausmeister gesehen habt.“ Benina kramte in Ihrer Umhängetasche und hielt ihm ein paar Set-Karten mit Fotos unter die Nase. Carmen Sanchez stand darauf sowie die Maße der dunkelhaarigen Schönheit. Ihr Mitarbeiter Christian hatte die Fotos für sie bei einer Modelagentur in Frankfurt angefordert.

Marius betrachtete das Mädchen mit den dunklen Samtaugen, das in verschiedenen Posen abgelichtet war. Auf allen Fotos trug sie das Haar offen – anders als das Mädchen im Living, das die Haare zu einem strengen Pferdeschwanz zusammengefasst hatte. Marius wuschelte unschlüssig seine blonden Locken: „Ich weiß nicht. Vielleicht ... Aber es war ja so dunkel. Eigentlich war dieses Mädchen auch mehr Flo aufgefallen. Was meint er denn ...?“

"Flo ist überzeugt davon, dass dieses Fotomodell das Mädchen aus dem Living ist. Er hat sich durch seine Mutter sogar das Modemagazin ins Krankenhaus bringen lassen, auf dessen Cover sie abgebildet ist. Er gibt nicht auf. Er will einfach nicht glauben, dass der Hausmeister nichts mit der Sache zu tun hat. Aber der hat für die Zeit des Überfalls ein hundertprozentiges Alibi. Gleich von mehreren Müttern und Vätern bestätigt. Außer, dass Flo meint, ihn im Wald gesehen zu haben, gibt es auch keinen Anhaltspunkt dafür, dass der Mord an Pohl und der Überfall in irgendeiner Weise zusammenhängen. Aber ich wollte nichts unversucht lassen. Und es war deinem Freund besonders wichtig, dass ich herausbekomme, wer das Mädchen ist.“

„Wenn es ihm dadurch besser geht. Mann, hat der ein Schwein gehabt ..."

„Und einen Freund, der mitdachte. Nicht jeder hätte in dieser Situation das Richtige getan. Das wollte ich Dir bei dieser Gelegenheit mal sagen."

Marius wehrte verlegen ab: „Wenn Sie nicht so schnell einen Streifenwagen geschickt hätten, dann ..." Er führte den Satz nicht zu Ende, machte stattdessen Verrenkungen, als würde er ersticken. Sehr ausdrucksstark, der junge Mann.

Die junge Kommissarin sagte nichts dazu, lachte nur und behielt für sich, dass die Kripo bis heute nicht wusste, wer den Krankenwagen gerufen hatte, der schneller vor Ort gewesen war als das Polizeiauto.

Sollte Benina der Sache mit dem Fotomodell weiter nachgehen? Von der Sekretärin der Model-Agentur hatte Christian auch in Erfahrung gebracht, dass diese Carmen Sanchez ihren Wohnsitz mittlerweile in Barcelona hatte und sich derzeit in Florida bei einem Dreh für einen Werbespot aufhielt. An dem fraglichen Wochenende, als Dennis Pohl ermordet wurde, war sie allerdings im Frankfurter Raum bei einem Mode-Shooting. Flo konnte sie also tatsächlich im Living und später im „Heart of Africa" mit dem Hausmeister gesehen haben. Doch das hatte Benina schließlich selbst als harmlos abgetan.

Einzig ihr Misstrauen gegenüber „Zufällen" brachte die Kommissarin dazu, bei der Model-Agentur eine Nachricht zu hinterlassen, dass sich Carmen Sanchez bei ihrem nächsten Aufenthalt in Deutschland für eine Befragung im Frankfurter Präsidium bereit halten sollte. Der Inhalt des übergebenen Briefumschlages könnte vielleicht doch neue Erkenntnisse für den Fall Pohl bringen.

Kapitel 29

Benina fühlte, wie es ihr den Boden unter den Füßen wegzog. Sie fiel und fiel. Wie in Zeitlupe. Kopfüber, kopfunter - in ein tiefes graues Nichts. Plötzlich tauchte eine gebückte Gestalt in wallenden weißen Tüchern auf. Für den Bruchteil einer Sekunde sah sie das alte Gesicht und den Mund, zu einem stummen Schrei geformt. Doch kein Laut verließ die Lippen. Ein Kälteschauer erfasste Benina, die jetzt immer schneller und schneller auf den felsigen Boden unter ihr zuraste. Kurz bevor sie aufschlug, schreckte sie hoch. Sie saß senkrecht und schweißgebadet in ihrem Bett. Ihr Herz raste.

Benina stand benommen auf und schenkte sich ein Glas Wasser ein, das sie in einem Zug austrank. Nach dem Tode ihres Vaters hatte sie oft solche Träume gehabt. Das war lange her. Holte sie die Vergangenheit wieder ein?

Und wer war die schreiende Gestalt in dem wallenden, weißen Gewand? Irgendwie hatte sie das mit Falten übersäte Gesicht an jemanden erinnert. Vielleicht an diese Erika von Schlehendorff, die sie vorgestern im Pflegeheim aufgesucht hatte. Nun ja, der Mensch neigte dazu, aktuelle Geschehnisse mit verdrängten Ängsten und Problemen im Traum zu verbinden. Dass sie den Tod ihres Vaters nicht wirklich verarbeitet hatte, wusste Benina selbst. Zu abrupt hatte sie sein Selbstmord aus ihrer heilen Welt gerissen. Von heute auf morgen war alles anders gewesen. Mit ihm starben so viele Gemeinsamkeiten, Hoffnungen und Träume. Auch das Urvertrauen, das an seine Person geknüpft war. Selbst ihre Liebe zur Musik.

Benina atmete tief durch, sog den Atem hörbar durch die Nase ein, die Hand auf dem Bauch. Sie spürte, wie sich die Bauchdecke bei jedem Atemzug hob und senkte. Ein und Aus. Ein und Aus. So, wie sie es von ihrem Yoga-Lehrer gelernt hatte. Langsam wurde sie ruhiger, hing aber immer noch düsteren Gedanken nach.

Klar, konnte sie heute irgendwie nachvollziehen, dass ihr Vater es als begnadeter Musiker nicht hatte verwinden können, nie mehr Geige zu spielen. Nach dem Überfall durch zwei junge Schlägertypen war seine linke Hand so gut wie gelähmt. Aber sich deswegen unter die gleiche S-Bahn zu legen, in der der Überfall ein halbes Jahr vorher passiert war? Sollte nicht sie, seine Tochter, Grund genug sein weiterzuleben? Aber offenbar hatte er keinen Sinn mehr gesehen. In nichts und niemandem. Und das hatte sie neben dem Verlust des geliebten Menschen auch noch zutiefst verletzt. Das alles war jetzt fast neun Jahre her. Sie hatte gedacht, dass die Zeiten vorbei waren, wo sie jede Nacht schweißgebadet aufwachte. Aber das Unterbewusstsein ließ sich nicht ausblenden.
Benina seufzte. Sie sah auf die Leuchtanzeige ihres Weckers: 5.08 Uhr. Lohnte es sich noch, sich wieder in das warme Bett zu verkriechen? Oder sollte sie gleich ins Büro gehen, um ihre Schreibtischarbeit zu erledigen, bevor dieser Trutz Helmer auftauchte? Benina überlegte: Sie könnte die gewonnene Zeit auch für eine Runde im Holzhausenpark nutzen. Beim Laufen würde sie die unangenehmen Gedanken und Gefühle, die der Albtraum in ihr verursacht hatte, am besten los werden. Den Kopf frei machen von altem Ballast. Eine Phase des Nichtdenkens erreichen, die Balsam war für Körper und Seele.

Sie zog ihre stupsnasigen Laufschuhe mit den hochgezogenen Sohlen an und machte sich auf den Weg. Wenn sie die Straße überquert hatte, war sie schon fast im Park. Sie nahm den kleinen Trampelpfad, vorbei an dem silber-roten Kubus, der eine futuristische Mischung aus Bistro und Kiosk war. Studenten hatten ihn entworfen und bewirtschafteten ihn auch selbst. Um diese Zeit war er noch hermetisch verriegelt – wie

ein Metalligel aus einer anderen Welt. Später würde man die ausgeklügelten Schiebeelemente auseinanderziehen, die dann als Überdachung für die Getränke- und Essensausgabe funktionierten. Die Leute aus ihrem Viertel nutzten den „IQbi“, wie ihn die Studenten getauft hatten, gerne für ein schnelles Frühstück oder einen kleinen Imbiss. Auch Benina hatte schon oft nach einer Joggingrunde auf einem der modernen Rattanstühle gesessen, die jetzt noch angekettet auf den Metalltischen standen, und einen Milchkaffee getrunken.
Benina beschleunigte ihren Schritt und versuchte einen Rhythmus zu finden. Nur ganz selten musste sie anderen Läufern ausweichen. Um diese Zeit waren wenige unterwegs. Sie begegnete dem unscheinbaren Mann mit Glatze und undefinierbarem Alter, der beim Laufen die Beine so weit nach hinten schlenkerte, dass sie ihn insgeheim „Hasi“ nannte. Täglich schlug er seine Haken im Park. Am Eingang zum Holzhausenpark hatte Benina sein altes Fahrrad gesehen - er war fast immer hier. Lief er vor irgendetwas weg – so wie sie?

Benina war mittlerweile an der Wohnstraße angekommen, die den Holzhausenpark vom Grüneburgpark trennte, der ebenfalls Teil ihrer Joggingrunde war. Ohne ihr Tempo zu verlangsamen lief sie auf dem Asphalt weiter, bis sie wieder natürlichen Untergrund unter den Füßen hatte. Als sie den kleinen koreanischen Tempel passierte, ging gerade die Sonne auf und badete ihr warmes Morgenlicht in dem kleinen Teich mit den Goldfischen. Warum kam ihr gerade jetzt wieder diese Erika von Schlehendorff in den Sinn? Warum ging so viel Kälte von dieser Frau aus, die ihre Pflegerin doch als Wohltäterin gepriesen hatte? Sie versuchte sich die Greisin in Erinnerung zu rufen: Das pergamentene Gesicht ... Die knorrigen Hände mit den stark hervortretenden Adern ... Die Düsterheit, die sie umgab ... Dann wusste Benina plötzlich, was ihr unbewusst aufgefallen war: Die Abwesenheit von Farbe - Erika von Schlehendorff hatte keine Aura.

Kapitel 30

„Sind Sie eine Angehörige von Frau von Schlehendorff ...?" Die adrette Ärztin im gestärkten weißen Kittel und dem Stethoskop um den Hals sah Benina prüfend an.

Benina verneinte und zückte stattdessen ihren grünen Dienstausweis. „Kriminalpolizei – Benina Gatti. Ich hätte da noch ein paar Fragen ..."

„Der Zustand von Frau von Schlehendorff ist leider nicht so, dass Sie irgendeine Antwort von ihr bekommen können", sagte die Ärztin.

„Kann ich trotzdem zu ihr ...?"

Die Ärztin schaute verwundert. „Wenn Sie meinen ... Ich weiß zwar nicht, was das bringen soll, aber bitte ..." Sie wirkte pikiert, weil man ihrem Urteilsvermögen misstraute, führte die Kommissarin aber in das sterile Krankenzimmer, in das man die Seniorin verlegt hatte.

„Danke!" sagte Benina. Sie betrachtete die geräuschvoll schlafende Greisin in ihrem weißen Krankenhemd, angeschlossen an Plastikschläuche und medizinische Geräte. Offensichtlich wurde sie künstlich ernährt. Die Nabelschnur des Alters, die sie am Leben hält, ging es Benina durch den Kopf. Welch erbärmlicher Zustand. Benina erinnerte sich, dass die alte Dame sie bei ihrem letzten Besuch noch sitzend und geradezu preußisch zackig begrüßt hatte. Erst im Laufe des Gespräches hatte sie bemerkt, dass die alte Dame etwas verwirrt war und nicht mehr alles mitbekam. Wie schnell es doch gehen konnte.

Benina war so in ihre Gedanken versunken, dass sie fast vergessen hätte, warum sie hier war. Sie schloss die Augen und versuchte dann mit höchster Konzentration, sich einen Gesamteindruck von dem Energiefeld zu machen, das normalerweise jedes Lebewesen umgab. Doch so sehr sie sich auch konzentrierte - Benina konnte bei der Greisin auch heute keine Aura wahrnehmen. Nur saugendes Schwarz. Dunkle Löcher, in die alle Farbe fiel. Nur hie und da ein paar trübe flackernde Lichtpunkte. Ansonsten Schatten und Düsternis. Diese Frau musste die dunklen Seiten des Lebens kennen gelernt haben. Benina schauderte und fühlte trotz der schwülen Wärme im geschlossenen Krankenzimmer eine Gänsehaut den Rücken hoch kriechen. Sie konnte die bedrohlich niedrige Schwingung im Raum förmlich fühlen. Benina riss sich zusammen und trat näher an das eierschalenfarbene Eisenbett mit den seitlichen Sicherheitsbarrieren. „Frau von Schlehendorff, hören Sie mich ...?“

Die alte Frau reagierte nicht. Ihre knorrigen Hände lagen reglos auf dem Laken. Nur ihr Mund öffnete sich leicht bei jedem Atemzug und verströmte einen unangenehm süßlichen Geruch.

„Frau von Schlehendorff, hören sie mich?“ Die junge Kommissarin berührte vorsichtig den Arm der Seniorin, die daraufhin ihre Augen aufschlug und den Kopf leicht in Beninas Richtung drehte – ihr Blick fand jedoch keinen Halt, verlor sich ins Leere.

„Horst, bist Du es?“ fragte die Greisin hoffnungsvoll. „Horst ...? Horst, geh nicht weg.“ Erika von Schlehendorffs Stimme klang bittend, fast weinerlich. Plötzlich hielt sie sich verschreckt und ängstlich die Ohren zu. „Sie schreien – hört ihr sie nicht schreien ...?“ Sie packte plötzlich Beninas Arm. Dann schlug sie wild um sich und schrie: „Weg! Weg!“

Eine Pflegerin eilte herbei und versuchte, die alte Frau mit

Worten und einer Spritze zu beruhigen. „Ist ja gut." Und zu Benina gewandt: „Sie muss in ihrer Jugend Schlimmes durchgemacht haben, die Arme."

„Seit wann ist sie in diesem Zustand ...?"

„Alzheimer hat sie schon ein paar Jahre. Aber sie war ganz gut eingestellt. Es gab Phasen, da merkte man ihr überhaupt nichts an. Nach dem letzten Besuch ihres Sohnes hatte sie plötzlich einen Schub. War ganz apathisch. Ein richtiger Zusammenbruch. Ja, das Leben ist nicht gerecht. Dabei hat sie so viel für elternlose Kinder getan. Den Kindern gehörte ihre ganze Liebe und Fürsorge." Die Pflegerin war voll der Bewunderung und des Bedauerns für die alte Dame. Sicher hatte sich die Patientin auch ihr gegenüber großzügig gezeigt.

„Sie hat einen Sohn ...?" hakte die Kommissarin ein.

„Ja, wohl ein Stiefsohn aus der ersten Ehe ihres Mannes. Besucht sie aber regelmäßig."

Benina sah wieder auf die Greisin. Plötzlich spürte sie, wie ihr übel wurde: Das kahle Zimmer, die piepsenden Apparate und Schläuche, die morbiden Gerüche, die alte Frau, die nach der Spritze zwar nicht mehr schrie aber jetzt starr nach vorne blickte. Benina schnürte es schier die Luft ab. Die negative Energie im Raum drückte auf ihr Gemüt. Schlechtes Chi, würde ihr Yogalehrer sagen. Benina wollte nur noch raus hier. Sie war schon an der Tür, als sie Erika von Schlehendorff flüstern hörte: „Die Siamesen – jetzt sind sie still."

Kapitel 31

Das war es, was wahre Freundschaft auszeichnete: Sich alles erzählen – aber auch wunderbar zusammen schweigen. Flo und Marius konnten beides. Dieses Mal war es aber eine andere Art von Schweigen. Ein Gefühl, das Flo, auf den Magen drückte und seine Zunge lähmte.

Die beiden Freunde liefen wortlos durch den Kronberger Wald. Flo hatte Marius um diesen Spaziergang gebeten. Offiziell, um mit ihm nochmals zu diesem Haus im Wald zu gehen, was er sich allein verständlicherweise nicht traute. Eigentlich ging es Flo aber mehr darum, die Sache mit Silja zu klären. Im Krankenhaus hatte keiner der beiden Freunde angesprochen, warum Flo mit Silja allein im Wald gewesen war. Wie sollte er seinem besten Freund nur verständlich machen, dass er in dessen „Ex" verliebt war? Wie konnte er Marius ein Mädchen quasi „ausspannen", ohne dass ihre Freundschaft daran zerbrach? Jeder Versuch einer Erklärung musste jämmerlich scheitern.

„Jetzt spuck es schon aus ..." sagte Marius nach einer kleinen Ewigkeit, ohne dass jemand ein Wort sprach. „Geht es vielleicht zufällig ... um Silja ...?"

‚Bingo!' dachte Flo und die Schamröte schoss ihm ins Gesicht, während er sich nicht traute, Marius in die Augen zu sehen und betroffen zur Seite blickte.

„Mann, Flo!" sagte sein Freund und blieb stehen. Er schüttelte ihn leicht mit beiden Händen: „Meinst du, ich habe keine Augen im Kopf ...? Wenn sie in deiner Nähe ist, hört man das Flugzeugbrummen in deinem Bauch bis nach Frankfurt und zurück!"

„Und du bist nicht sauer, wenn ich mit Silja ...?"

„Ey, Alter. Gibt's dich auch in begriffsstutzig ...? Wir werden uns doch wegen einem Mädchen nicht unsere Freundschaft kaputt machen lassen. Das mit Silja und mir war doch eigentlich schon gegessen. Außerdem interessieren mich andere Frauen im Moment viel mehr ... Apropos: wie geht es eigentlich unserer Kommissarin ...?" Marius tat betont gleichgültig und setzte mal wieder sein Bad-Boy-Lächeln auf.

„Keine Ahnung", sagt Flo, war aber sichtlich erleichtert. Man konnte den Felsbrocken fast aufschlagen hören. Das mit Silja wäre nicht gegangen, wenn Marius ein Veto eingelegt hätte. Verliebt hin oder her.

Mittlerweile hatten sie das Anwesen im Wald erreicht. Bei Flo kamen ungute Erinnerungen hoch. Obwohl es ihm sehr mulmig zumute war, zwängte er sich hinter Marius durch die dichte Hecke. Allerdings erst, als sich Marius eingehend davon überzeugt hatte, dass in dem verwüsteten Innenhof auch wirklich keine Menschenseele zu sehen war.

Sie liefen über das grobe, schwarze Kopfsteinpflaster zu den verkohlten Überresten, die einmal Glashäuser gewesen waren. Ein paar verbogene Metallstreben hatten dem Feuer Stand gehalten. Überall lagen Scherben von geborstenem Glas herum, das unter ihren Schuhen klirrte. Selbst unter der Hecke, die das Grundstück abgrenzte. Marius schnickte einen Stein mit seinem Fuß vor sich her, während sie das Gelände abliefen. Als er einmal zu heftig ausholte, löste sich gleich ein ganzer Klumpen Erde mit.

„Schau mal ein Kugelschreiber ..." sagte der blonde Junge und fischte das Schreibgerät aus dem Boden. Er wischte mit dem Daumen den Schmutz weg. Darunter waren schwache, blassrote Zeichen zu erkennen. Der Stift, den er jetzt Flo unter die Nase hielt, musste schon lange hier liegen.

Doch sein Freund sagte nur: „Komm, lass uns wieder gehen.“ Seine Ängste waren im Moment stärker als seine Neugier. Was, wenn es hier doch noch wilde Hornissen oder überlebende Monster-Bienen gab, die irgendwo in einem Baumstamm auf ihn lauerten? Vielleicht war der Abstecher hierher doch keine so gute Idee. Seine Mutter hätte es sowieso nicht zugelassen, wenn er ihr davon erzählt hätte.

Auch Marius wurde es langsam öde und unheimlich hier. Die Brandstelle, die eingestürzte Kellertreppe - ein Ort der Verwüstung. „Komm, lass uns abziehen!“ sagte der Sechzehnjährige flapsig zu Flo. Einen kurzen Moment hielt Marius den gefundenen Kuli in seiner Hand, so, als sei er unschlüssig. Er wollte ihn schon in hohem Bogen in die Hecken werfen. Dann steckte er ihn in seine Hosentasche und machte sich mit seinem Freund auf den Rückweg.

Kapitel 32

Benina konnte sich nicht erinnern, dass ihr schon jemals ein Mensch begegnet war, bei dem sie keine Aura sah. Für Benina hatte jeder Mensch eine Aura. Selbst Blumen, Pflanzen, Früchte. Aber was sagte das Nichtvorhandensein von Licht oder Energie aus ...? Wie war das Fehlen dieses Merkmals bei dieser Erika von Schlehendorff zu deuten ...? Warum geisterte diese Frau durch ihre Träume, obwohl die Besuche bei ihr doch eigentlich überhaupt nichts Stichhaltiges ergeben hatten ...?

Zum ersten Mal in ihrem Leben bedauerte Benina, dass sie sich mit ihrer besonderen Fähigkeit noch nie näher auseinandergesetzt hatte. Für sie war es etwas ganz Natürliches. Fühlen, Denken und Handeln eines Lebewesens waren untrennbar mit Energie und Farbe verbunden. Sie hatte sich nie bewusst damit beschäftigt. Benina überlegte. Wer konnte sich mit Aura auskennen? Ihr Yoga-Lehrer fiel ihr ein, zu dem sie einmal die Woche ging. Der sprach manchmal von Aura oder dem Astralkörper des Menschen, der zum Auftanken Prana benötigte. Den wollte sie morgen nach der wöchentlichen Yoga-Sitzung ansprechen.

Benina fühlte sich wie immer nach der Yoga-Stunde ausgeglichen und gut: Ihre Energiespeicher waren neu stimuliert, ihre Glieder gedehnt. Sie war mit sich und der Welt im Reinen. Kaum vorstellbar, welch notorische Flachatmerin sie gewesen war, bevor sie den asiatischen Ausgleichssport für sich entdeckt hatte. Wobei ihr indischer Yogi das Wort „Sport“ sicher nicht akzeptiert hätte. Er lächelte stets milde über Fitness-Studios und anderen Aktivismus, weil es für ihn keine vergleichbare Effektivität hatte.

Sie sah zu Yogi Chandra hinüber. Wie sie selbst rollte er gerade seine gelbe Yoga-Matte ein und packte die Utensilien, die er zum Zelebrieren seiner Yoga-Sitzungen jedes Mal mitbrachte, in seine Sporttasche zurück: Die aromatischen Räucherstäbchen, mit denen er den Raum reinigte. Den CD-Player mit der original indischen Musik, die Kerzen und die künstliche Lotosblume. Als letztes das Bild seines allgegenwärtigen Meisters, der jede Yoga-Sitzung mit seiner Präsenz aufwertete.

Benina nahm ihre Tasche und ging auf ihn zu: „Yogi Chandra ...? Kann ich Sie etwas fragen?"

Der kleine Inder im dottergelben Sweatshirt sah Benina freundlich erstaunt an und knipste sofort sein gleichmütiges Lächeln an.

Benina fasste sich ein Herz: „Sie kennen sich doch mit Aura aus. Was bedeutet es, wenn ein Mensch keine Aura hat ...?"

„Aura ist Lebensenergie", sagte der Yogi mit einer kleinen Verbeugung. „Jeder Mensch hat eine Aura, aber nur wenige können sie sehen. Manche ehrwürdigen Yogis können das."

Benina vermied es, ihren Yoga-Lehrer anzusehen. Sollte sie ihm etwa sagen, dass sie diese Fähigkeit besaß? Wo sie doch weit entfernt war, eine Meisterin des Yogas zu sein. Sollte sie ihn wissen lassen, dass er eine blaue Aura hatte, wie die meisten Lehrer, die sie kannte?

Yogi Chandra deutete ihr Schweigen als Aufforderung fortzufahren: „Man sagt, Menschen, die dem Tod näher sind als dem Leben, haben keine Aura mehr .... Das Lebenslicht erlischt in ihrem Energiefeld zuerst."

Mit weit über 90 ist das ja nicht ausgeschlossen, schoss es Benina durch den Kopf – diese Antwort leuchtete ihr ein. Sie hing an seinen Lippen, aber der Yogi führte seine Andeutungen nicht näher aus. Sah sie nur freundlich lächelnd an und wünschte ihr mit einer Verneigung Gesundheit sowie äußere und innere Zufriedenheit. Als er ihr die Hand gab, sagte er noch: „Sehen Sie mit dem Herzen“. Was immer er damit meinte.

Obwohl die Erklärung von Yogi Chandra ganz plausibel klang, ging sie zu Hause ins Internet und googelte „Aura“. Tatsächlich fand sie einige esoterische Homepages, die die einzelnen Farben des menschlichen Energiefeldes thematisierten. Dass bestimmte Farben Stimmungen und Eigenschaften eines Menschen widerspiegelten, wusste sie ja selbst am besten. Deshalb überflog sie die meisten Passagen und suchte nur nach Anhaltspunkten für die fehlende Aura von Erika von Schlehendorff. Bei der Farbe „Schwarz“ stutzte sie und las: Wenn sich dunkle Mächte düster und schwarz auf eine Aura legen und von einem Menschen Besitz ergreifen, erscheint sie schwarz ...“ Jetzt war sie so schlau wie zuvor. Woher sollte sie wissen, ob es sich bei Erika von Schlehendorff nur um eine Sterbende oder eine Frau mit düsterer Vergangenheit handelte? Außerdem: konnte sie als modern ausgebildete Kommissarin ernsthaft an „dunkle Mächte“ glauben? Energiefelder waren wissenschaftlich erklärbar. Aber das ging ihr jetzt entschieden zu weit. Sie musste sich wieder auf ihren gesunden Menschenverstand besinnen.

Kapitel 33

Flo war mit Silja an der Hauptwache verabredet. Es lief gut zwischen den Beiden. Seit Siljas Besuch im Krankenhaus sahen sie sich regelmäßig und telefonierten mehrmals am Tag. Beide konnten es kaum erwarten, dass Flo aus dem Krankenhaus entlassen wurde. Dann endlich: Der erste Kuss – heimlich hinter den Büschen des Spielplatzes vor der Ballsporthalle. Er hatte nach Fortsetzung geschmeckt, und das Herzklopfen gab jeder neuen Verabredung einen atemberaubenden Rhythmus.

Obwohl Flo mit Marius die Sache geklärt hatte, wollte er nicht gerne händchenhaltend mit Silja durch die Schule laufen. Er war dankbar, dass auch sie noch ein kleines Geheimnis aus ihrer Beziehung machte. Die Frankfurter Innenstadt war deshalb perfekt für ein Treffen. Bei so vielen Menschen ging man in der Masse unter. Bevor er jedoch zu seinem Date gehen konnte, musste er noch in der Galerie im Frankfurter Westend vorbei. Seine Mutter hatte ein wichtiges Exposé zu Hause liegen lassen, das sie heute noch für einen Kunden benötigte.

Schon von weitem konnte Flo die angestrahlten Werke der aktuellen Ausstellung durch die großen Scheiben sehen. Ein junger moderner Künstler - große Formate, starke Farbkontraste, von denen seine Mutter begeistert war. Flo war immer wieder aufs Neue fasziniert, was seine Mutter alles in Kunstwerke hinein interpretieren konnte. Eben spazierte er mit einem melodischen Ding-Dong durch die gläserne Eingangstür der Galerie „Fenêtre". Das Fenster zur Kunst - ein Insider-Tipp unter Kunstkennern weit über Frankfurt hinaus. Flo blickte sich um und ging geradewegs auf den kleinen weißen Schreibtisch zu, an dem seine Mutter saß - wie meistens, wenn sie nicht gerade Bilder auf- oder umhängte, herumtelefonierte oder mit Interessenten beschäftigt war. Die dunkelhäutige Galeristin mit dem apart geflochtenen Kraushaar sah auf, in Erwartung eines Kunden neugierig die gepflegten Augenbrauen hochgezogen.

„Da bist Du ja, mon chérie!“ freute sie sich. Und fügte besorgt hinzu: „Geht es Dir gut? Du bist so blass! Mon Dieu, ich darf gar nicht daran denken, was `ätte passieren können.“ Sie stand auf und nahm ihn in den Arm, was er willenlos geschehen ließ.

„Ist schon o. K, Maman!“ beschwichtigte er sie. Doch auch bei ihm waren die dramatischen Ereignisse noch sehr präsent, wie er selbst immer wieder erstaunt feststellte. Seit diesem Überfall fürchtete er sich vor dem Alleinsein. Und die Horrorbienen gingen ihm einfach nicht aus dem Sinn. Während seine Mutter in die kleine Kaffeeküche ging, kramte er das Exposé, das er ihr mitgebracht hatte, aus seinem Rucksack und legte es auf den Schreibtisch. Seine Mutter hatte in der Zwischenzeit ein Schokoladen-Eclair auf einen Teller gezaubert und hielt es ihm verführerisch unter die Nase. Sie wusste, dass er die luftigen Brandteigtörtchen über alles liebte. Während er aß, fragte er mit halbvollem Mund: „Maman, was fällt Dir bei dem Wort "Bienen" ein? Außer meiner Allergie natürlich!“

Seine Mutter sah ihn überrascht an. Dann nahm sie mit Daumen und Zeigefinger die randlose Designerbrille ab und legte ihre Stirn in Falten, wie sie es immer tat, wenn sie angestrengt nachdachte. Dann sagte sie: „Joseph Beuys! Joseph Beuys und sein Blecheimer für ’onig. ’at er – ich glaube - 1979 geschaffen. Uncroyable! ‚Gib mir „’onig“ – ein Sensation für die Kunstwelt. Et bien! Schon bei die Vorstellung des ’asen ’at er sich von seine Frau ’onig auf die Stirn streichen lassen. Als Unterlage für echtes Blattgold. Eine denkwürdige Action!“

Flo musste einfach lachen: „Maman, Du hast wirklich nur

Kunst im Kopf!"

„Beuys 'at von sich be'auptet, dass er nur denkt mit die Knie. Voilà!" konterte Catherine Hansen schlagfertig und lachte ihr unwiderstehliches Lachen.

Flo drückte seine Mutter kurz und fest an sich. „Maman, Du bist einfach die Beste." Dann machte er sich schleunigst auf den Weg zur U-Bahnstation Taunusanlage. Und was die Bienen betraf: zu Hause würde er im Internet erneut nach diesen Horrorbienen googlen - auch wenn ihn das seither nicht weiter gebracht hatte. Vielleicht musste er die Geschichte mal ganz anders anfassen, quasi „mit dem Knie" denken. Doch im Moment dachte er viel mehr an Silja. In Erwartung ihrer braunen Bambiaugen und dem verführerischen Duft ihrer Haut beschleunigte er seinen Schritt. Er rannte, um noch die nächste U-Bahn zur Hauptwache zu bekommen. Er wollte Silja nicht noch einmal warten lassen.

Kapitel 34

Der Ball lag prall in Marius' Händen – orange genarbt wie eine schwere Zitrusfrucht. Vitamin C für seinen jungen Körper. Nahrung für die hungrige Seele. Wenn er Basketball spielte, fiel die Schläfrigkeit, die ihn in der Schule immer wieder überfiel, schlagartig von ihm ab. Für einen perfekten Dreier gab er alles - was man von seinen schulischen Bemühungen nicht immer behaupten konnte. Wenn er dem Ball nachjagte, wusste er genau, was zu tun war. Da hatte er den Biss und das Engagement, das vor allem seine Mutter sonst bei ihm vermisste. Wenn es um Basketball ging, verstand es Marius sogar, bei jüngeren Spielern Leidenschaft zu entfachen. Seit er Co-Trainer der U-14 war, standen seine Jungs auf einem guten zweiten Platz. Doch die Anerkennung für seine Sportleidenschaft blieb ihm meist versagt. Seine Eltern waren keine Basketball-Fans, auch wenn sein Vater ab und zu bei einem Punktspiel vorbei kam. Als Benina Gatti ihm beim Training in der Halle zusah, freute er sich deshalb riesig. Er ließ es sich nicht nehmen, das Spiel zu unterbrechen und die junge Kommissarin persönlich per Handschlag zu begrüßen. Angestachelt durch ihre Anwesenheit, lief er zur Bestform auf – natürlich wollte er sie auch ein bisschen beeindrucken. Die Enttäuschung war ihm in das Gesicht geschrieben, als sie schon nach wenigen Minuten wieder aufstand und ihm zum Abschied zuwinkte. Woher hätte er auch wissen sollen, dass die Kommissarin eigentlich wegen Ann-Katrin Meyer hier war, sie bei der ersten Damenmannschaft aber nicht sofort zu Trainingsbeginn hereinplatzen wollte, um keine unnötige Aufregung zu verursachen.

Die Mutter von Ann-Katrin hatte sie heute Nachmittag angerufen, weil ihre Tochter seit gestern verschwunden war. „Gibt es Anhaltspunkte für ihr Verschwinden ...?“ hatte Benina gefragt. Sie hätte es durchaus verstanden, wenn sich die junge Spielerin, die seit dem Tod ihres Verlobten von der

Presse gejagt wurde, für eine Weile dem ganzen Rummel hätte entziehen wollen. Die Mutter hatte das verneint und darauf bestanden, dass sich Ann-Katrin bisher immer gemeldet hätte, wenn sie über Nacht weggeblieben war.

Benina hatte versucht, die Frau zu beruhigen. Aber solche Beschwichtigungen hatte sie vor gar nicht allzu langer Zeit gegenüber deren Tochter auch ausgesprochen, als diese ihren Verlobten vermisste. Und leider war es dann zum „worst case“ gekommen. Was, wenn Ann-Katrin wirklich entführt worden war ...? Davon hatte sie gegenüber der Mutter natürlich nichts erwähnt - ihr lediglich versprochen, sich erst einmal unauffällig bei den Trainern und ihren Teamkolleginnen umzuhören.

Die Kommissarin war mittlerweile in der Trainingshalle der ersten Damenmannschaft angelangt und ließ ihren Blick aufmerksam umherwandern. Die Mannschaft trainierte offensichtlich nur in halber Besetzung. Ann-Katrin Meyer war – wie erwartet - nicht dabei. Aber auch Hanni Zeidler und Migalla fehlten. Benina setzte sich auf einen Plastiksitz der Zuschauertribüne. Von dort verfolgte sie das aktive Treiben der hochgewachsenen Leistungssportlerinnen und lauschte den quietschenden Schuhen auf dem Hallenboden und den Zurufen der Spielerinnen. Ein intensives Energiefeld kochte über den wuselnden Körpern und tauchte das Spielfeld in rötlich dampfendes Licht.

Krey, der etwas untersetzte, altersmäßig schwer einzuschätzende Co-Trainer der Mannschaft, leitete das Training. In einer kurzen Unterbrechung, wandte sich Gatti an ihn: „Herr Krey, ich hatte gehofft, Ann-Katrin Meyer hier zu finden. Können Sie mir sagen, wo sie ist?“

„Keine Ahnung. Angeblich wollte sie heute wieder zum Trai-

ning kommen."
Und zu seinen Spielerinnen gewandt: „Weiß jemand von Euch, wo Ann-Katrin steckt?"

Doch die Mädchen schauten ahnungslos und wussten auch nur, dass sie heute angeblich wieder zum Training erscheinen wollte.

„Müssen sich die Spielerinnen nicht abmelden, wenn sie dem Training fernbleiben?"

„Eigentlich schon", räumte Krey ein. „Aber bei Ann-Katrin ist das im Moment natürlich eine ganz besondere Situation. Da drücken wir schon mal ein Auge zu."

„Und was ist mit der Mannschaftsführerin Hanni Zeidler?"

„Die ist auf einem Übungslehrgang in Norddeutschland."

Warum verdüsterte sich die Aura von Krey bei Hanni Zeidlers Name, fragte sich die Kommissarin. Laut sagte sie: „Und Jens Migalla"?

„Ebenfalls auf einem Lehrgang." Krey schien von dem Verhältnis der Beiden zu wissen, denn seine Aura signalisierte nun deutliches Unbehagen.

„Wenn sich Ann-Katrin Meyer heute Abend noch bei Ihnen meldet, rufen Sie mich bitte unbedingt an. Ich habe noch ein paar dringende Fragen an sie. Auch, wenn Sie noch eine Aussage zum Mordfall Pohl haben", sagte die Frau von der Kripo eindringlich und gab ihm ihre Visitenkarte.

Doch Krey ging nicht auf ihre Anspielung ein. Stattdessen deutete er auf die Spielerinnen, die schon wieder zurück aufs

Spielfeld gegangen waren. “Entschuldigen Sie bitte - aber ich muss weiter.“ Dann scharte er seine Damen um sich, um mit dem Abwehrtraining fortzufahren. Gut einstudierte Rebounds waren beim Basketball die Basis zum Sieg.

Die Kommissarin fuhr zurück nach Frankfurt. Bis morgen früh würde sie noch abwarten. Wenn Ann-Katrin bis dahin nicht aufgetaucht war, würde sie die Sonderkommission einberufen, um eine Fahndung zu veranlassen.

Kapitel 35

Sanfte Wellen umspülten die gelben Gummistiefel von Vater und Sohn. Beide trugen eine leichte grüne Wetterjacke mit weißem Reflexstreifen, um gegen den angesagten Regen gefeit zu sein. Der Himmel war Grau in Grau, und die aufgehende Morgensonne hatte zwischen den dichten Wolken nur einen kleinen Spalt, um ein paar grelle Lichter auf das Wasser zu setzen. So fünf oder sechs Jahre mochte der Kleine alt sein, das Alter, in dem „Ausschlafen“ noch ein Fremdwort war. Mama hatte sich heute früh „tot“ gestellt, um noch etwas Schlaf zu bekommen. Sie nickte sofort wieder ein und bemerkte gar nicht, wie Vater und Sohnemann sich anzogen, um auf Entdeckungstour zu gehen.

Von der Ferienwohnung waren es keine zehn Minuten über die Dünen zum Strand. Sie hatten einen Beutel dabei, in den der Junge alles stopfte, was in seinem Alter so als Schatz durchging: besonders geformte Steine, weiße Muscheln, und kleine, von Wind und Wasser ausgelaugte Treibhölzer, glatt geschliffene Glasscherben, die fast wie Edelsteine aussahen. Ein weißes Feuerzeug - eines, das sogar noch ging und geheimnisvolle rote Zeichen hatte. Sie liefen zurück zu den Dünen, und sahen von der Anhöhe noch mal auf die wunderschöne Ostseebucht. Gleich würden sie beim Bäcker vorbeigehen und Brötchen fürs Frühstück aussuchen. Vielleicht war zu Hause schon der Tisch gedeckt und das heiße Wasser der Kaffeemaschine tröpfelte gurrend auf das braune Pulver und verströmte wundervollen Kaffeeduft.

„Da drüben liegt einer“, sagte der Kleine lapidar und deutete mit seinem Stock, mit dem er eben noch im feinen Sand herumgestochert hatte, nach rechts zum Strand.

Der Vater sah seinen Sohn skeptisch an. Dann hielt er die Hand vor das Gesicht und kniff die Augen zusammen, um etwas zu erkennen. „Wo ...? Was meinst Du ...?"

Doch sein Sohn hörte ihn nicht mehr und war schon Richtung Wasser gelaufen. Tatsächlich, am Strand schien ein Mensch zu liegen. Seine Füße wurden bereits vom Wasser der aufsteigenden Flut umspült.

„Paul!" Keine Chance. Der Vater hatte Mühe hinter dem leichtfüßigen Sohn herzukommen und stolperte mühsam durch den tiefen Sand hinterher. Er verfluchte die zehn Kilo Übergewicht, die ihn beim Vorwärtskommen behinderten. Keuchend blieb er stehen und hielt sich die Hand in die Hüfte, um das Stechen in seiner Seite etwas abzumildern. Jetzt sah er, dass die liegende Gestalt ein Mann in schwarzer Hose und weißem Hemd war - das Bad schien nicht freiwillig zu sein. Sein Sohn war nur noch wenige Schritte entfernt.

„Paul, bleib sofort stehen!" Der Vater hätte dem Kleinen den Anblick gerne erspart. Aber der Junge nahm den regungslosen Mann mit dem leeren Blick erstaunlich gelassen. Anscheinend hatte der Mann noch versucht, mit dem Finger etwas in den feuchten Sand zu schreiben.

„Sieht aus, wie ein Blitz und ein kleiner Strich", meinte sein Sohn und zeigte mit seinem Finger auf zwei Zeichen im Sand.

„Ich weiß nicht ..." antwortete der Vater geistesabwesend, während sich die Gedanken in seinem Kopf überschlugen. Was machte man frühmorgens mit einer Leiche am Ostseestrand?

„Schnell, Papi, Du musst ein Foto machen. Für die Polizei. Bevor die Flut es wegspült!"

Der Vater sah seinen Sohn erstaunt an. Aber er zückte tatsächlich sein Handy und machte eine Aufnahme von den Zeichen im Sand.

„Und wenn er noch gar nicht tot ist ...?“ Die Stimme des Jungen kippte plötzlich, klang ängstlich, fast weinerlich.

„Ja, wer weiß ...“ sagte der Vater wenig überzeugt und sah auf das hässliche schwarze Loch im Kopf des Mannes. Er war offensichtlich erschossen worden. „Ich hole Hilfe“, beruhigte er den Sohn. „Du wartest da hinten auf dem großen Stein. Ich komme auch ganz bestimmt gleich zu Dir.“ Der Vater strich seinem Sohn flüchtig über den Kopf. Verdammt, warum war er nicht im Bett geblieben? Stress hatte er im Büro schließlich genug. Dann zückte er erneut sein Handy und rief über den Notruf die Polizei.

Kapitel 36

Durch seine Verhaftung im Fall Pohl war Migalla polizeilich erfasst. Für die Polizei in Zingst war es deshalb relativ leicht gewesen, anhand des Fotos und der Fingerabdrücke den Toten zu identifizieren. Im Präsidium in Frankfurt ging schon wenige Stunden nach Auffinden der Leiche eine Nachricht ein. Udo Bernsdorfer rief sofort das Team zusammen, um das weitere Vorgehen zu besprechen.

Gatti und Helmer sollten sich umgehend an den Tatort begeben, um an Spuren zu retten, was zu retten war. Ob begründet oder nicht, trauten sie ihren Kollegen an der Ostsee nicht allzu viel zu. Wann gab es da schon mal einen Mordfall? Außerdem waren sie mit dem Fall überhaupt nicht vertraut.

Also schwangen sich Benina und Trutz Helmer kurz darauf in einen Dienstwagen und fuhren in einem heißen Ritt Richtung Norden. Benina überließ Helmer gerne das Steuer. Sie saß auf dem Beifahrersitz und beobachtete nachdenklich, wie sich der weiße Mittelstreifen wie ein Steppstich durch den heißen Asphalt der Fahrbahn fädelte. So vieles ging ihr durch den Kopf. Zum Glück hatte sich wenigstens das Verschwinden von Ann-Katrin Meyer geklärt. Ihre Mutter hatte sie noch am gestrigen Abend ganz spät angerufen und Entwarnung gegeben. Sie hätte mit ihr telefoniert und es wäre alles ein großes Missverständnis gewesen.
Aber nun die Ermordung von Migalla? Warum war der Trainer ermordet worden? Kannte er den Mörder Pohls und musste deshalb sterben? Oder war er doch in eine Doping-Mafia verstrickt, die sich seiner entledigt hatte? Die Recherchen über die Herstellerfirma des Aufbauproduktes Royalis hatten nichts ergeben – die Produktionsfirma gab es in Havanna angeblich nicht mehr. Aber nach Migallas Ermordung würde man da international nachsetzen müssen. Vielleicht war das Unternehmen oder das Produkt in anderen Ländern

bekannt. Die Kommission hatte vorsorglich einige Mitarbeiter zur Recherche im Internet beauftragt.

Die Kommissarin überlegte weiter: Hatte womöglich Ann-Katrin Meyer etwas mit der Sache zu tun? Sie war immerhin fast zur gleichen Zeit verschwunden wie der Trainer. Auf jeden Fall wollte die Kommissarin Ann-Katrin einbestellen, so bald sie zurück in Frankfurt war.

Die sofortige Vernehmung von Hanni Zeidler wurde schon bei der Teambesprechung in die Wege geleitet. Immerhin hatte die Mannschaftsführerin Migalla für die Tatzeit des Pohl-Mordes ein Alibi gegeben hatte, in dem sie aussagte, dass ihr Trainer die Nacht bei ihr in Kronberg verbracht hatte. Letztendlich verhalf Migalla damit aber auch ihr zu einem Nachweis der Abwesenheit vom Tatort in Sulzbach. Wie war das nach der Ermordung des Trainers einzuordnen? Unter Umständen hatte sie von dem Trainer auch erfahren, dass Ann-Katrin mit Dennis Pohl verabredet war. Christian Holm hatte den Auftrag, sie zu vernehmen. Ob er dieser Frau gewachsen war?

Die Eintönigkeit der Autobahn machte Benina müde. Sie versuchte, eine Mütze Schlaf zu bekommen. Ihr „Lieblingskollege“ verschonte sie zum Glück mit Small Talk.
Auf halber Strecke hielt Helmer an einer Raststätte, um Sprit nachzufüllen. Er brachte von der Tankstelle ein paar Softdrinks und etwas zu essen mit. Benina bedankte sich für die eiskalte Cola Light und das belegte Käsebrötchen mit matschigem Salat und zückte ihren Geldbeutel. Doch Helmer winkte generös ab. „Du kannst mich heute Abend ja zu einem Bier mit Korn einladen – oder was die da oben trinken.“ Eigentlich duzten sich fast alle auf der Dienststelle. Aber bei ihm klang ihr das Du immer noch aufgesetzt.

„Klar“, lächelte Benina süfffisant. Auf der Schleimspur würde Helmer bei ihr auch nicht weit kommen.

In rund fünf Stunden erreichten sie das Polizeirevier Zingst, das eines der nordöstlichsten in Deutschland war. Sie waren ganz gut durchgekommen, von einem kleinen Stau bei Hannover abgesehen, der sich aber schnell wieder aufgelöst hatte. Benina und Trutz begrüßten ihre norddeutschen Kollegen. Der diensthabende Polizist überreichte ihnen die vorhandenen Protokolle. Die Obduktion der Leiche war für den nächsten Morgen vorgesehen. Dann hatten sie Zeit genug, den Mann aufzusuchen, der Migalla gefunden hatte. Ihr norddeutscher Kollege stellte den Kontakt her und kurze Zeit später standen sie vor einer gepflegten Ferienanlage und klingelten.

Es war dem Zeugen anzumerken, das dies nicht die Art von Abenteuer war, die er im Urlaub schätzte.

„Danke, Herr Berger, dass Sie so geistesgegenwärtig waren, ein Foto von diesen Zeichen zu machen, die der Sterbende offensichtlich noch in den Sand geschrieben hatte. Das ist uns eine große Hilfe“, sagte Helmer anerkennend.

„Eigentlich war es mein Sohn. Erstaunlich, dass Jungs in dem Alter manchmal überlegter reagieren als Erwachsene. Aber hinterher war er doch ziemlich durch den Wind. Ich wäre Ihnen deshalb sehr dankbar, wenn Sie ihn außen vor ließen und nicht mehr mit der unschönen Geschichte belasten. Meine Frau geht gleich mit ihm auf den Spielplatz.“

„Ja, natürlich“, antwortete Helmer verständnisvoll.

„Haben Sie diese Zeichen im Sand denn schon mal irgendwo gesehen?“ Gatti sah Berger fragend an.

Der Vater wartete bewusst mit der Antwort und winkte seinem Sohn zum Abschied freundlich zu. Doch Paulchen hatte schon die ganze Zeit die Ohren gespitzt und gab anstelle seines Vaters eine Antwort: „Die Zeichen waren so ähnlich wie die auf dem Feuerzeug."

„Auf welchem Feuerzeug ...?" Beninas Müdigkeit war plötzlich wie weggeblasen.

„Das Feuerzeug, das Papa und ich am Strand gefunden haben. Mama hat es mir weggenommen ..." Der Junge sah seine Mutter vorwurfsvoll an.

„Ich kann einem Fünfjährigen doch kein Feuerzeug überlassen. Ich habe es Deinem Vater gegeben", rechtfertigte sich die Mutter, als ob es etwas zu rechtfertigen gäbe.

„Aber dieses Feuerzeug haben wir doch an einer ganz anderen Stelle gefunden", erklärte Herr Berger überrascht.

„Es ist aber nicht auszuschließen, dass der Mörder oder das Opfer das Feuerzeug am Strand verloren haben. Wir müssen Sie bitten, es uns auszuhändigen, damit wir es untersuchen können." Helmer gab klare Anweisungen.

„Da haben Sie aber Glück, dass ich den Müll noch nicht weggebracht habe." Berger ging in die Küche und fischte das butterverschmierte Feuerzeug mit spitzen Fingern aus dem Eimer. Mit Fingerabdrücken war es das dann wohl. Benina nahm eine Plastiktüte und stülpte sie vorsichtig darüber. Die beiden Kriminalbeamten begutachteten durch das Plastik das weiße Wegwerffeuerzeug mit den roten Strichen.

„Royalis", sagten die beiden Kriminalbeamten fast zeitgleich und mussten unwillkürlich lächeln. Die Striche waren zwar nicht identisch mit der Sandzeichnung des Ermordeten, aber es waren ähnliche Zeichen wie die des angeblichen Aufbaupräparates. Also musste es Jens Migalla – oder der Mörder? – verloren haben.

Benina steckte das Beweisstück in die Tasche. Helmer bat Berger, mit ihnen gemeinsam den Weg abzulaufen, den er und sein Sohn gegangen waren. Die Stelle, wo sein Sohn das Feuerzeug gefunden hatte, war rund dreihundert Meter vom Fundort des Toten weg – nur ein paar Meter von der Küstenstraße. Konkrete Anhaltspunkte gab es vor Ort leider nicht. Sie würden aber auf jeden Fall nochmals die Spurensicherung dorthin schicken. Die Kriminalbeamten bedankten sich bei Berger und gingen zum Wagen. Benina wollte schon einsteigen, als sie sich spontan entschloss noch etwas am Strand entlang zu gehen. „Fahr schon mal voraus. Ich brauche noch ein bisschen Luft und Bewegung". Helmer zuckte bedauernd die Achseln und brauste davon.

Benina vergrub die Hände in die Taschen ihrer Jacke und lief Richtung Dünen. Es war nicht kalt, aber der Wind blies frisch um ihre Nase und kroch in jeden Winkel ihrer sommerleichten Kleidung. Sie genoss die Winddusche. Überhaupt war sie gut gelaunt, denn mit dem Ergebnis der heutigen Ermittlungen konnte man zufrieden sein.

Kapitel 37

Benina saß an ihrem hellen Ahornschreibtisch im Präsidium und hatte den ersten Bericht des BKA vor sich. Die Spezialisten hielten es für möglich, dass es sich bei den Spuren im Sand um Runen – also altgermanische Schriftzeichen - handeln könnte. Der Blitz konnte für ein „S“ stehen. Der Aufstrich ein „I“ oder ein anderer Buchstabe sein, der nicht vollendet war. Aber was bedeutete „SI“?
Bei den Zeichen auf der Royalis-Packung verhielt es sich etwas anders. Die einzelnen Striche konnten auch hier ein „I“ darstellen. Das dritte Zeichen war jedoch in keinem Runen-Alphabet zu finden. Es war laut Bericht wahrscheinlicher, dass es sich um Zahlen handelte, die auf amerikanische Weise geschrieben waren. Die beiden Striche wären dann jeweils „Einsen“, der lange Strich mit dem kleinem Querstrich oben links eine „Sieben“. Zusammen ergäbe das die Zahl 117. Ein Zahlensymbol? Im Moment eher eine „Geheimzahl“, mit der Benina nichts anfangen konnte.

Natürlich dachte man bei Runen sofort an einen neonazistischen Hintergrund. Auch Zahlen wurden von Neonazis gerne verwendet, um Buchstaben zu verschlüsseln. Die Zahl entsprach dann der Reihenfolge im Alphabet. 88 stand zum Beispiel für „HH“ bzw. „Heil Hitler“, weil H der 8. Buchstabe im Alphabet war. 117 konnte deshalb vieles bedeuten: „AAG“, „AQ“ oder „KG“. Doch die Recherchen in Migallas direktem Umfeld ergaben keine Zugehörigkeit zu der einschlägigen Szene. Politisch war er ein unbeschriebenes Blatt.

Sie wandte sich dem Protokoll zu, das Christian gestern Abend gleich nach der Vernehmung verfasst hatte. Hanni Zeidler war zur Tatzeit angeblich wieder bei ihrem Vater in Kronberg gewesen. Der arme Christian hätte der attraktiven Basketball-Domina wahrscheinlich sowieso alles abgenommen. Benina bedauerte, dass sie die Vernehmung nicht selbst hatte durchführen können. Aber sie konnte schließlich nicht überall sein. Da fiel Benina ein, dass sie Ann-Katrin Meyer zu einer Vernehmung einbestellen wollte. Sie wählte die Nummer in Bad Soden – doch es meldete sich nur die monotone Automatenstimme des Anrufbeantworters. Benina hinterließ eine Nachricht nach dem Piep. Dann wandte sie sich nochmals dem Obduktionsbericht des Instituts für Rechtsmedizin zu: Migalla war durch einen Kopfschuss getötet worden. Der Schuss war leicht seitlich in die Stirn eingedrungen, jedoch nicht sofort tödlich gewesen. Migalla musste nach anfänglicher Bewusstlosigkeit noch einmal kurz zu sich gekommen sein und hatte dann offensichtlich in seinen letzten Zügen versucht, etwas in den Sand zu schreiben. Man schätzte, dass die Tatzeit bei ca. 6.00 Uhr lag, der Tod rund 15 Minuten später eingetreten war. Gefunden wurde er um 7.25 Uhr. Täter und Opfer schienen keine Langschläfer zu sein.

Gifte oder Rauschmittel konnten im Körper des Toten nicht festgestellt werden. Der Mageninhalt sprach für den Konsum von Weißwein und Fisch am Vorabend sowie Gummibärchen und Lakritze. Benina stellte sich das optisch vor, fand es widerlich und legte den Obduktionsbericht erst mal wieder zur Seite. Stattdessen schlug sie die FAZ auf. Wie im SCREEN, den sie schon am Kiosk heute Morgen überflogen hatte, war auf der Titelseite ein Bericht über die Ermordung des Cheftrainers aus Sulzbach. Wenn auch etwas kleiner und dezenter verfasst als die abenteuerliche Story von Jonas Beyerle. Benina überflog die Seiten, war mit der Zeitung fast durch. Warf eben noch einen Blick auf die Todesanzeigen, was sie immer tat. So wie andere regelmäßig den Sportteil überflogen. Die Schicksale, die sich hinter einem gedruckten Namen und ein paar Jahreszahlen verbargen, hatten sie schon immer fasziniert. Genau wie die Floskeln, die den Grad des Bedauerns ausdrückten. Schmerzlich vermisst von ganzen Sippschaften bis zum letzten Urenkel. Oder die Erlösung - herbeigesehnt nach langer schwerer Krankheit. Vielleicht auch nur von Hinterbliebenen, die auf das Erbe gierten. Eine Todesanzeige sprang ihr ins Auge:

Erika Freifrau von Schlehendorff

Das war doch ... die Frau ohne Aura. 96 Jahre war sie also geworden, die alte Dame mit dem schlohweißen Haar. Stolzes Alter. Benina erinnerte sich an den leeren, fast irrsinnig anmutenden Blick bei ihrem letzten Besuch im Pflegeheim. Tief liegende Augen, die nirgendwo mehr einen Halt fanden, nicht mehr sehen wollten. Nur noch ins Nichts starrten. Bei dem unglücklichen Zustand war der Tod sicher eine Erlösung für sie gewesen.

In der Todesanzeige ehrte eine sogenannte Immenhaus-Stiftung mit überschwänglichen Worten das Lebenswerk der Freifrau, ihr unermüdliches Engagement für verwaiste Kinder und versprach, sie in ewigem Gedenken zu behalten. Das also hatte die Altenpflegerin gemeint, als sie von Erika als Wohltäterin sprach. Eine private Todesanzeige für die alte Dame konnte Benina nicht entdecken. Sie rief bei der Friedhofsverwaltung an, um herauszufinden, wann die Beerdigung sein würde.

Kapitel 38

Benina wusste selbst nicht so genau, warum sie sich diese Trauerzeremonie an einem Junitag bei 30 Grad im Schatten antat. Die Luft flirrte und war so heiß, dass ihre weiße Bluse auf der Haut klebte. Die Spiegelungen auf dem aufgeheizten Asphalt glichen Wasserpfützen, und die Sonne warf scharf-kantige Schatten auf Gräber und Friedhofswege. Sie hätte durchaus einen Mitarbeiter mit der Observation beauftragen können. Aber wie sollte sie gegenüber ihrem Kollegen Helmer begründen, dass sie wegen eines schlechten Traumes an dieser alten Dame interessiert war? Der hatte sich sowieso schon bei ihrem Chef beklagt, dass sie sich zu sehr mit sinnlosen Ermittlungen verzettelte. Zumindest hatte Udo Bernsdorfer das neulich im Gespräch mit ihr durchblicken lassen. Aber diese merkwürdige Frau ließ ihr einfach keine Ruhe.

Benina hielt sich pietätvoll im Hintergrund. Tat so, als wäre sie mit einem Grab in einer weiter entfernten Reihe beschäftigt. Aus dem Augenwinkel beobachtete sie den kleinen schwarzen Trauerzug, der sich mit dem blumengeschmückten Eichensarg gemessenen Schrittes an ihr vorbeibewegte - während sie mit der Gießkanne die schlappen Stiefmütterchen eines Karl Hess sprengte, der sich zu Lebzeiten über die Zuwendung einer so jungen Frau sicher gefreut hätte.

Eben hielt der kümmerliche Trauerzug der Erika von Schlehendorff vor einer frisch ausgehobenen Grabstelle an. Einen Pfarrer gab es offensichtlich nicht. Aber ein Herr im schwarzen Zweireiher räusperte sich respektvoll. Vielleicht war er ein Trauerredner oder ein Vertreter der Immenhaus-Stiftung. Er zückte ein weißes Blatt, von dem er eine kurze Rede ablas - sicher eine Lobeshymne auf die Verstorbene wie schon die Todesanzeige. Froh, so als erster seine obligatorische Schippe Erde auf den abgelassenen Sarg werfen zu können. Er sprach allen Anwesenden das Beileid aus, um dann endlich den heißen Ort des Geschehens verlassen zu können. Benina hatte es gerade noch geschafft, ihn mit ihrer Digitalkamera abzulichten. Im Schutze eines großen Steinengels wollte sie von der ganzen Trauergesellschaft ein paar Fotos schießen, die man später auswerten konnte.

Sie zoomte ran und erkannte die Altenpflegerin, die ein Taschentuch zwischen ihren Händen knüllte, um immer wieder ein paar Tränchen abzuwischen. Hinter ihr standen drei feine alte Damen mit Hut und Schleier, die irgendwie pikiert, ja fast misstrauisch, die Trauergemeinde musterten. Sah sehr nach aristokratischer Verwandtschaft aus.

Mit dem Rücken zu ihr gewandt standen zum Schluss nur noch eine dunkelhaarige, groß gewachsene junge Frau in schwarzem Hosenanzug und weißer Bluse sowie ein kleiner Mann in gedecktem Anzug an der Grabstätte. Auch die junge Frau ging, während der Mann daneben noch in stillem Gebet versunken war. Er reagierte erst, als die Friedhofsmitarbeiter begannen, Erde auf den Sarg werfen. Dann ließ auch er seine Blumen mitsamt dem Papier auf den Sargdeckel fallen. Benina konnte das Gesicht des Mannes nicht sehen. Aber als er sich mit wippendem Schritt vom Grab entfernte, erkannte sie ihn: es war der Hausmeister der Sulzbacher Basketballhalle!

Was hatte Bertram Holzer mit Erika von Schlehendorff zu tun? War doch er es gewesen, den Flo im Wald gesehen hatte? Und warum hatte die alte Frau behauptet, ihn nicht zu kennen, als sie ihr sein Foto gezeigt hatte? Die alte Dame würde die Antwort wohl mit ins Grab nehmen. Aber Holzer kam ihr nicht so einfach davon. Sie nahm eilig eine Abkürzung über die Gräber und stellte sich dem Hausmeister vor dem Ausgang in den Weg.

„Herr Holzer, ich glaube, Sie sind mir noch einige Erklärungen schuldig."

„Ist es verboten, seine Mutter zu beerdigen?"

Beninas Mund stand für einen kurzen Moment offen. Sie war sprachlos. „Frau von Schlehendorff ist Ihre Mutter?" fragte sie ungläubig.

Doch bevor Holzer antworten konnte, knallte ein Schuss in die Friedhofsstille. Ihr Gegenüber sank vor ihren Augen in sich zusammen und lag regungslos am Boden. Die Kommissarin ging sofort in Deckung, riss ihre Pistole aus ihrer Handtasche und arbeitete sich vorsichtig in die Richtung vor, aus der der Schuss gekommen sein musste. Am Ende der Friedhofsmauer blieb sie stehen – vom Täter keine Spur. Sie zückte ihr Handy und rief einen Rettungswagen sowie ihre Kollegen von der Spurensicherung. Der Krankenwagen war schneller. Der Notarzt stellte fest, dass Holzer noch lebte. Er wurde sofort ins nächst gelegene Krankenhaus gebracht.

Bei der Auswertung der Fotos gab es weitere Überraschungen: Die junge Dame neben Holzer konnte das Model sein, das Flo im Living neben Holzer gesehen hatte. Zumindest hatte sie eine starke Ähnlichkeit mit Carmen Sanchez - dem Covergirl auf dem Magazin, das Flo ihr gegeben hatte. Bis jetzt hatte sich diese Carmen Sanchez noch nicht bei der Kripo gemeldet, obwohl die Model-Agentur die Nachricht angeblich an sie weitergegeben hatte.

Auf der überdimensionalen Vergrößerung des Umfeldes entdeckte Benina noch einen unerwarteten Zaungast in der dunklen Buschreihe weit hinter dem Grab. Fast ganz von Zweigen verborgen war die Mutter von Ann-Katrin zu erkennen. Der Fall wurde immer verworrener.

Die Kommissarin versuchte sofort, Renate Meyer zu erreichen. Aber am Telefon meldete sich nur die anonyme Stimme des Anrufbeantworters. Benina bat dringend um sofortigen Rückruf.

Nach dem Model musste man überraschenderweise nicht lange suchen. Sie wartete vor der Intensivstation, auf der Bertram Holzer nach seiner Notoperation lag, gleich neben dem Polizeibeamten, der zu seinem Schutz die Station bewachte.

Kapitel 39

Bei Beninas Eintreffen blickte die junge Frau auf dem niedrigen, kunstledernen Besuchersessel fragend auf. Für Menschen ihrer Größe war die Sitzgelegenheit offensichtlich unbequem - ihre langen, schlanken Beine, die noch immer in der schwarzen Hose von der Beerdigung steckten, ragten weit in den Gang hinein. Die weiße Bluse trug sie an den Armen hochgekrempelt. Die High-Heels lagen achtlos hingeworfen neben ihr. Das klassisch schöne Gesicht mit den rassigen Nasenflügeln hatte einen ernsten und besorgten Ausdruck.

„Benina Gatti von der Mordkommission Frankfurt", stellte sich die Kommissarin vor. „Sie sind ...?"

„Carmen Sanchez", sagte die junge Frau und blickte nervös einem vorbeigehenden Arzt im weißen Kittel nach.

Bingo, dachte Benina. Laut sagte sie: „Frau Sanchez, haben sie unsere Nachricht nicht erhalten, dass Sie sich bei der Kriminalpolizei als Zeugin melden sollen?"

„Doch, doch – aber ich bin ja erst seit wenigen Stunden in Deutschland. Ich habe es gerade noch rechtzeitig zur Beerdigung geschafft. Eigentlich würde ich schon wieder im Flieger zurück nach Mallorca sitzen, wenn nicht dieser Schuss gewesen wäre. Als Model darf man sich bei einem laufenden Shooting überhaupt nicht vom Set entfernen. Das gibt eh noch Ärger. Aber zu einem späteren Zeitpunkt hätte ich mich auf jeden Fall bei der Polizei gemeldet."

Benina kommentierte ihre Entschuldigungen nicht. Versuchte vielmehr, das konfuse Schwingungsfeld der jungen Frau vor ihr irgendwie einzuordnen. Schließlich sagte sie: „Sie waren heute Nachmittag also auf der Beerdigung von Erika von Schlehendorff?"

„Ja, das ist richtig.“

„Wo waren Sie, als der Schuss fiel?“

“Da saß ich schon in einem Taxi auf dem Weg zum Flughafen.“

„Wie haben Sie dann davon erfahren?“

Das Model tat etwas verlegen: „Der Taxifahrer hatte den Polizeifunk an, um sich über die Staus zu informieren. Da wurde durchgegeben, dass ein Mann auf dem Kronberger Friedhof angeschossen worden war. Ich hatte sofort ein ungutes Gefühl und ließ den Taxifahrer wenden. Aber mein Vater war schon auf dem Weg ins Krankenhaus.“

„Ihr Vater?“ Benina war mindestens so überrascht, wie zuvor bei der Eröffnung, dass Erika von Schlehendorff die Mutter von Bertram Holzer sei.

„Ja. Sanchez war der Mädchenname meiner Mutter. Sie war Kubanerin – leider lebt sie nicht mehr. Der Name passt besser zu meinem südländischen Typ, fand meine erste Agentur. Dabei blieb es dann.“

„Und Holzer? Wieso heißt Ihr Vater anders als seine Mutter? Frau von Schlehendorff war doch seine Mutter?“

„Seine Stiefmutter. Angeblich war mein Vater der Sohn ihres ersten Mannes, der im Krieg gefallen ist. Aber wenn man zu rechnen anfängt, passt da vieles nicht zusammen. Vielleicht wollte sie nur nicht zugeben, dass er unehelich ist. Keine Ahnung. Mein Vater hat sie auf jeden Fall geliebt wie seine leibliche Mutter, dabei ...“

„Dabei ...?“

„Ach nichts. Manche Dinge waren einfach nicht zu verstehen. Ich fand nicht, dass meine Großmutter meinen Vater gut behandelt hat. Als ich alt genug war, habe ich ihm das auch oft gesagt. Aber er sah das nur teilweise so. Fragen waren in unserem Haus sowieso tabu. Bei meiner strengen Großmutter herrschte ein eisernes Regiment. Meine Mutter und ich kamen mit ihr nicht zurecht. Wir waren froh, als wir unsere eigene Wohnung hatten, nachdem wir von Kuba nach Deutschland umgesiedelt waren und Papa den Job als Hausmeister übernommen hatte.“

„Sie haben auch einen Bruder ...?“ Benina erinnerte sich an das Alibi von Holzer zur Tatzeit des Mordes an Dennis Pohl.

„Ja, Pedro ist etwas jünger als ich und leider schwer behindert. Er hat immer wieder spastische Anfälle und kann kaum sprechen. Aber er ist jetzt in einem guten Heim.“

„Entschuldigen Sie bitte die indiskrete Frage: War ihre Mutter auch so groß wie Sie?“

„Sie meinen, weil mein Vater so viel kleiner ist als ich? Nein, meine Mutter hatte in etwa seine Größe – war also längst nicht so groß wie ich. Wenn ich meine Eltern fragte, warum ich so hoch gewachsen war, haben sie immer gesagt, ich wäre als Baby in den Zaubertrank gefallen – wie Obelix. Mein Vater hat mir die ganzen Asterix-Hefte vorgelesen.“

„Was hat Ihnen Ihr Vater am Sonntag nach dem Mord an Dennis Pohl im 'Heart of Africa' ausgehändigt?“ wechselte die Kommissarin das Thema.

Carmen Sanchez sah die Kommissarin erstaunt an. „Werde ich vielleicht beschattet?" fragte sie argwöhnisch: Sie konnte sich offensichtlich nicht erklären, woher Gatti von diesem Treffen wusste. „Was wollen Sie überhaupt von meinem Vater und mir ...?"

„Frau Sanchez, hier auf der Station liegt ihr Vater, angeschossen und schwer verletzt. Jeder Hinweis kann ein wichtiger Hinweis auf die Täter sein. Also denken Sie bitte nochmals nach."

„Na gut. Er hat mir einen braunen Umschlag gegeben, den ich für ihn aufbewahren sollte."

„Wo befindet sich dieser Umschlag jetzt?"

„Ich habe ihn kurz vor der Beerdigung an meinen Vater zurückgegeben. Er wollte das so. Eigentlich müsste er in seinem dunklen Anzug sein."

„Wir werden das überprüfen." Die Kommissarin machte sich in ihrem schwarzen Büchlein eine Notiz. „Aber so viel ich weiß, war bei seinen persönlichen Sachen kein Umschlag dabei."

„Es war ein brauner DIN-A-4 Umschlag. Er hatte ihn zusammengefaltet in seine Jackentasche gesteckt."

„Hat Ihr ..., Ihr Vater gesagt, was sich in dem Umschlag befindet?" Benina ging die blutsverwandtschaftliche Beziehung des Hausmeisters zu diesem langbeinigen Model noch immer schwer über die Lippen.

„Nein. Er sagte nur, dass ich ihn öffnen soll, falls ihm etwas zustößt." Sie lachte zynisch. „Hätte ich es doch nur getan, dann wäre das hier vielleicht nicht passiert." Carmen Sanchez konnte nur mit Mühe ihre Tränen unterdrücken.

„Können Sie sich denn vorstellen, wer auf Ihren Vater geschossen hat?"

„Wer ...?" Das Model wich dem Blick der Kommissarin aus, überlegte und zuckte schließlich mit den Schultern. Das Blasserwerden ihrer Aura verriet Benina, dass ihr etwas offensichtlich Angst einjagte.

„Ihr Vater steht hier in der Klinik rund um die Uhr unter Personenschutz. Wenn Sie sich ebenfalls bedroht fühlen, müssen Sie uns das sagen."

„Nein, nein. Wie ich mit dem Chefarzt gesprochen habe, werde ich sofort nach Mallorca zurückfliegen."

„Tut mir leid – das können Sie erst, wenn Sie Ihre Aussage im Präsidium offiziell zu Protokoll gegeben haben. Außerdem brauchen wir Ihre Fingerabdrücke."

Kapitel 40

Das letzte Wochenende vor den Sommerferien. Keine Arbeit, kein Test mehr. Nur noch die Projektwoche vor sich – und dann dieses Wetter. Seit Stunden prasselte der Regen an die Fensterscheiben. Nicht einmal Basketballtraining gab es diesen Samstag, weil irgendein Turnier in der Halle stattfand. Und Silja war mit ihren Eltern bei einem Familienfest der Großeltern. Flo lümmelte mit seinem Kater gelangweilt auf dem Bett und sah trübsinnig auf den Sommer in Deutschland.
Selbst Papierbällchenwerfen mit seinem vierbeinigen Freund brachte heute nicht wirklich Spaß. Obwohl Lebron James unermüdlich den zusammengeknüllten Papierfetzen nachhechtete, die er demonstrativ aus den Schulheften des vergangenen Halbjahres herausgerissen hatte.

Voll Neid dachte er an Marius, der jetzt mit seinem Vater shoppen war, um sich für ihren gemeinsamen Urlaub auf Jamaika noch ein paar Dinge zu besorgen. Der hatte ein Glück. Natürlich freute sich Marius riesig, dass sein Pa diese Reise mit ihm machte. Nur Vater und Sohn - ins gelobte Reggae-Land. War das krass oder war das krass? Vierzehn Tage Negril Beach – das hätte Flo auch gefallen. Aber seine Eltern wollten nur eine Woche an der französischen Atlantikküste mit ihm verbringen – im einsam gelegenen Ferienhaus eines befreundeten Piloten. Die Aussicht auf beschauliche Tage am Meer konnte seine Stimmung im Moment auch nicht heben. Der Sechzehnjährige empfand es deshalb als willkommene Abwechslung, als es klingelte und Benina Gatti leicht durchnässt vor der Tür stand.

Statt einer Begrüßung, legte die Kommissarin gleich los: „Stell Dir vor, Dein Hausmeister ist niedergeschossen worden!“

„Wieso 'mein' Hausmeister?“ fragte Flo und hatte wieder einmal das ungute Gefühl, sich für etwas verteidigen zu müssen ohne zu wissen warum.

„Sorry, natürlich meine ich den Hausmeister von Deiner Basketballhalle in Sulzbach. Zum Glück befindet er sich nicht mehr in Lebensgefahr, aber die Ärzte haben ihn aufgrund seiner schweren Verletzungen in ein künstliches Koma versetzt."

„Erst Dennis Pohl, dann der Trainer und jetzt auch noch der Hausmeister. Das wird ja immer beängstigender!" meinte Flo bestürzt und fragte die Kommissarin, ob sie nicht mit hoch kommen wolle.

„O.K. – aber nur kurz. Hier hast Du auch das Magazin Deiner Mutter wieder zurück. Du hattest übrigens Recht: Das Mädchen im Living war tatsächlich das Model auf dem Cover."

„Und was hat Holzer mit ihr zu tun?"

„Du wirst es nicht glauben."

„Ist sie eine ... Prostituierte?"

„Nicht, dass ich wüsste. Nein, das Mädchen ist Holzers Tochter."

„Das glaube ich jetzt nicht ... Dafür ist der doch viel zu ...." Flo hielt die Hand vor den Mund, um nichts Unüberlegtes zu sagen.

„Du meinst zu ..., zu klein? Sprich es ruhig aus. Das ist ja, was auch mich stutzig macht. Die Proportionen passen einfach nicht zusammen. Nicht bei den Menschen und nicht bei den Insekten, die du gesehen haben willst. Erzähl mir doch noch einmal von diesen Horrorbienen, wie du sie genannt hast. Dass die beiden Glashäuser abgefackelt wurden, muss mit diesen Insekten zu tun haben. Vielleicht wollte jemand partout verhindern, dass man diese „Riesenbienen“ findet und hat deshalb alle Spuren verwischt.

„Auch wenn mir keiner geglaubt hat: Diese Bienen waren wirklich ungewöhnlich groß. Ich habe solche Viecher noch nie gesehen.“

„Ich bin mittlerweile wirklich versucht, Dir die Monsterbienen abzunehmen – egal, was die Ärzte von Hornissen gefaselt haben. In diesem Fall ist anscheinend nichts unmöglich. Wir müssen nur den roten Faden finden, mit dem alles zusammenhängt – und zwar bevor noch mehr Menschen zu Schaden kommen. Warum wirst ausgerechnet Du – als Zeuge im Mordfall Pohl – im Wald niedergeschlagen? Warum wird wenige Wochen später der Trainer der Verlobten des Toten ermordet? Warum wird auf den Hausmeister der Basketballhalle geschossen, in der kurz vorher ein Basketballstar vergiftet wurde?" Und mehr zu sich als zu Flo: „Es muss doch noch irgendeinen Anhaltspunkt geben, den wir bisher außer Acht gelassen haben. Der uns weiterbringt. ... Sorry, dass ich ausgerechnet Dich damit belästige. Eigentlich wollte ich Dir nur sagen, dass Du im Living Vater und Tochter gesehen hast, was unglaublich genug ist.“

„Das ist wirklich nicht zu fassen!“ bestätigte Flo.

„Ja, ich muss dann wieder. Und melde Dich, wenn Du eine Idee hast, was Deine Monsterbienen betrifft.“ Natürlich erzählte sie dem Jugendlichen nicht, dass sie eigentlich wegen Dr. Zeidler nach Kronberg gefahren war, um ihn auf diese „Monsterbienen“ anzusprechen. Der Besuch bei Florian Hansen war für sie mehr eine spontane Unterbrechung gewesen, weil sie sowieso an der alten Villa in der Hainstraße vorbeifahren musste.

Kaum war die Kommissarin gegangen, setzte sich Flo an seinen Schreibtisch und fuhr den PC hoch. Er öffnete das Internet und gab wie schon so oft die letzte Zeit das Wort "Bienen" in die Suchmaschine ein. Vielleicht kam er heute ja weiter. Doch prompt landete er wieder auf einigen eindeutig zweideutigen Pornoportalen. Er probierte es mit anderen Suchmaschinen. Von Bienenkrankheiten bis zum Verkauf von ganzen Bienenstaaten war alles vertreten. Was passierte eigentlich, wenn man „Bienen" ins Französische übersetzte ...? Er googelte „abeille". Jede Menge Treffer, jedoch kein Hinweis auf seine Monsterbienen. Dann versuchte er es mit Englisch: Bei „bee" gab es noch mehr Treffer und Links. Er öffnete willkürlich ein paar davon. Irgendwann klickte er auf einen Link zu den „blackbees". Eine witzig gezeichnete Biene baute sich als Intro auf und flog auf eine Startseite, die merkwürdige Schriften und Parolen enthielt. Erst bei näherem Hinsehen begriff der Jugendliche, dass er auf einer Homepage der rechtsextremen Szene gelandet war. Er wunderte sich über die professionelle Aufmachung und das moderne Layout. Die Homepage hatte durchaus Unterhaltungswert. Gratis konnte man sich zum Beispiel eine CD der „Bad Sisters" herunterladen oder die Texte des neuen Titels „Zeig deinen Stachel". Auch Tickets für die kommenden Konzerte der fünf jungen Mädchen im Girly-Look, die Flo frech anlächelten, gab es zu gewinnen. Auftritte der Bands „14 Sanitäter" und „Hurrikan 18" wurden bekannt gegeben. Zu einem Schnäppchen-Preis konnte man ein T-Shirt einer bekannten deutschen Spirituosenfirma mit der Aufschrift „Platzhirsch" erwerben.

Flos Neugier war geweckt. Er klickte sich zum Chat-Room. Der Sechzehnjährige staunte nicht schlecht, wie jung die Teilnehmer in der Regel waren. Auch Mädchen und Jungs in seinem Alter – manche sogar jünger. Die Botschaften war immer die gleichen: Es ging um „Kameradschaft“ und „Zusammenhalt“, um „Blut und Ehre“ und den „Erhalt des deutschen Kulturerbes“. Begeistert wurden Sonnwendfeiern angekündigt, auf die man sich freute. 21. Juni? Das war doch heute! Er las weiter und erfuhr, dass der Tag der altgermanischen Sonnwendfeier zur Zeit des Nationalsozialismus groß gefeiert wurde. Von Neonazis wurde der heidnische Brauch offensichtlich heute noch zelebriert.

Flo klickte sich weiter: Auch Feindbilder wurden auf diesen Internetseiten klischeehaft bedient, menschenverachtende Parolen mitsamt nationalsozialistischer Symbolik wie Hakenkreuze ins Netz gestellt. „Islamisten raus!“ war da zu lesen. Lieder wie „99 Judenschweine“ oder „Deutsche Wut“ sprachen für sich. Flo konnte nicht glauben, dass so etwas nicht verboten wurde. Aber der Betreiber der Homepage saß mit Sicherheit in einem Land, das die persönliche Freiheit sehr großzügig auslegte und natürlich übernahm er für die eingestellten Beiträge keine Haftung.

Anscheinend las das hier sowieso keiner, der mit der Szene nicht verbunden war – wie damals Hitlers Buch „Mein Kampf“, in dem eigentlich überraschend klar beschrieben wurde, um was es den Nationalsozialisten ging und wie sie es umsetzen wollten.

Flo war mulmig zumute. Als dunkelhäutiger Deutscher hatte er eine hohe Sensibilität für dieses Thema. Die Juden, die damals umgebracht wurden, waren auch Deutsche gewesen, genau wie er. Sie waren im ersten Weltkrieg sogar mit Leib und Leben für ihr Vaterland eingetreten, hatten Orden bekommen für Mut und Tapferkeit. Beklommen klickte er weiter. Der Link führte in einen passwortgeschützten Bereich.

Flo versuchte ein paar Tricks, die unter Jungen seines Alters gehandelt wurden. Er selbst hatte schon so manches Passwort geknackt. Tatsächlich schaffte er es auch diesmal, dass sich die Seite öffnete. Eine Vielzahl von roten Zeichen tauchte vor ihm auf. Flo stutzte. Hatte er diese Zeichen nicht schon irgendwo gesehen? Dann stürzte sein Computer ab. Nichts ging mehr.
„Mist!" fluchte Flo. Er drückte auf „Reset". Während des Hochladens, das eine Ewigkeit zu dauern schien, rief der Sechszehnjährige die Gatti auf ihrem Handy an, um ihr von dieser seltsamen Bienenseite und den Zeichen zu erzählen.

•

Benina war noch in Kronberg und machte private Einkäufe in einem Bioladen, als ihr melodischer Handyton erklang und sich Flo meldete. Ihr beabsichtigter Besuch bei Dr. Zeidler war leider nicht zustande gekommen, da auf ihr Klingeln hin niemand geöffnet hatte. Jetzt stand sie an der Kasse und erfuhr von den „Black Bees", während sie ihre Karotten auf das Band legte. „Sieh mal an ...", sagte sie hellwach. „Und Du bist sicher, dass es sich bei diesen „Schwarzen Bienen" um eine Homepage der rechten Szene handelt?" Als Flo dann noch von merkwürdigen roten Zeichen berichtete, fielen ihr natürlich sofort wieder die Zeichen im Sand ein, die das BKA als mögliche Runen eingestuft hatte. Deshalb hatte man bei dem Mord an Jens Migalla durchaus einen rechtsradikalen Hintergrund in Erwägung gezogen, aber in Migallas Umfeld keinen weiteren Anhaltspunkt dafür gefunden. Fast hätte Benina vergessen, auch die süßen Stückchen aufs Band zu legen, was ihr einen vorwurfsvollen Blick der Kassiererin einbrachte. Die Kommissarin reichte ihr einen Zwanzig-Euro-Schein und steckte geistesabwesend das Wechselgeld ein. Dann ging sie mit ihrem Einkaufskorb außer Hörweite des Kassenbereiches. „Warte mal: Black Bees – also Schwarze Bienen. Die

Abkürzung wäre „SB“. Nein, das passt leider nicht“, dachte Benina Gatti laut.

„Wieso SB?“ fragte Flo irritiert, der kein Wort verstand.

„Neben dem toten Trainer gab es Zeichen im Sand. Man vermutet, dass es Runen sind, die die Buchstaben „SI“ darstellen“, sagte sie erklärend zu Flo. „Außerdem wurde auch ein Feuerzeug mit roten Zeichen in der Nähe gefunden, die jedoch nicht klar zu deuten sind. Aber das geht jetzt zu weit. Auf jeden Fall passt Schwarze Bienen nicht zur Abkürzung „SI“.

„SI?“ überlegte der Junge. „Heißt Biene auf Altdeutsch nicht Imme? Vielleicht heißt „SI“ ja „Schwarze Immen?“

„Schwarze Immen“ wiederholte die Kommissarin wie elektrisiert. „Flo, Du bist eine Wucht!“ lobte sie die Scharfsinnigkeit des Jungen. Dann hatte sie es plötzlich sehr eilig. Versprach aber, ihn heute garantiert noch vom Präsidium aus anzurufen.

•

Nach dem überstürzt beendeten Telefongespräch sinnierte Flo weiter: Hatte die Kommissarin nicht von roten Zeichen auf einem Feuerzeug gesprochen? Was Marius damals im Wald gefunden hatte, war zwar nur ein Kuli, aber soweit er sich erinnern konnte, waren darauf ebenfalls rote Zeichen. Sie waren nur so blass, dass man sie kaum erkennen konnte. Er wählte Marius' Handy-Nummer.

„Was geht ab Alter ...?“ begrüßte ihn sein Freund. „Affengeil, dieses Teil! Ist so geräumig wie eine Zweizimmerwohnung.“

Erst als Marius erklärte, dass er von der Bermudabadehose sprach, die er gerade anprobierte, kapierte Flo, dass er seinen Freund in der Umkleidekabine erwischt hatte.

„Geräumig ist ja nicht schlecht“, erwiderte Flo trocken. „Wie ich Dich kenne, willst Du mit deinen zwei Beinen ja auch Tag und Nacht drin wohnen.“

Sein Freund lachte und sah an sich herunter. Das schwarz-weiß geblümte Allroundteil konnte im bevorstehenden Jamaika Urlaub durchaus zum Lieblingsstück avancieren, das man rund um die Uhr trug. Was das allein an Zeit sparte.

„Was ganz anderes ...“, sagte Flo jetzt etwas ernster. „Hast Du eigentlich noch diesen Kuli, den Du neulich bei diesem verwüsteten Innenhof im Wald gefunden hast, wo man mich niedergeschlagen hat?“

„Weiß nicht. Müsste mal in meiner Hose nachschauen, in die ich ihn gesteckt habe. Da müsste er noch drin sein. Warum fragst Du?“

„Unsere Kommissarin war heute Morgen hier und hat von so einem Feuerzeug mit roten Zeichen darauf erzählt. Auf dem Kuli waren doch auch irgendwelche roten Zeichen.“

„Hört, hört ... die Frau Kommissarin war bei Dir“, geierte Marius. „Wenn das Silja wüsste ...“

„Quatsch! Was Du wieder denkst.“

„War ja nur ein Scherz, Alter. Was hältst Du übrigens von Kino?“

„Wenn Du den Kuli mitbringst, viel. Anschließend kommst Du mit zu mir. Du kannst bei mir pennen. Meine Eltern sind unterwegs. Ich muss Dir dringend was zeigen."

„Klingt das gut oder klingt das gut?" Marius war wie immer gleich dabei.

Die beiden Freunde verabredeten sich auf 18 Uhr im Kinopolis. Da konnten sie vor dem Film noch ein, zwei Burger zu sich nehmen, Popcorn und mexikanische Chips bunkern und sich dann fett in diesen neuen Action Film setzen. Das war Leben!

Weil ihn die Gatti später noch vom Präsidium aus anrufen wollte, versuchte er, sie auf dem Handy zu erreichen, um ihr zu sagen, dass er jetzt unterwegs sei. Doch sie meldete sich nicht - der Teilnehmer war vorübergehend nicht erreichbar.

Sobald Marius und er vom Kino zurück waren, würde er seinem Freund diese irre Homepage zeigen und nochmals versuchen, in den geheimen Bereich der Black Bees vorzudringen. Im Moment schmierte ihm das Internet dauernd ab. Außerdem musste er sich jetzt beeilen, um die nächste S-Bahn zu bekommen.

Kapitel 41

Die „Schwarzen Immen" hatte die „Katze" leise vor sich hin gemurmelt, nachdem sie den Aus-Button gedrückt und das Handy in ihrer Tasche versenkt hatte. Da war doch was. Schlagartig fiel ihr ein, wo ihr das Wort „Imme" in letzter Zeit begegnet war: In der Todesanzeige von Erika von Schlehendorff. Ihre Stiftung hieß „Immenhaus".

Beninas Herz machte vor Aufregung einen Sprung: War das die Verbindung, nach der sie die ganze Zeit gesucht hatte? Sie beschloss, dieser Einrichtung auf der Stelle einen Besuch abzustatten. Wenn sie sich recht erinnerte, war dieses Immenhaus gar nicht weit von hier.

Kerstin gab ihr vom Präsidium aus die Adresse. Kurze Zeit später stand Benina vor dem Heim für Waisen und minderjährige Mütter, um dieser Stiftung mal auf den Zahn fühlen. Das aufwändig modernisierte Gebäude sah an diesem späten Nachmittag ziemlich verlassen aus. Nur wenige halbwüchsige Mädchen lungerten auf der Eingangstreppe des Immenhauses herum. Die resolute Frau, die sich als stellvertretende Heimleiterin ausgab, war grob unfreundlich und versuchte, Benina kurz und bündig abzuwimmeln, als diese sich unter einem Vorwand an sie wandte.

Benina wollte sich vorerst nicht als Kriminalbeamtin zu erkennen geben. Noch sah sie alles als eine vage, um nicht zu sagen abenteuerliche Vermutung an. Die Verbindung der Runen zu dem Immenhaus war schließlich reine Hypothese. Deshalb verließ sie mit ihrem Wagen das Gelände und observierte das Immenhaus heimlich von einem nahen Feldweg aus. Sie blieb bei geöffnetem Fenster im Auto sitzen, obwohl es mittlerweile zu regnen aufgehört hatte. Während sie das Gebäude und die Straße im Blick behielt, biss sie gedankenverloren in das süße Stückchen aus dem Bioladen, das sie mit der Tüte festhielt. Benina liebte diese klebrigen Vollwertstückchen mit Honig und Nüssen. Sie hatte eben die letzten Krümel vertilgt, als ein paar Motorradfahrer aus der Torausfahrt des Heimes herausfuhren, die in Ledermontur und Helmen mit Visier von weitem wie Schwarze Ritter der Neuzeit anmuteten. Intuitiv folgte ihnen Benina in gemessenem Abstand mit ihrem Dienst-BMW Richtung Taunus. Als sie an einer Ampel dichter auffahren musste, sah sie, dass die schwarze Lederkluft der Motorradfahrer einen ganz speziellen Schnitt hatte. Es war Benina, als hätte sie diese Lederteile schon einmal gesehen. Aber wo nur?

Die spontane Verfolgungsfahrt war nicht gerade eine kurze Spritztour. Benina hatte Mühe, dem Motorradtrupp in den waldigen und kurvenreichen Streckenabschnitten zu folgen. Zumal sie sich auch in den vielen Dörfern und Taunusstädtchen, die sie passierten, nicht an die Geschwindigkeitsbegrenzungen hielten. Es hatte ziemlich lange gedauert, bis die Motorradfahrer die Bundesstraße verließen und in einem Wäldchen in einen schmalen Weg abbogen. Die Kommissarin ließ ihren Wagen auf einem nahen Wanderparkplatz stehen und ging zu Fuß den Waldweg weiter. Das Tuckern der Motorräder, das sie zunächst noch deutlich hörte, schwand immer mehr, bis es ganz von den Geräuschen des Waldes geschluckt wurde. Das feuchte Laub schluckte auch ihre Schritte. Nur von weitem konnte man einen unermüdlichen Kuckuck rufen hören.

Auf dem nassen Waldweg waren die Spuren der Motorräder leicht zu erkennen. Er schien des Öfteren von schweren Maschinen befahren zu werden, da sich auch ältere Abdrücke fanden. Es war noch taghell, als sie irgendwann an einer Holzhütte ankam, aus deren Fenster angeregtes Stimmengewirr drang. Eine rot-weiße Schranke versperrte den Durchgang zu einer felsigen Schlucht. Für die durchtrainierte

Judomeisterin war es ein Leichtes, einen passenden Augenblick abzupassen, um mit einer lautlosen Hechtrolle darunter durchzuschlüpfen. Die Frau und die zwei älteren Mädchen in der Hütte bemerkten davon nichts. Die Möglichkeit, ihren Dienstausweis zu zücken und sich das Gelände ganz offiziell anzusehen, hatte sie wie schon zuvor im Immenhaus verworfen. Die mussten sie nicht durchlassen. Und ein offizielles Einsatzkommando mit Durchsuchungsbefehl – nein, auf das schadenfrohe Gesicht von Trutz Helmer konnte sie nun wirklich verzichten, wenn sich das Ganze als Luftnummer herausstellen sollte. Sie musste sich erst mal selbst ein Bild machen, was es mit diesem Immenhaus und dieser Veranstaltung hier auf sich hatte. Vielleicht sah sie Gespenster, wo keine waren. Vielleicht hatten die Motorradfahrer, denen sie gefolgt war, nur einen harmlosen Ausflug zu einem Motorradtreffen oder einem Grillfest gemacht.

Dennoch war Benina überaus vorsichtig. Sie ging nur wenige Meter auf dem geteerten Zufahrtsweg. Bei den ersten Büschen verschwand sie im Dickicht. Nach dem Regen hatte sich der Tag zu einem angenehm lauen Sommerabend entwickelt – eigentlich ideal, um regungslos bei einem kühlen Drink auf dem Balkon zu verharren und den Abendhimmel zu genießen. Stattdessen arbeitete sie sich durch das stachelige Gebüsch in Richtung eines rauchenden Feuers vor. Sie versuchte, so leise wie möglich zu sein, was angesichts der Zweige unter ihren Füßen nicht immer gelang.

Es fing schon leicht zu dämmern an, als sie das Zeltdorf sah. Benina betrachtete die Lagerfeuerromantik vor sich: Graue Stoffzelte waren zu einem großen Halbrund aufgestellt. In der Mitte des großen Platzes ein prasselndes Feuer, das - von ganzen Baumstämmen genährt - kraftvoll loderte. Um das Feuer scharten sich junge Mädchen verschiedener Altersstufen. Sie sangen Lieder. Zwei Teenager begleiteten sie auf der

Gitarre und ab und zu meinte Benina, eine Mundharmonika herauszuhören. War das die Null-Bock-Generation, die normalerweise vor Computerspielen hockte oder Stunden mit Zeichentrickfilmen oder dünnen Soaps vor dem Fernseher verbrachte?

Benina ging so nahe wie möglich an die Feuerstelle heran: sie schaute in lachende Gesichter mit leuchtenden Augen und roten Wangen, Mädchen mit geflochtenen Haaren und Girly-Zöpfchen - ein Idyll wie aus vergangener Zeit.

Plötzlich ein ohrenbetäubendes Getöse, das die junge Kommissarin zusammenzucken ließ: eine große Gruppe von Motorradfahrern rollte vom Eingang der Schlucht auf das Zeltdorf zu. Es mussten mindestens zwanzig, dreißig Maschinen sein – viele mit Beiwagen. Der Lärm der tuckernden Motoren hallte furchterregend zwischen den kahlen Felswänden. Bevor die ersten Motorräder an ihr vorbeifuhren, konnte sich Benina gerade noch ins Gebüsch zurückziehen. Sie warf sich auf den Boden. Ihr Herz klopfte. Aus der Froschperspektive sah sie keine drei Schritte entfernt eine alte BMW und eine Triumph an sich vorbeigleiten, deren Chromteile im Licht der Feuerstellen und Motorradlampen funkelten. Alle Fahrer trugen runde, schwarze Helme mit verspiegeltem Visier, kniehohe Stiefel und Lederkleidung, so hauteng und an Schultern und Hüfte überschnitten, dass sie Benina aus der Nähe irgendwie an ... Ja, an Insekten erinnerten. Die junge Kommissarin starrte gebannt auf die langen Reißverschlüsse an Armen und Beinen und die horizontalen Absteppungen des ausgepolsterten Leders um Brust und Taille.

Die soldatisch anmutende Motorradgang fuhr auf den Platz, umkreiste das Feuer und die jungen Mädchen, die aufgestanden waren und fasziniert dem Szenario folgten. Ein bedroh-

lich wirkender, ja gespenstischer Auftritt. Der erste Biker hob im Fahren die Hand. Alle Stahlrosse formierten sich daraufhin gegenüber der Mädchengruppe vor dem Feuer, während die Motoren kräftig weiterröhrten. Auf ein erneutes Kommando der schwarzen Gestalt verstummten die Motoren. Atemlose Stille, die nur vom Prasseln des Feuers gestört wurde. Der Anführer stieg ab. Er musste sehr groß sein, wie Benina selbst aus der Entfernung erkennen konnte. Jetzt zog die schwarze Gestalt, die mit dem Rücken zu Benina stand, den Helm vom Kopf: schwarzes, lockiges Haar fiel auf die Schultern - es war eine Frau. Als sie sich umdrehte, dachte Benina, sie hätte noch ihre Motorradbrille auf, so stark geschminkt war sie. Dicke schwarze Striche hoben die Augen facettenartig hervor und ließen das Gesicht wie eine Maske erscheinen.
Die Anführerin hob pathetisch die rechte Hand nach oben in den Nachthimmel. Dann schmetterte sie so etwas wie „Hi five" in die Runde, das von den Mädchen unisono zurückgeschmettert wurde, während sie ebenfalls die Hand zum Gruß erhoben, um sich in der Abwärtsbewegung gegenseitig mit den Händen abzuklatschen. Fahnen mit Hakenkreuzen wurden aufgerollt und begeistert geschwenkt.

„Schwarze Immen, seid bereit!" begann die dämonische Motorradbraut ihre Ansprache. Die Schwarzen Immen gab es also tatsächlich. Und das hier musste ihre Anführerin sein, schoss es Benina durch den Kopf.

Leider konnte Benina von der folgenden Rede kaum noch etwas verstehen - dafür war der Geräuschpegel der jubelnden Menge einfach zu hoch. Nur ab und zu drangen ein paar Wortfetzen zu ihrem heimlichen Lauschposten. Sie meinte irgendetwas wie „Volk, Blut und Boden" zu hören und „Nieder mit den jüdischen Kapitalistenschweinen", aber die Parolen gingen meist im Gejohle der Mädchen unter. Als die

Hetzrede zu Ende war, wollte Benina schon den Rückweg antreten, als auf ein Zeichen der Anführerin ein paar schwarz gekleidete Gestalten aus ihren Beiwagen kletterten. In voller Ledermontur sprangen sie eine nach der anderen durch das prasselnde Feuer und landeten unter dem Beifall der Mädchen mit einem Salto oder einer Rolle vorwärts auf dem Boden. Jetzt entledigten sie sich ihrer schwarz verspiegelten Motorradhelme und der Jacken. Die ärmellosen Lederbodies darunter hatten luftige Ausschnitte und zeigten viel braune Haut in Dekolleté und Rücken. Zu den hohen Stiefeln sah das durchaus sexy aus.

Die durchtrainierten Lederdominas legten vor der Feuerkulisse einen atemberaubenden Showkampf hin. Eine Mischung aus Kick-Boxen und Samurai-Übungen. Untermalt von gellenden Kampfschreien. Nach begeistertem Applaus zogen die Kämpferinnen plötzlich Kurzschwerter. Aus einem Lautsprecher erklang ein Song. „Zeig Deinen Stachel, zeig es allen!“ röhrte die Heavy-Metal-Sängerin mit ihrer rauchigen Stimme, die den Song auf einen vorderen Platz der Deutschen Hitparade katapultiert hatte. Auch Benina kam er bekannt vor. Zu den Klängen der monotonen Kettensägen-Musik kämpften die Lederladies gegen einen imaginären Feind. Eine Art „Kampftanz“, der Video-Clip-Elemente ebenso wie klassische Fechtfiguren enthielt. Immer wieder wurde das Feuer als Stilmittel geschickt einbezogen. Ein bedrohliches braunrotes Energiefeld schwebte über der Szenerie. Und die jungen Mädchen kreischten vor Begeisterung.

Benina hatte genug gesehen. Die Lagerfeuer- und Zeltromantik konnte nicht darüber hinwegtäuschen, dass hier Jugendliche auf antisemitische Parolen gedrillt werden sollten. Das hier war keine Sommerfreizeit für arme Waisenkinder aus dem Immenhaus. Das war ein geheimer Veranstaltungsplatz für eine Wehrsporttruppe und braune Propaganda mit

Unterhaltungswert! Nichts wie raus hier und dieses neonazistische Nest ausheben, dachte sie. Dann würde man sicher auch die Verbindung zu Migalla finden. Die musste es einfach geben, sonst hätte der nicht im Angesicht des Todes versucht, mit seinen Runen auf die Schwarzen Immen aufmerksam zu machen.

Im Schein der fast niedergebrannten Lagerfeuer lief die Kommissarin den Weg zurück. Sie musste den Ausgang erreichen, solange alle noch mit den Kämpferinnen beschäftigt waren. Ohne Zwischenfälle kam sie im Schutz der Dunkelheit bei der Holzhütte an. Doch die Schranke am Eingang der Felsschlucht war mittlerweile von zwei "Schwarzen Immen" bewacht, die mit dem Rücken zu Benina standen. Was tun?

Benina bereute schlagartig, dass sie niemanden in ihre spontane Mission eingeweiht hatte. Zum Glück hatte sie ihr Handy dabei. Sie zog sich nochmals ins Gebüsch zurück und wählte die eingespeicherte Nummer von Trutz Helmer. ‚Jetzt nimm schon ab', dachte sie nervös und lauschte dem Freizeichen. Sie ließ es durchklingeln. Nichts rührte sich. Wenn man die Männer schon mal brauchte ... Stattdessen forderte sie seine markante Stimme mit dem bewusst coolen Unterton auf, nach dem Piepston eine Nachricht zu hinterlassen. Bevor sie auf den Anrufbeantworter flüstern konnte, fühlte sie eine feste Hand im Nacken: eine Schwarze Imme! Mit einem tausendmal geübten Judogriff warf Benina die Angreiferin zu Boden. Sie beugte sich über die schwarze Gestalt und hielt sie mit einem Würgegriff, als sie eine kalte Pistole in ihrem Rücken spürte.

Kapitel 42

Normalerweise machte es Helmer nichts aus, an einem Sonntagmorgen Dienst zu haben. Er genoss Freizeit lieber unter der Woche, wenn er anderen bei der Arbeit zusehen konnte. Das erhöhte für ihn den Reiz des Nichtstuns. Andererseits hätte er heute schon erwartet, dass seine Kollegin Benina ebenfalls erscheinen würde. Wenn der Staatsanwalt wegen des Anschlags auf Holzer nach einer weiteren Stellungnahme verlangte, betraf das eigentlich mehr sie als ihn. Schließlich war sie dabei, als der Hausmeister niedergeschossen worden war. Es machte ihn deshalb schon sauer, dass seine Kollegin nicht da war und weder Telefon noch Handy abnahm. Gestern Abend halb elf hatte sie wohl versucht, ihn per Handy zu erreichen, wie er auf seinem Display sehen konnte. Bei dem Stimmengewirr in seiner Lieblingskneipe hatte er den Klingelton nicht gehört. Vielleicht hatte sie sich für heute „abmelden“ wollen. Trotzdem hätte sie nochmals anrufen können. Das war wohl das Wenigste, wenn er hier die Kastanien aus dem Feuer holen musste. Er brummelte vor sich hin und ließ seinen Unmut an zwei Halbwüchsigen aus, die plötzlich in seinem Zimmer standen. „Was macht Ihr denn hier bei der Mordkommission? Wohl zu viel Krimis geguckt?“

„Entschuldigung“, sagte der dunkelhäutige Junge unbeirrt. „Sind Sie ein Kollege von Frau Gatti ...?“

„Sieht wohl so aus, was wollt Ihr denn von ihr?“ Plötzlich dämmerte es Trutz. Waren das nicht die jungen Basketballspieler, die den toten Dennis Pohl gefunden hatten?

„Wir fürchten, sie ist in großer Gefahr ...“

Trutz sah den dunkelhäutigen Jungen und seinen blonden Freund skeptisch an, während Flo fortfuhr: „Frau Gatti ist verschwunden. Sie hat versprochen, mich gestern noch anzurufen. Das hat sie nicht getan, und heute geht sie auch nicht ans Handy."

„Das soll ja so ungewöhnlich nicht sein", sagte Helmer sichtlich genervt. „Vielleicht will sie einfach ihre Ruhe haben. Immerhin ist Sonntag." Dass er selbst mehrmals vergebens versucht hatte, sie zu erreichen, behielt er für sich.

„Dann zeigen wir Ihnen mal, was wir heute im Internet gefunden haben", sagte der große blonde Junge jetzt ungewöhnlich ernst. „Das wird Sie sicher vom Gegenteil überzeugen. Können wir mal an Ihren Rechner?"

Die sachliche Entschlossenheit der beiden Jungen bewegte Helmer immerhin dazu, sich an seinem Schreibtisch ins Internet einzuloggen. „Na, dann zeigt mal ..."

„Geben Sie bitte www.blackbees.com ein", sagte Flo.

Helmer schrieb im Adlersuchsystem, das er erstaunlich schnell und sicher beherrschte, und registrierte blitzartig, dass sie auf einer Homepage der rechten Szene gelandet waren. Zumindest gaben die Parolen und Hasstiraden in zackiger Reichsnährschrift diesen Anschein. Doch was sollte das mit seiner „Lieblingskollegin" zu tun haben? „Und jetzt?" fragte er deshalb in seiner arroganten Art.

„Jetzt müssen Sie mich mal ranlassen. Ich hoffe, dass die das Passwort nicht geändert haben." Neugierig geworden, räumte Helmer für Flo seinen Platz und sah zu, wie sich der Junge flink mit dem Benutzername „Schwarze Imme" anmeldete. Der BKA-Mann war gespannt, was Flo beim Passwort eingeben würde.

Doch der Sechzehnjährige agierte mit einer Schnelligkeit auf der Tastatur, dass er gerade die ersten drei Buchstaben wahrnehmen konnte. Nach zwei Fehlversuchen öffnete sich ein Fenster. Flo klickte unter einer Vielzahl von roten Zeichen ein Symbol an, das Helmer irgendwie bekannt vorkam. War das nicht der Blitz und der angedeutete Strich, den Migalla kurz vor seinem Ableben in den Sand geschrieben hatte? Doch Helmer blieb keine Zeit zum Überlegen. Wieder öffnete sich ein Fenster. Die Aufregung war den Gesichtern der Jungs anzumerken, als Flo den Video-Clip startete, der sich dort befand.

Ein Amateur musste den Film gedreht haben. Helmer sah zunächst nur den Boden und die verwackelten Wände einer Sporthalle. Dann der Ausschnitt eines Basketballspielfeldes mit einem Basketballspieler im blauen Trainingsanzug von hinten – die Kapuze eng über den Kopf gezogen. Ein Ball flog ins Bild. Der Spieler drehte sich Richtung Kamera. Helmer erkannte zu seiner großen Verwunderung Dennis Pohl, der die braunorange Kugel professionell auffing. Mit wenigen Schritten war der eindrucksvolle Zweimetermann am Korb. Athletisch wuchs er über sich hinaus, schien für den Bruchteil einer Sekunde in der Luft zu stehen. Dann legte er den Ball von oben im Korb ab, um sich mit seinen Spiderarmen lässig an den Korb zu hängen. Im gleichen Moment schrie Pohl auf. Er drehte sich mit schmerzverzerrtem Gesicht um, rannte ein paar Schritte, taumelte, torkelte, schleppte sich mit letzter Kraft bis wenige Meter vor den gegenüberliegenden Korb. Dort brach er im Laufen zusammen und blieb bewegungslos liegen.
Helmer hatte soeben Pohls letzten Dunking gesehen - ein regelrechtes Hinrichtungsvideo! Der BKA-Mann biss sich entsetzt auf die Lippen. Dann bellte er Flo und Marius an: „Wie kommt Ihr an diese Internetseite? Woher kennt Ihr dieses Zeichen? Was habt Ihr mit der Sache zu tun ...?“

Flo und Marius hatten überhaupt nicht in Erwägung gezogen, dass sie sich mit ihrem Wissen vielleicht verdächtig machen könnten. Aber das war jetzt auch egal. Flo hatte der Kommissarin von den „Black Bees" - den „Schwarzen Bienen oder Immen", erzählt. Und seitdem war die Kommissarin verschwunden, schwebte womöglich in Lebensgefahr. Wer ein Hinrichtungsvideo drehte, war auch sonst zu allem fähig. Wenn er diesen Clip nur gestern schon entdeckt hätte! Aber nachdem er die Kommissarin auf dem Handy nicht mehr erreicht hatte, war er mit Marius ins Kinopolis gegangen, wo sie zufällig noch ein paar Freunde getroffen hatten. Nach dem Film chillten sie alle zusammen im Bad Sodener Kurpark. Marius hatte dann bei Flo in Kronberg übernachtet. Erst gegen Mittag waren die beiden Jungs aufgestanden und im Internet auf dieses Video gestoßen. Danach hatten sie ununterbrochen die Handy-Nummer der Kommissarin gewählt. Immer und immer wieder. Ohne Erfolg. Auch im Präsidium wusste keiner, wo sie war. Deshalb hatten sie sich in die nächste Bahn gesetzt und waren einfach hierher gefahren.

Der BKA-Mann hatte sich wieder etwas beruhigt. Natürlich verdächtigte er die Beiden nicht wirklich. Er war nur stinksauer, dass diese Grünschnäbel kommen mussten, um ihm die Spur zu zeigen, nach der er und seine Spezialisten vergeblich gesucht hatten. „Und wieso meinst Du, dass Benina Gatti in Gefahr ist ...?" fragte er Flo jetzt einen Tick freundlicher. "Sie weiß doch anscheinend noch gar nichts von dem Video."

„Eben. Aber ich habe ihr gestern von den „Black Bees" erzählt. Keine Ahnung, was sie danach unternommen hat. Sie hatte es jedenfalls plötzlich sehr eilig. Es ist doch merkwürdig, dass sie seitdem verschwunden ist, finden Sie nicht?"

Helmer ließ die Frage des Jungen ohne Antwort im Raum stehen, fragte nur: „Wann hast Du gestern mit ihr telefoniert?"

„So gegen 4 Uhr nachmittags."

Helmer bat Flo und Marius, einen Moment zu warten. Kurz darauf kam er zurück und sagte: „Frau Gatti hat gestern Nachmittag – kurz nach 16 h - bei einer Mitarbeiterin nach der Adresse eines „Immenhauses" gefragt. Sagt Euch das was?"

„Nein. Ich erinnere mich nur, dass sie am Telefon herumgerätselt hat, wie „Black Bees" zu der Abkürzung „SI" passen könnte. Die direkte Übersetzung von „Black Bees", also „Schwarze Bienen" passte nicht. Als ich „Schwarze Immen" sagte, hatte sie es plötzlich sehr eilig, unser Telefongespräch zu beenden."

„Erinnern Sie sich an die roten Zeichen auf der Internetseite?" mischte sich jetzt Marius ein und zog einen ramponierten Kugelschreiber aus seiner verbeulten Hosentasche. „Den haben wir am Rande dieses verlassenen Anwesens gefunden, wo Flo niedergeschlagen wurde. Die Zeichen darauf sind nur noch ganz schwach zu erkennen. Wir dachten nicht, dass er etwas zu bedeuten hat. Aber genau die Zeichen vom Kuli tauchten auf der Homepage der Black Bees als Link auf. Wir haben darauf geklickt und sind so zu dem entsetzlichen Video gekommen."

Helmer hielt sich den Kuli dicht vor die Augen: Die verblassten Zeichen konnten tatsächlich ein Blitz und ein Strich sein. Die Runen „SI" und Migallas letzter Hinweis auf seine Mörder. „Wir müssen zu diesem Immenhaus", sagte der BKA-Mann entschlossen. Er nahm den Hörer ab: „Nein, es interessiert mich jetzt nicht, dass dieser Hausmeister aus dem Koma erwacht ist. Mach mir sofort eine Verbindung zum

Staatsanwalt, Christian. Und gib mir die Adresse von diesem Immenhaus, die Benina gestern von Kerstin haben wollte! Außerdem soll Yannik sofort herkommen. Der muss das BKA auf eine Homepage ansetzen. Wir müssen herausfinden, wer das Video über Pohls Hinrichtung gedreht hat.“

Kapitel 43

Benina hatte jegliches Zeitgefühl verloren. Das letzte, an das sie sich dumpf erinnern konnte, war der Schlag an ihrer rechten Schläfe. Danach musste sie das Bewusstsein verloren haben und wie ein Klappmesser in sich zusammengesunken sein. Sie rieb sich die rechte Schulter, die heftig schmerzte. Wahrscheinlich vom Aufprall, als man sie in diesen fensterlosen Raum geworfen hatte, der nach Moder und Kloake roch. Sie tastete ihr Gesicht ab, fühlte eine Schürfwunde neben dem Auge, die sich bis zu der Riesenbeule oberhalb ihres Ohres zog. Ihre pelzige Zunge fühlte sich an wie aufgehender Teig und schmeckte nach rostigem Eisen.

„Bravo, Frau Kommissarin!" beglückwünschte sie sich. „Das war ein Paradebeispiel, wie man es nicht machen sollte!" Ihre Stimmung schwankte zwischen Wut und Selbstmitleid, zwischen zorniger Verzweiflung und dem Versuch, die Lage vernünftig zu überdenken. Sie blickte sich in dem düsteren Raum um, der nur von einer einzelnen Glühbirne spärlich beleuchtet wurde. Waren es ihre eigenen gemischten Gefühle, die diesen unwirtlichen Ort in einen trüben Amberton tauchten? Seine Enge machte sie beklommen und nahm ihr die Luft. Die niedrige Decke schien immer näher zu kommen. Panik ergriff sie. Trotz des bestialischen Gestankes atmete sie mehrmals tief durch, um ihre Platzangst in den Griff zu bekommen. Sie fröstelte in ihrem leichten T-Shirt und der dünnen Leinenhose und rieb sich wärmend die Unterarme.

In der Ecke ihres Kerkers stand eine Pritsche mit einer mausgrauen Wolldecke, die schon beim bloßen Ansehen kratzte. Diagonal gegenüber befand sich eine Art Plumpsklo. Sie überwandt ihre Abscheu und ging zu der Latrine. Unter sich roch sie die Sickergrube. Sie überlegte: Wenn es noch weitere Arrestzellen dieser Art gab, war die Sickergrube vielleicht eine Verbindung. Sie versuchte es einfach. Ging in die Hocke und rief in den unappetitlichen Schlund ein zaghaft fragendes „Hallo?". Erst verhalten, dann etwas lauter. Sie wollte schon aufgeben, als eine dünne Stimme antwortete:

„Ist da jemand?"

„Ja, ich muss direkt neben Ihnen sein", sagte die Kommissarin aufgeregt. Versuchen Sie an die Wand zu klopfen, damit ich weiß, wo Sie sind."

Tatsächlich war kurz darauf ein dumpfes Pochen an der rechten Wand zu vernehmen. „Wer sind Sie?" fragte das dünne Stimmchen, das abermals aus der Latrine hallte.

„Ich bin Benina Gatti von der Kripo Frankfurt", sagte die Kommissarin.

„Frau Gatti!" hörte sie ein hoffnungsvolles Schluchzen. „Ich bin es ... Ann-Katrin Meyer. Bitte holen Sie mich hier raus. Hanni ist wahnsinnig – sie wird noch alle umbringen ..."

Ann-Katrin war also doch entführt worden, schoss es Benina durch den Kopf. Obwohl ihre Mutter behauptet hatte, sie wäre wieder aufgetaucht. Und mit „Hanni" konnte Ann-Katrin doch nur ihre Mannschaftsführerin Hanni Zeidler meinen! Leider kam die Kommissarin nicht mehr dazu, der Verlobten des toten Dennis Pohl Fragen zu stellen. Das Gespräch war schlagartig beendet, als eine stämmige Schwarze Imme die Tür aufschloss und sich bedrohlich mit einer Pistole in der Hand vor Benina aufbaute.

„Hier wird nicht gequasselt!" sagte sie in soldatischem Befehlston. Auch sie trug leichte Lederkleidung und hatte schwarz geschminkte Facettenaugen, die auf Benina wirkten, als könnte sie wie echte Insekten um die Ecke schauen. „Mitkommen!“ befahl sie.

Während Benina vor ihr den dunklen Gang entlang ging, schlugen die Gedanken in ihrem dröhnenden Kopf Purzelbäume: Natürlich, die Anführerin, die sie vorher bei dem Feuer gesehen hatte - wegen der maskenhaften Schminke hatte Benina sie nicht erkannt. Aber die Größe passte. Selbst die Haarfarbe. Die Anführerin der Schwarzen Immen musste Hanni Zeidler sein! Was hatte der alte Zeidler bei ihrem Besuch in Kronberg beiläufig von sich gegeben: „Das wirklich starke Geschlecht sind die Frauen.“ Hatte seine Tochter deshalb eine Paradeeinheit von großen, arischen Frauen gegründet? Welche Rolle spielten Dennis Pohl und Jens Migalla in diesem Spiel? Beide kannte die Zeidler-Tochter offensichtlich gut. Und beide waren jetzt tot. Waren die Runen im Sand nicht nur ein Hinweis auf die Schwarzen Immen, sondern auch auf Hanni Zeidler als Mörderin?

Die Schwarze Imme in ihrem Rücken unterbrach unsanft Beninas Überlegungen und bugsierte sie in einen hell erleuchteten Raum mit grellblauen Neonleuchten. Die Kommissarin kniff geblendet ihre Augen zusammen. Als sie diese wieder öffnete, kam ihr die große Frau hinter dem Schreibtisch fast wie eine Erscheinung vor: Das harte Licht im Raum schien die Aura Hanni Zeidlers zusätzlich aufzuladen. Unter der schwarzen Augenbemalung stachen ihre hellblauen Husky-Augen - mehr Wolf als Hund – stechend hervor. Nur mit großer Anstrengung konnte die Kommissarin dem eindringlichen Blick stand halten. Jetzt nur keine Schwäche zeigen.

Zum Glück beendete Hanni Zeidler das Kräftemessen ihrer Blicke. „Sie sind stark“, sagte sie anerkennend. „Sie lassen sich nichts vormachen. Die Welt braucht Frauen wie Sie.“

"Was heißt hier die Welt?“ erwiderte Benina und setzte sich

auf den zugewiesenen Stuhl vor dem Schreibtisch. „Wollen Sie mit Ihrer bescheidenen Wehrsportgruppe tatsächlich die Welt erobern?“ Benina ließ ihre Worte absichtlich verächtlich klingen, um ihr Gegenüber aus der Reserve zu locken. „Überschätzen Sie sich damit nicht etwas?“

„Auch den Führer hatte man zunächst unterschätzt“, entgegnete die Hünin vor ihr kalt. Dennoch sah Benina, wie ihre Worte Hannis Energiefeld mit braunrotem Zorn nährten. „Sie würden sich wundern, in welchen Schlüsselpositionen unsere Leute sitzen“, sagte sie stolz und selbstgefällig. „Außerdem werden Kriege heute nicht nur auf Schlachtfeldern geführt. Die Rekrutierung von Truppen erfolgt in unserem Jahrhundert über das Internet. Und wem es gelingt, das weltweite Netz unter seine Kontrolle zu bringen, der hat die erste Schlacht um die Weltvorherrschaft schon gewonnen.“

„Nicht gerade ein kleines Ziel.“

„Die Ziele haben sich nicht wirklich verändert – nur die Mittel.“

„Genau“, gab die junge Kommissarin zurück. „Und dabei werden Recht und Gesetz mit Füßen getreten.“

„Recht und Gesetz – dass ich nicht lache! Wollen Sie sich wirklich zeitlebens bevormunden lassen von jüdischen Kapitalisten, die unser Land ausbluten? Oder von zweitklassigen Männern, die nicht mehr wissen was Ehre und Vaterlandsliebe ist? Eine Frau wie Sie? Mit Ihren Fähigkeiten?“ Hanni Zeidler hatte viele Gesichter. Sie konnte von der Rachegöttin mühelos in die Rolle der Volksverführerin schlüpfen.

„Wie kommen Sie auf diesen Unsinn? Hat Ihr Vater Sie so erzogen?"

„Lassen Sie gefälligst meinen Vater aus dem Spiel." Hanni Zeidler funkelte sie an. „Ja, er hat mich auf Großes vorbereitet. Wenn alle Männer so gewesen wären wie er, hätten wir den zweiten Weltkrieg nie verloren. Aber mit Memmen und Feiglingen kann man nicht gewinnen."

Benina sah Hanni Zeidler an. Fast tat ihr die junge Frau leid: Keine 24 Jahre alt überblickte sie mit ihrer ungewöhnlichen Größe fast jeden und war dennoch so verblendet, dass sie jegliches Augenmaß für geschehene Gräueltaten verloren hatte. Die Kommissarin ging in die Offensive: „War Jens Migalla auch zu 'feige'?"

„Feige? Das ist gar kein Ausdruck für einen Mann ohne politische Meinung und Visionen. Der hat uns allen nur etwas vorgemacht, um an unsere Wachstumsformel zu kommen. In Wirklichkeit ging es ihm immer nur um Geld."

„Sprechen Sie von den Präparaten, die Ihr Trainer an die Spielerinnen der Mannschaften verteilt hatte?"

„Sie meinen Royalis?" fragte Hanni Zeidler verächtlich. „Die Versuchsstudien bei den Mädchenmannschaften waren doch nur ein Köder für den Sponsor, damit der finanziell einsteigt. Nennenswerte Wachstumsergebnisse lassen sich damit nicht machen. Selbst Migalla kam irgendwann darauf, dass das nicht der Grund für die ungewöhnliche Größe mancher Mädchen sein konnte. Da muss man schon viel früher einsetzen ... Aber das geht sie nichts an."

Benina überlegte angestrengt: War dieses Immenhaus nicht auch ein Heim für minderjährige Mütter? Und hatte Hanni Zeidler nicht gerade von „Wachstumsergebnissen" gesprochen? „Ihr 'Wachstumspräparat' wird also an Embryonen angewandt?" stellte sie forsch in den Raum.

Hanni Zeidler sah sie verdutzt an: „Gar nicht so dumm, Frau Kommissarin. Jens Migalla hat für diese Erkenntnis bedeutend länger gebraucht."

„Hat er Sie mit diesem Wissen erpresst?"

„Er hat es versucht und wollte finanziell beteiligt werden. Aber nicht mit mir! Keiner zieht meinen Vater und mich ungestraft über den Tisch!" Hanni Zeidler funkelte sie erneut an. Ihre Aura stand unter Höchstspannung und die stahlblauen Augen hatten jetzt einen beängstigenden Ausdruck von Größenwahn. „Migalla hätte es in den obersten Führungskader schaffen können", fuhr sie fort. „Doch er hat unsere Idee verraten. Verräter dürfen nicht ungeschoren davonkommen."

Verräter werden an Ort und Stelle erschossen, dachte Benina. Laut sagte sie: „Musste er deshalb sterben?"

„Die Fragen stelle ich – Sie verkennen die Situation, Frau Kommissarin", bemerkte die Zeidler-Tochter gereizt. „Sie glauben doch nicht im Ernst, dass ich Ihnen sagen würde, wer Jens Migalla das Loch in die Stirn gepustet hat. Außerdem könnten Sie eh nichts damit anfangen. Schließlich sind Sie in unserer Gewalt."

„Meine Kollegen werden bald hier sein", bluffte Benina und ließ sich nicht anmerken, dass sich die Zeidler-Tochter mit ihrer Aussage eigentlich schon verraten hatte. Nirgendwo war in der Öffentlichkeit darüber berichtet worden, dass Migalla durch einen Schuss in die Stirn getötet worden war. Überall war lediglich von einem Kopfschuss die Rede gewesen.

„Sie meinen doch nicht zufällig Ihren Kollegen, den Sie noch anrufen wollten, bevor wir Sie geschnappt haben?“ Hanni Zeidler verschränkte mit Genugtuung die Arme und beugte sich über Benina. „Er hat Ihnen übrigens mehrmals auf die Mailbox gesprochen, dass Sie sich bei ihm melden sollen. Der hat keinen blassen Dunst, wo sie sind. Ach ja, und dieser schwarze Bastard, der seine Nase in alles stecken muss, wollte Sie auch sprechen. Ist das Ihr Rettungskommando, Frau Kommissarin? Sie enttäuschen mich wirklich.“

Die Zeidler musste auch mit dem Überfall auf Florian Hansen zu tun haben, schoss es Benina durch den Kopf. Wen sollte sie sonst mit dem „schwarzen Bastard“ meinen? War die verhüllte Gestalt, die Flo in dem Waldanwesen gesehen hatte, vielleicht Hanni Zeidler gewesen, die dort im Auftrag ihres Vaters „Monsterbienen“ züchtete?

„Na, da fällt Ihnen nichts mehr ein?“

„Meine Kollegen werden mich suchen, und über kurz oder lang werden sie mich finden“, insistierte Benina.

„Fragt sich nur wann - und wie. Morgen wird hier nur noch die Asche des Sonnwendfeuers zu finden sein. Und ein paar leere Bunker aus dem zweiten Weltkrieg.“ Aus Beninas Sitzposition wirkte die Zeidler-Tochter noch hünenhafter und bedrohlicher.

„Und? Was haben Sie jetzt mit mir vor?“ Benina hoffte, dass ihr Gegenüber den ängstlichen Unterton nicht bemerkte.

„Das hängt ganz von Ihnen ab. Noch können Sie mein großzügiges Angebot annehmen und eine – nennen wir es mal „Umschulung“ - in einem unserer internationalen Ausbildungslager machen. Freilassen können wir Sie auf keinen Fall.

Dafür wissen Sie zu viel. Das müsste Ihnen wohl klar sein."

Benina vermied es, über die Alternativen zu Hanni Zeidlers Angebot nachzudenken. Das einzige, was ihr im Moment blieb, war mit Worten zu kämpfen: „Weiss auch Ann-Katrin Meyer zu viel und wird deshalb von Ihnen festgehalten?" Die Kommissarin sah, wie es im Kopf der Anführerin arbeitete. Sie schien verunsichert.

„Das mit Ann-Katrin ist eine persönliche Sache", wischte Hanni Zeidler die Bemerkung ärgerlich weg. „Sie hat gegen die Regeln der Rassenreinheit verstoßen. Doch da sie die richtigen Anlagen hat, wird sie auf den wahren Pfad zurückfinden."

Benina sah die Zeidler entsetzt an. Was meinte sie mit „Regeln der Rassenreinheit"? War es tatsächlich möglich, dass Dennis Pohl sterben musste, weil er Jude war? Benina schauderte.

Kapitel 44

„Ihr könnt nicht mitkommen", sagte Helmer zu Flo und Marius. Die beiden Jungs waren dem BKA-Mann einfach gefolgt und standen – die Hände in den Hosentaschen - erwartungsvoll neben seinem BMW.

„Und wie wollen Sie einen neuen Zugangscode knacken?" fragte Flo.

„Oder ein Runen-Zeichen entziffern?" Zur Überraschung Helmers entfaltete Marius vor seinen Augen den Ausdruck eines ausgedruckten Runen-Alphabets und grinste ihn an.

Helmer sah abwechselnd den dunkelhäutigen Jungen und seinen blonden Freund an, als überlegte er, ob er sich über deren Bemerkungen ärgern oder sie ernsthaft in Erwägung ziehen sollte.

„Dann macht schon, steigt ein. Aber wenn es brenzlig wird, seid Ihr raus." Es war das erste Mal, dass er Flo und Marius so etwas wie ein Lächeln schenkte. Vielleicht konnten sie ihm ja wirklich noch nützlich sein.

Helmer raste mit Blaulicht über die A66. Flo und Marius auf dem Rücksitz lauschten fasziniert dem Polizeifunk und den Anweisungen, die Helmer seinen Kollegen über Funk gab. Das Einsatzkommando, das der BKA-Mann über die Notleitung zu Bernsdorfer angefordert hatte, sollte sich vorerst im Hintergrund halten, bis er neue Anweisungen gab. Der Chef der Kripo Frankfurt bewegte für ihn die Bürokratie, ohne die es nun mal nicht geht. Auch den Durchsuchungsbefehl hatte Bernsdorfer Helmer im Schnellverfahren besorgt. Der Alte schien um das Leben von Benina Gatti ernstlich besorgt.

Kurz vor dem Ziel nahm Helmer das Martinshorn wieder vom Dach und fuhr den BMW in normaler Geschwindigkeit direkt neben den Eingang des ehrwürdig gelben Gebäudekomplexes, das zu Zeiten Königin Victorias als Erholungsheim erbaut worden war und noch heute eine majestätisch strenge Ausstrahlung hatte.

„Na, dann wollen wir diesem Immenhaus doch mal einen Besuch abstatten“, sagte Helmer und sah misstrauisch die Fassade hoch. Er ging schnurstracks auf die Eingangstür zu, gefolgt von Flo und Marius, die ihm hinterher eilten. Das stiftungseigene Gebäude hatte eine große Empfangshalle mit schweren Eichentreppen, in der sich zwei Mädchen aufhielten. Die lange Hagere mit den Kuhaugen, die hinter der Brille noch größer wirkten, kannte Marius vom Basketball. Sie war in der Mädchenmannschaft der U 16, wo er ab und zu beim Training mitgeholfen hatte. Ihren Namen hatte er vergessen. Die Mädchen aus dem Heim hatten meistens wenig Kontakt zu den anderen Spielerinnen und Spielern.

„Ey, was machst Du denn hier ...?“ fragte sie Marius überrascht.

„Wir suchen jemand. Seid Ihr die einzigen hier ...?“ wollte Flo wissen, der sich zu den Beiden stellte.

„So ziemlich. Die meisten sind auf einer Freizeit. Ich habe Strafarrest und musste hier bleiben ...“ meinte das unscheinbare Mädchen. Marius erinnerte sich, dass sie im Training immer eine Sportbrille trug, über die sich die Jungs gerne lustig machten.

„Meine Herren, der Zutritt ist Unbefugten nicht gestattet“, bohrte sich plötzlich eine scharfe, schneidende Stimme wie eine Klinge in ihren Rücken.

„Kriminalpolizei“ gab Helmer genau so scharf zurück, nachdem er sich zu der Frau im mausgrauen Kostüm umgedreht hatte, und hielt der drakonischen Aufseherin seinen Dienstausweis unter die Nase.

Während Helmer mit ihr diskutierte, sah sich Flo die Aushänge am Schwarzen Brett an. Das Freizeitangebot reichte von Jungschar-Nachmittagen mit Moosgummi basteln über Schwimmkurse und Basketball-Fördertraining bis zu Karaoke-Wettbewerben. Bei der Ankündigung einer Sonnwendfeier, die gestern - am Samstagabend -stattgefunden haben musste, stutzte Flo. Sie war auf ockerfarbenem Papier gedruckt, das wie ein Wasserzeichen die Runen enthielt, die er im Internet und auf dem Feuerzeug gesehen hatte: SI – die Schwarzen Immen. Flo riss die Ankündigung von der Wand und zeigte sie Helmer.

Für den BKA-Mann war das das Puzzlesteinchen, das ihm gefehlt hatte. Es musste einen Zusammenhang geben zwischen den Schwarzen Immen, dem Hinrichtungsvideo und diesem Haus! Und damit auch zu den Mordfällen und dem ominösen Verschwinden seiner Kollegin. Dem Kriminalbeamten wurde plötzlich heiß und kalt. Warum hatte sich Benina mit ihrem Verdacht nicht vorher an ihn gewandt? Unvorstellbar, wenn ...
„Zugriff“, bellte er in sein Funkgerät, das unter seiner Weste gesteckt hatte.

Die Erzieherin sah ihn entsetzt an und wich zurück. Da erschienen auch schon die ersten Einsatzkräfte im schwarzgrün-grauen Kampfanzug, die entsicherte Waffe in der Hand. Für Flo und Marius sahen sie eher nach Terroristen als nach Sondereinsatzkommando aus. Obwohl sie zu den "Guten" zählten, war ihnen nicht wohl in ihrer Haut, und sie rührten sich nicht vom Fleck.

Die Männer stürmten die Treppen hoch, die links und rechts in das obere Stockwerk führten. Jedes Zimmer wurde durchsucht. Die wenigen Heimbewohner in die Empfangshalle gebracht. Computer, DVD- und MP-3-Player sowie alle Discs wurden konfisziert und zur Auswertung abtransportiert. Vielleicht war das Hinrichtungsvideo hier schon im Umlauf.

„Das ist ja wohl die Höhe“, echauffierte sich die stellvertretende Heimleiterin. “Unschuldige Mädchen hier einfach festzuhalten. Was soll das ...?“ Ihre Stimme klang aber schon wesentlich stumpfer als zuvor.

„Das frage ich Sie ...? Wo halten Sie meine Kollegin fest, die gestern hier aufgetaucht sein muss?"

„Ich weiß überhaupt nicht, wovon sie sprechen - und die Mädchen auch nicht!“ setzte sie nach. „Wenn Sie nicht sofort hier verschwinden, werde ich unsere Heimleitung anrufen. Das wird Konsequenzen für Sie haben. Wir haben gute Beziehungen. Bis in die höchsten Regierungskreise – sie werden schon sehen ...“

„Abführen“, sagte Helmer und ließ sie von einem uniformierten Beamten mitnehmen. „Kein Kontakt, bis die Aktion vorbei ist“, raunte er ihm im Vorbeigehen noch zu.

Als die schwere Tür hinter der Abgeführten wieder ins Schloss gefallen war, lastete eiserne Stille auf dem Raum. Die etwa zehn Mädchen standen stramm nebeneinander und sahen stur geradeaus. Wie dressierte Kindersoldaten, ging es Flo durch den Kopf. Die zwei Größten hatten offensichtlich das Kommando.

„Nun, wer von Euch kann uns sagen, wo dieses Sonnwendfeuer stattgefunden hat ...?“ Helmer sah die Mädchen erwartungsvoll an und wedelte vor ihren Nasen mit der Ankündigung von der Pinwand herum. Aber über deren Lippen kam kein Wort.

„Kann ich die Blonde mit der Brille mal allein sprechen?“ raunte Marius Helmer zu. "Ich kenne sie vom Basketball. Vielleicht sagt sie was, wenn die anderen nicht dabei sind.“

„O.K., meine Damen“, reagierte Helmer sofort. „Dann vernehmen wir jetzt jede einzeln. Hier vorne fangen wir an. Der Rest geht bitte mit mir in den Nebenraum.“

Marius und das blonde Mädchen blieben in dem Raum zurück. Auch Flo blieb, hielt sich aber dezent im Hintergrund.

Das fünfzehnjährige Mädchen sah verlegen zu Boden, als Marius, dieser gut aussehende Junge mit den blonden Locken, auf sie zukam.

„Anne“, zum Glück war Marius ihr Name im letzten Moment eingefallen. „Anne, sag uns doch bitte, wo dieses Sonnwendfeuer stattgefunden hat. Glaub mir, es geht um Leben und Tod.“

Das Mädchen sah Marius mit großen Augen an, bevor sie leise flüsterte, damit sie niemand aus dem Nebenraum hören konnte: „Es ist an einem geheimen Ort. Selbst wenn ich es wollte, könnte ich Dir nicht sagen, wo die Schlucht liegt. Wir werden immer in geschlossenen Bussen dorthin gebracht. Mir ist meistens ganz schlecht von dem ewigen Hoch- und Runterfahren, bis wir endlich da sind.“

„Es ist also eine Schlucht. Und wie lange dauert die Fahrt

dorthin?“ Das war doch schon mal ein Anfang.

„Ganz unterschiedlich: Manchmal dauert es fast zwei Stunden, manchmal kürzer.“

„Was war die kürzeste Fahrzeit?“

„Einmal waren wir schon in 45 Minuten da. Ich hatte zufällig auf die Uhr geschaut.“

„Danke; Anne, Du hast uns sehr geholfen.“

„Ach ja, kurz vor der Schlucht ist ein kleiner See. Und auf dem Gelände stehen noch alte Bunker aus dem zweiten Weltkrieg herum. Aber sag den anderen nicht, dass ich dir das erzählt habe. Ich krieg sonst großen Ärger.“

„Ist doch klar!“ Marius sah dem Mädchen hinterher, das jetzt in den Nebenraum zu den anderen ging. Nie zuvor hatte er sich über diese hoch gewachsenen Mädchen aus dem Waisenhaus Gedanken gemacht, von denen viele in den Basketball-Mannschaften spielten. Er und seine Freunde dachten eigentlich immer, sie wollten nichts mit ihnen zu tun haben, weil sie nach dem Training sofort verschwanden und kaum mit jemandem redeten. Keiner hatte geahnt, unter welchen Zwängen sie in Wirklichkeit standen.

Helmer kam mit dem nächsten Mädchen heraus und bat einen Beamten, die Vernehmung zu übernehmen. Er sah die beiden Jungs fragend an.

„Draußen“, wehrte Marius ab. Erst im Freien sagte er: „Sie sind alle in einer Schlucht in der Nähe eines Sees.“

„Gut. Hat das Mädchen gesagt, welcher See ...?“

„Nein, sie kennt weder den See noch den Namen der Schlucht."

Jetzt mischte sich Flo ein: „Aber sie wusste, dass es von hier mindestens 45 Minuten mit dem Bus sind. Bei einer durchschnittlichen Geschwindigkeit von 80 km in der Stunde wären das in 45 Minuten maximal 60 km. Eher weniger, weil der Bus logischerweise durch den Taunus, den Vogelsberg oder höchstens noch den Odenwald gefahren sein kann. Es gibt in dieser Entfernung ja keine anderen Gebirge. Da es aber anscheinend dauernd bergauf und bergab ging, können wir den Odenwald abhaken.

Marius sah seinen Freund bewundernd an. Auch Helmer konnte diesen Überlegungen nicht mehr viel hinzufügen. „Wir brauchen sofort einen Helikopter, der das infrage kommende Gebiet absucht", sagte er und forderte über Funk einen Polizeihubschrauber an.

Kapitel 45

Der Weg zurück in ihr Verließ erschien Benina noch länger und bedrückender. Vor ihr lange Gänge mit olivegrünen Wänden. Hinter ihr eine Schwarze Imme mit einer Pistole, die sich immer wieder kalt und bedrohlich in ihren Rücken bohrte. Links und rechts nur selten eine Tür. Der unterirdische Bunker glich einem dunklen, verworrenen Labyrinth, das ständig neue Gänge und Treppen hervorbrachte, sobald die Schwarze Imme die Notbeleuchtung eingeschaltet hatte. Nach einer gewissen Zeit erlosch sie automatisch, wie Benina an dem typischen Geräusch erkannte, das ihr aus ihrem eigenen Mietshaus vertraut war.

Gerade hatte die Lederlady einen neuen Schalter an der Wand betätigt. Das vordere Ende des Ganges und eine weitere Treppe tauchten aus der Dunkelheit auf. Die Schwarze Imme schubste ihre Gefangene etwas heftiger in Richtung des Lichtscheins, so dass die Kommissarin leicht stolperte. Benina nutzte diesen Moment, drehte sich blitzschnell um und riss der Schwarzen Imme mit einem Hebelgriff die Beine weg. Am dumpf metallenen Aufschlag hörte sie, dass ihrer Gegnerin die Waffe aus der Hand gefallen war. Es entbrannte ein erbittertes Ringen um die Pistole zwischen den Frauen, die beide in Nahkampf ausgebildet waren. Mit einem hellen Ping-Geräusch ging plötzlich das automatische Licht aus. Die Lampe am anderen Ende des Ganges beleuchtete ihren Kampfplatz nur noch sehr schwach. Benina gelang es, die Pistole noch weiter in den dunkleren Bereich zu kicken, so dass ihre Gegnerin sie nicht mehr sehen konnte - während das Metall für Benina noch immer ein kaltbläuliches Energiefeld ausstrahlte. Als sie sich für einen kurzen Moment von ihrer Angreiferin befreien konnte, schnappte sich Benina die Pistole und schlug ihre Gegnerin, die sich erneut auf sie stürzte, mit dem flachen Schaft der Waffe nieder. Die Schwarze Imme sackte fast lautlos in sich zusammen.

Benina floh in Richtung Treppe. Sie hetzte die Stufen hinauf. Oben angekommen, ging auch das andere Licht aus. Ihr Herz klopfte bis zum Hals. Sollte sie es wagen, den Schalter zu drücken? Sie sah davon ab und tastete sich vorsichtig an der Wand entlang, die noch immer etwas Energie ausstrahlte. Es reichte, um zur nächsten Treppe zu kommen, die sie nach oben stieg. Wie lange würde es dauern, bis es auffiel, dass sie nicht zurück in ihrer Zelle war? Tastend arbeitete sie sich weiter vor. Da, eine Tür - verschlossen. Erst bei der nächsten ließ sich die Klinke herunterdrücken. Die Pistole im Anschlag, stieß sie vorsichtig die Tür auf. Das Sonnenlicht, das ihr durch die großen Fensterscheiben entgegenflutete, war überwältigend – fast so überwältigend wie der Panoramablick über einen tiefdunklen See mit grünen Wiesen und Wäldern im Hintergrund. Doch für bewundernde Blicke war keine Zeit.

Sie kontrollierte mit geschultem Blick den Raum, der ein Art Einsatzzentrale zu sein schien: Jede Menge Monitore zeigten die Bilder verschiedener Überwachungskameras im Bunker und der Schlucht. Nach den großen Chefsesseln zu urteilen, gab es zwei Arbeitsplätze. Plötzlich drehte sich einer der hohen, schwarzen Ledersessel in ihre Richtung - langsam und lautlos: Dr. Zeidler starrte verdutzt auf sie und ihre Pistole. Ein Anflug von Zorn huschte über sein Gesicht und trübte seine Aura.

Kein Wunder, dachte die Kommissarin, dass sie letzte Woche weder die Tochter noch den Vater ans Telefon bekam, wenn sich beide in diesem Bunker versteckt hielten. Laut sagte sie: „Nehmen Sie die Hände hoch!“ Dann ging sie zu der riesigen Glasscheibe, ohne ihn aus den Augen zu lassen. Sie warf einen Blick den Abhang hinunter. Die Anlage schien direkt in den Fels gehauen. Die Fensterfront war nicht zu öffnen.

„Wie sind Sie hier reingekommen?“ fragte Zeidler, nachdem er sich gefasst hatte, und lächelte ein spitzes Lächeln, als ginge es hier um Small-Talk.

„Ich fürchte, über Ihre Schwarzen Immen, Herr Dr. Zeidler. Aber es passt ganz gut, dass wir uns treffen. Vielleicht können Sie mich über ein paar Dinge aufklären. Was ist das zum Beispiel für eine Wachstumsformel, von der Ihre Tochter gesprochen hat?“

Zeidlers Lächeln gefror schlagartig. Seine Lippen schienen versiegelt.

Die Kommissarin fuhr fort: „Brauchen Sie dafür die Bienen auf Ihrer Terrasse, oder haben Sie noch ganz andere Monster im Angebot? Zum Beispiel die Riesenbienen in dem Kronberger Waldanwesen, die Ihre Tochter dort unter Ihrer Anleitung gezüchtet hat, um irgendwelche Substanzen für Ihre Versuche zu gewinnen?“

Zeidler hörte ihr regungslos zu. Benina musste ihn irgendwie aus der Reserve locken. Vielleicht an seiner Eitelkeit kratzen. In einer plötzlichen Eingebung sagte sie: „Wie schade, dass Sie trotz Ihrer sensationellen Entwicklung von anderen Wissenschaftlern dennoch nur als Scharlatan abgetan werden.“ Sie konnte an Zeidlers Aura den galligen Zorn erkennen, der in ihm hochstieg. Da hatte sie direkt ins Wespennest gestochen.

„Die haben doch keine Ahnung“, entfuhr es dem Alten giftig. „Keiner ist mit wachstumsfördernden Substanzen weiter gekommen als ich.“

„Kein Wunder, Sie haben sich ja im Gegensatz zu anderen

Wissenschaftlern einfach darüber hinweggesetzt, dass Versuche an Embryonen streng verboten sind."

„Die werdenden Mütter erhalten nichts anderes als auch die Natur für ihre eigenen auserwählten Kreaturen parat hat: Königliches Gelee von Bienen", rechtfertigte sich Zeidler.

„Wenn diese Substanz tatsächlich so harmlos und „natürlich" ist, wie sie behaupten, was ist dann Ihre besondere wissenschaftliche Leistung in dieser Sache?"

„Es bedarf schon besonderer Bienen, um hochkonzentriertes Gelée zu erhalten, das darüber hinaus in ganz bestimmten Intervallen intravenös verabreicht werden muss. Selbst ich habe lange gebraucht, um das gewünschte Ergebnis zu erzielen."

Plötzlich hörte Benina draußen eine Alarmsirene losgehen und Schreie auf den Fluren. „Aufstehen", befahl Benina Zeidler und stellte sich hinter ihn, die Pistole im Anschlag. Da flog auch schon die Tür auf.

Als erstes sah sie das angstverzerrte Gesicht von Ann-Katrin Meyer, hinter der Hanni Zeidler stand und eine Pistole an ihren Hals presste.
„Werfen Sie die Waffe auf den Boden, Frau Kommissarin, sonst drücke ich ab. Und das können Sie mit Ihrem Recht und Gesetz doch nicht verantworten."

Benina blieb nichts anderes übrig als ihre Pistole fallen zu lassen. Hanni Zeidler ließ Ann-Katrin Meyer los und hob die Waffe auf.

Dr. Zeidler führte die große blonde Frau zu einem der Sessel. Sie sah sehr schwach aus. Aber die anbiedernde Fürsorge dieses Mannes war einfach nur widerlich. „Schade, Frau Kommissarin, dass wir unser Gespräch nicht zu Ende führen können“, sagte er jetzt süffisant lächelnd. „Aber ich muss dringend zu einem Treffen nach Kronberg. Dann werden wir wohl die Zelte in Deutschland vorerst abbrechen, bis Gras über die Sache gewachsen ist. Schade, ich hatte gehofft, meine Tage hier beenden zu können.“

„Und was machen wir mit ihr?“ Hanni Zeidler deutete auf die Kommissarin.

„Bringt sie zurück in ihre Zelle - wer weiß, für was wir sie noch brauchen. Aber legt ihr dieses Mal Handschellen an!“

Kapitel 46

Der Helikopter landete oberhalb des Immenhauses, nahm Helmer, Flo und Marius auf, um sofort wieder abzuheben. Wenn der Anlass nicht so ernst gewesen wäre, hätten die Jungs vor Glück gejubelt. Die Beiden – auf Verbrecherjagd - im Heli. Irgendeine Flugbegeisterung war bei Flo wohl doch in den Genen. Und Marius fand Fliegen eh geil. Sie sahen nach unten: Abgeerntete Getreidefelder und gemähte Wiesen wechselten sich mit dem Grün von Tannen- und Mischwäldern ab. Dazwischen blickten sie immer wieder auf die roten oder schwarzen Dächer von Kirchen und Häusern in kleinen Dörfern und Taunusstädtchen.

Der See entpuppte sich als bester Anhaltspunkt. Neben einer Schlucht gelegen, konnte es nur der Schwarzensee sein, den sie in kurzer Zeit erreicht hatten. Der Heli überflog den dunklen See in geringer Höhe, so dass sich das Wasser unter der starken Windbewegung kräuselte. Direkt daneben eine Schlucht und Menschen in einem Zeltdorf.

„Das muss es sein!“ sagte Helmer. Er forderte über Funk ein Bodeneinsatzkommando an. „Wir müssen warten, bis die Kollegen da sind und das Gelände umstellt haben.“ Der Heli zog derweil weite Schleifen über den Taunus.

Endlich kamen Polizeifahrzeuge aus allen Richtungen. Aus der Vogelsperspektive sahen sie wie Spielzeug-Autos aus, die von Zauberhand bewegt wurden. Sie strebten alle auf den einzigen Ausgang der Schlucht zu und blockierten ihn mit ihren Fahrzeugen. Ein Sondereinsatzkommando in Kampfausrüstung und Schusswaffen im Anschlag rückte vor, während die Menschen in der Schlucht wie in einem aufgescheuchtem Ameisenhaufen wild durcheinander liefen. Die Männer in schweren, schusssicheren Westen bewegten sich in genau eingeübten Intervallen auf die Bunker zu, wobei einer den anderen sicherte.

„Da!“ zeigte Marius plötzlich aufgeregt hinunter. „Da flieht jemand mit dem Motorrad – es muss noch einen weiteren Ausgang aus dem Lager geben.“

Der Helikopter machte einen Schwenk und setzte dem Fluchtfahrzeug nach, während Helmer die Anweisung gab, der flüchtigen Person auch mit Polizeifahrzeugen zu folgen.

Der Heli hatte die Frau mit den flatternden schwarzen Haaren schnell eingeholt. Sie hatte sich nicht einmal die Zeit genommen, den Helm aufzusetzen, schien nur eine Brille zu tragen. Mit atemberaubender Geschwindigkeit raste sie die Höhenstraße entlang durch ein kleines Waldstück auf den Schwarzensee zu. Als sie die schmale Seestraße erreicht hatte, die weit oberhalb des Sees an dessen Steilufer entlang führte, war der Heli direkt über ihr. Plötzlich erfasste die Motorradfahrerin eine Windböe. Sie trudelte, kam von der Spur ab – prallte mit ihrer schweren Maschine gegen die Leitplanke und überschlug sich in der Luft wie in Zeitlupe. Es schien eine Ewigkeit zu dauern, wie sie sich drehte und drehte, bis man weit unten das dunkle Wasser aufspritzen sah, das Mensch und Maschine verschlang.

„Sie muss gleich wieder auftauchen“, rief Helmer aufgeregt. „Macht die Strickleiter klar“, gab er dem Heli-Piloten Anweisung. Doch der See gab seine Beute nicht mehr her. Lag dunkel und geheimnisvoll im Mittagslicht.

Helmer forderte umgehend Taucher an. Dann fragte er den Piloten, ob er in der Schlucht landen könnte.

„Zwischen den Felswänden?“ fragte dieser, als hätte er nicht richtig verstanden. „Ziemlich eng. Und bei den vielen Menschen im Moment viel zu gefährlich. Ich kann Sie höchstens mit der Strickleiter absetzen."

„O. K.", meinte der BKA-Mann ohne zu Zögern. „Aber gebt unten über Funk durch, dass ich komme."

Kurz darauf beobachteten Flo und Marius fasziniert, wie Helmer die schaukelnde Hängeleiter hinunter stieg und ihnen zum Abschied kurz zuwinkte. Er hatte vor seinem Ausstieg noch die Anweisung gegeben, dass die beiden Jungs schnellstmöglich nach Frankfurt in Sicherheit gebracht werden sollten. Wer wusste schon, was hier noch alles passieren würde.

Während sich Flo und Marius fühlten, als hätte man ihnen das Ende eines spannenden Thrillers vorenthalten, sprang Trutz Helmer mit einem großen Satz von der Strickleiter und landete auf dem felsigen Boden, der nur spärlich mit Gras bewachsen war. Der Wind der Rotoren hatte ihm einen großen Platz freigefegt, aus dem die jungen Mädchen des Zeltlagers kreischend geflohen waren. Mittlerweile standen die meisten von ihnen mit erhobenen Armen direkt neben der niedergebrannten Feuerstelle und wurden von ein paar Kollegen des Einsatzkommandos in Schach gehalten. Sie hatten keinerlei Widerstand geleistet. Lediglich ein paar schwarz gekleidete Lederladies mit ungewöhnlicher Augenbemalung wehrten sich mit Händen und Füßen, als die Polizisten ihre Flucht in das naheliegende Gebäude verhindern wollten.

Mit der Pistole im Anschlag schnitt Trutz Helmer einer Lederlady, die fliehen wollte, den Weg ab. Sie ließ ihren Kurzdolch fallen, als der BKA-Mann die Pistole auf sie richtete.

„Wo habt Ihr meine Kollegin versteckt?" fragte er mit bedrohlichem Unterton.

„Keine Ahnung, was sie meinen!“ kläffte sie ihn an.

Helmer hielt ihr die Pistole direkt unter die Nase. Das war eine Sprache, die sie offensichtlich verstand.

„Woher soll ich wissen, wer im Bunker sitzt“, sagte sie gepresst, während sie aus dem Augenwinkel irritiert auf die Waffe blickte.

„Dann zeigen Sie mir doch mal diesen 'Bunker'. Dann werden wir sehen.“

Widerwillig ging die Kämpferin mit Helmer in das Gebäude, während er noch immer die Pistole auf sie gerichtet hatte.

„Unten sind die Arrestzellen“, sagte sie und deutete die Treppe hinunter.

„Dann mal vorwärts, Ladies first ...“

Sie schenkte ihm einen hasserfüllten Blick, bewegte sich aber wortlos die Treppe hinunter. Der BKA-Mann folgte ihr durch ein Labyrinth aus Metalltreppen und Gängen, die nur dürftig beleuchtet waren. Irgendwann landeten sie vor mehreren verschlossenen Eisentüren, wie Helmer sie in ähnlicher Form aus Gefängnissen kannte.

„Benina!“ schrie Helmer laut. „Hörst Du mich ...?“

„Trutz? Hier – hier bin ich!“ antwortete aufgeregt eine dumpfe Stimme hinter einer der Türen. Und ein heftiges Pochen machte Helmer deutlich, wo seine Kollegin eingesperrt sein musste.

„Geh von der Tür weg, Benina. Wir werden versuchen, das

Schloss mit Plastiksprengstoff zu öffnen."

Ein Mann des Sonderkommandos legte die Ladung an und zündete sie in angemessener Entfernung. Nach einem dumpfen Knall sprang die Eisentür auf. Benina fiel Trutz Helmer erleichtert um den Hals.

„Hätte nie gedacht, dass ich mich über deinen Anblick mal so freuen würde", sagte die Kommissarin erleichtert und nahm verschämt ihre Arme von seiner Schulter. Ihr Gesicht war dreckverschmiert – aber ihre Augen leuchteten.

„Meinst Du, ich hätte geglaubt, dass ich mir mal über dich so viel Sorgen mache ..." In seiner Stimme lag eine warme Aufrichtigkeit, die ihr an ihm bisher nicht aufgefallen war. Benina sah ihren Kollegen erstaunt an.

„Oh, verdammt", sagte dieser. „Jetzt ist die Lederlady entwischt. Die Kollegen werden sie hoffentlich abfangen." Er versuchte über Funk eine Verbindung zu bekommen, doch die Wände waren zu dick und schirmten alle Wellen ab.

Als ein weiterer Trupp des Einsatzkommandos herbeistürmte, erinnerte sich Benina wieder ihrer Funktion als Kommissarin und gab klare Anweisungen: „Durchsucht alle Räume. Ann-Katrin Meyer - die Verlobte von Dennis Pohl - wird hier festgehalten. Und ruft einen Krankenwagen. Sie muss sofort ins Krankenhaus gebracht werden, wenn ihr sie gefunden habt."

Dann hielt Benina nichts mehr in dem unterirdischen Bunker. Endlich raus! Oben angelangt, blinzelte sie geblendet in die grelle Mittagssonne. Trutz überließ ihr großzügig seine Sonnenbrille.

Draußen im Zeltlager war mittlerweile alles unter Kontrolle. Angesichts der polizeilichen Übermacht hatten die letzten Schwarzen Immen die Aussichtslosigkeit ihres Kampfes eingesehen und sich ergeben.
Wie vielen Mitgliedern der Kampfsportgruppe es gelungen war, zwischen der aufgescheuchten Jungschar zu versteckten Ausgängen zu entkommen, konnte man im Moment nicht abschätzen. Auf jeden Fall wurden neun „Schwarze Immen" in polizeilichen Gewahrsam genommen und in Handschellen zu den Einsatzwagen gebracht. Hanni Zeidler war nicht unter ihnen. Außerdem wurden bei der Polizeiaktion mehrere G-3-Gewehre sowie Kleinkalibergewehre konfisziert.

Es dauerte nicht allzu lange und die Polizeibeamten hatten in dem unterirdischen Labyrinth auch Ann-Katrin Meyer gefunden. Sie wurde auf einer Bahre ins Freie transportiert, da sie zum Laufen zu schwach war. Von Hanni Zeidler und ihrem Vater fehlte jede Spur.

„Wie geht es Ihnen, Frau Meyer?" fragte Benina und betrachtete besorgt das schwache Energiefeld mit den Angstflecken, das die erschöpfte junge Frau umgab.

„Danke", sagte Ann-Katrin nur schwach.

„Es kommt gleich ein Krankenwagen. Können Sie reden?"

Ann-Katrin nickte.

„Wie sind Sie hierher gekommen?"

„Hanni hat sich unter einem Vorwand mit mir verabredet – weil sie mir angeblich sagen wollte, wer Dennis umgebracht hat. Sie hat mir ein Video gezeigt, das Dennis kurz vor seinem Tod mit Jens beim Basketballspielen zeigt. Jens Migalla hat ihm den Ball zugespielt. Und Dennis - es war einfach nur schrecklich. Ich kann nicht glauben, dass es mein Trainer war. Dann sprach Hanni plötzlich von Blutschande, die gesühnt werden muss. Sie hat verlangt, dass ich das Baby abtreibe oder zur Adoption freigebe, angeblich, weil Dennis Jude war. Ich bin auf sie los gegangen – da haben sie mich in dieses Loch gesteckt. Ich verstehe überhaupt nichts mehr – ich will einfach nur noch weg von hier ..." Die letzten Worte gingen in einem Weinkrampf unter.

Benina blieb bei Ann-Katrin, bis der Rettungswagen kam. Als sie auf einer Krankenbahre hineingeschoben wurde, raunte Trutz Benina zu: „Es gibt tatsächlich ein Video über die Ermordung Pohls. Allerdings ist auf unserer Version Migalla nicht zu sehen. Diese Passage muss weggeschnitten worden sein."

„Wo habt Ihr dieses Video her?" fragte Benina fassungslos.

„Du wirst es nicht glauben: Deine Jungs haben es im Internet entdeckt", wobei er „Deine" mit besonderer Betonung aussprach.

Immerhin wusste Benina damit, dass er Flo und Marius meinte. Sie sah ihn fragend an.

„Hätten die Beiden die Existenz dieses Videos nicht sofort gemeldet, hätte Deine Rettung noch dauern können. Dass wir Dich als Nadel im Heuhaufen so schnell gefunden haben, war zum großen Teil ihr Verdienst.
Sie waren übrigens mit im Helikopter, in dem ich hierher gekommen bin."

„Tatsächlich? Und wo sind sie jetzt?"

„Ich habe sie zurückfliegen lassen. Bis dahin war es schon Abenteuer genug. Aber das erzähl ich Dir später.“

„Am besten im Auto – wir müssen nämlich sofort zu dem Zeidler-Haus. Er hat mir selbst gesagt, dass er nochmals nach Kronberg wolle. Informiere die Kollegen, dass sie das Haus umstellen und Zeidler festhalten sollen, bis wir kommen.“

Helmer gab telefonisch seine Anweisungen. Dann übernahm er einen Polizeidienstwagen und raste mit Benina auf kurvenreicher Strecke zu der Taunusstadt. Die Fahrt nutzten die beiden Kollegen, um sich gegenseitig auf aktuellen Stand zu bringen. Benina staunte nicht schlecht, als sie hörte, dass sie ihre Rettung tatsächlich den beiden Jungs verdankte. Trutz wiederum konnte kaum glauben, was Benina über Hanni Zeidler und ihre Wehrsportgruppe der „Schwarzen Immen“ herausbekommen hatte. Nach dem Stand der Dinge schien Hanni Zeidler die Mörderin Migallas und im Mordfall Pohl zumindest maßgeblich beteiligt gewesen zu sein. Wusste Migalla vielleicht gar nicht, dass der Korb präpariert war? Vielleicht hatte Hanni Zeidler alles so eingefädelt, dass sie nicht nur Dennis Pohl heimtückisch aus dem Weg räumte, sondern auch noch den geldgierigen Trainer durch die Videoaufzeichnung in der Hand hatte. Vieles sprach dafür, dass Hanni Zeidler dieses Hinrichtungsvideo selbst gedreht hatte.

Als Trutz von der Motorradfahrerin sprach, die in den Schwarzensee gestürzt war, fragte Benina Gatti, ob das Hanni Zeidler gewesen sein könnte.

„Gut möglich“, meinte Trutz. „Aber die Taucher haben bis jetzt niemanden gefunden.“

Und was die Geschichte mit dieser angeblichen Wachstumsformel betraf: auch das erklärte so manches. Die Monsterbienen, die Flo fast das Leben gekostet hatten, produzierten wohl für den alten Zeidler Substanzen, die er für seine illegalen Forschungen benötigte. Dass er für deren Aufzucht das verlassene Anwesen von Erika von Schlehendorff auswählte, erschien jetzt sogar naheliegend. Es war schon erstaunlich, wie die Ereignisse plötzlich ineinander griffen, die vorher scheinbar nichts miteinander zu hatten. So war wohl auch der Überfall auf Flo das Werk Hanni Zeidlers gewesen, wenngleich er ihr wohl eher zufällig in die Hände gefallen war.

Kapitel 47

Als Benina und Trutz vor dem Anwesen der Zeidlers ankamen, standen in der Einfahrt schon mehrere Polizeiautos, deren Blaulichter gespenstisch blinkten. Die Kripo hatte das Haus gestürmt. Überraschenderweise hatten die Beamten jedoch Tor und Haustür unverschlossen vorgefunden.

Im Wohnzimmer saß Zeidler in seinem monumentalen Ledersessel an dem schweren Schreibtisch aus Eichenholz, den Kopf vornüber gekippt, mit einem hässlichen, schwarzen Loch im Kopf. Offensichtlich aus nächster Nähe erschossen. Die fehlende Waffe schloss einen Selbstmord aus.

Tot sah Zeidlers Gesicht noch verhärmter und eingefallener aus als Benina es in Erinnerung hatte. Sie glaubte so etwas wie Ungläubigkeit in seinem starren Blick zu erkennen. Sie schloss die Augen und wandte sich ab. Das war alles ein bisschen viel heute. Selbst für eine Kommissarin. Sie sah in den geöffneten Wandsafe rechts vom Schreibtisch. Viel schien nicht darin zu sein. Unter dem Safe stand ein Bild, das sonst wohl den Tresor verdeckte. Man sah es an den deutlichen Staubrändern an der Wand. War das hier ein Raubmord? Und wenn ja: Was hatte der Mörder mitgehen lassen?

Eine weitere Überraschung wartete auf die Kripobeamten, als sie das ganze Haus auf den Kopf stellten. Hinter einem Wandschrank entdeckten sie den Eingang zu einem geheimen Labor, das wie ein riesiger Bunker im Fels verborgen lag. Benina und Trutz inspizierten die langen Gänge, die auf der Bergseite rechts kalten, blanken Fels zur Begrenzung hatten. Auf der linken Seite führten weiße Türen zu drei kleinen Krankenzimmern mit Liegen und medizinischer Ausstattung. Danach folgten die Glasfronten großer Labors, durch die man Reagenzgläser und Bunsenbrenner an unzähligen, wissenschaftlichen Arbeitsplätzen sehen konnte. In den Laborräumen gab es mehrere große Glaskästen mit jeweils einem Bienenstock. Doch die Schwärme, die darin umher flogen, das waren keine normalen Bienen, so riesig waren sie. Das musste eine mutierte Art sein. Auch Benina fiel nur der Begriff „Monsterbienen“ ein, den schon Flo gebraucht hatte! Gaben sie das Gelee Royal für die Wachstumsformel, von der Hanni Zeidler gesprochen hatte? Der Stoff, der aus werdenden Menschen Hünen machen konnte? Beninas Kopf schwirrte wie die Horrorbienen hinter dem Glas. Eigentlich wollte sie nur noch nach Hause, ein Bad nehmen und schlafen, schlafen - schlafen. Immerhin kümmerte sich Trutz rührend um sie, wich nicht von ihrer Seite.

„Soll ich Dich nicht besser nach Hause bringen?“ fragte er, als sie sich an der Glaswand festhielt, weil ihr schwindlig wurde, und sah sie besorgt an.

So viel Einfühlvermögen hätte sie ihm gar nicht zugetraut. „Ja, ich glaube für heute reicht es mir.“

Auf dem Weg nach draußen mussten sie notgedrungen noch einmal durch das Wohnzimmer. Der tote Bienenkundler saß noch immer in seinem Sessel. Beninas Blick fiel auf einen dicken Wälzer, der im Regal hinter Zeidler stand. Es war die wissenschaftliche Abhandlung über Bienen, von der Zeidler gesprochen hatte. Jedenfalls war er als Autor auf dem Titel genannt. Das Buch enthielt einige Zettel als Markierung.

„Warte!“ sagte Benina und schlug es willkürlich auf. „Königinnenflug“, las sie leise, aber so dass Trutz mithören konnte. „Wenn die alte Königin den Fortbestand eines Staates nicht mehr garantieren kann, müssen neue Königinnen herangezogen werden, die ausschwirren, um ihren eigenen Staat zu gründen.“

„Für Zeidler war seine Tochter offensichtlich eine solche „Königin", die mit den Schwarzen Immen einen neuen Staat nach seiner Vorstellung führen sollte. Unglaublich, was sich Menschen in ihren kranken Hirnen alles ausdenken können", meinte Trutz.

Benina nickte und stellte das Buch zurück. Dann zeigte sie auf die Fotos über dem Kamin, die sie schon bei ihrem ersten Besuch hier im Hause betrachtet hatte: Hanni als pausbäckiges Baby, Hannis erste Schritte, Hanni beim Holzpferdchen reiten, Hanni bei der Einschulung, in der Hand eine gekaufte Schultüte, in den Augen neugieriger Tatendrang. Wie konnte aus dem entzückenden Geschöpf mit den großen, staunenden Kinderaugen eine skrupellose Verbrecherin werden, aus kindlichem Selbstbewusstsein Größenwahn?

Heute sah Benina die Fotos aus neuer Sicht. „Schau mal, wie Hanni Zeidlers Gesichtsausdruck mit der Zeit immer ehrgeiziger und härter wird", sagte sie zu Trutz. Die Siegerposen nach gewonnenen Turnieren mit Pokalen oder Medaillen um den Hals zeigten nicht wirklich Freude, sondern lediglich Triumph, überlegen zu sein. Der Blick war eindringlich, stechend – mit einem kleinen irren Leuchten in den groß wirkenden Pupillen, als wäre sie tatsächlich von einer dämonischen Vision besessen.
Auf allen Fotos war Hanni allein. Keine Mutter. Keine Freundin. Keine Mannschaftskollegin. Wieder fiel ihr das Foto auf, das Hanni auf den Knien einer vermummten Gestalt, mit Hut und Schleier um den Kopf und einer Pfeife im Mund zeigte. Das Kind musste auf dem Foto ungefähr drei Jahre alt sein. Das Gesicht des Erwachsenen konnte man nur undeutlich erkennen. Das mussten Zeidler und seine Tochter vor rund zwanzig Jahren gewesen sein. Benina nahm das Foto von der Wand und sagte zu Trutz: „Das schicken wir dem LKA. Ich bin sicher, dass unsere Phantombildzeichnerin mit

einer Hochvergrößerung des schemenhaften Gesichtes noch etwas anfangen kann.“ Benina kannte Doris Berger persönlich von früheren Fällen. Die Phantombildzeichnerin vom Landeskriminalamt hatte mit über 3.000 photorealistischen Puzzleteilen eine große Sammlung zur Verfügung, mit der sie Tätern oder Täterinnen ein Gesicht geben konnte. Mit Angaben wie buschige Augenbrauen oder schmaler Mund, Gesichtsform kantig oder oval, Nase breitflächig oder schmal erstellte sie auf Zeichenbrett und Flachbildschirm verblüffend ähnliche Phantombilder der Täter.

Dieses Mal suchte Benina allerdings keinen unbekannten Täter. Dieses Mal wollte sie wissen, wie das Gesicht des Toten vor, sagen wir mal ... Sie rechnete – vor mehr als einem halben Jahrhundert ausgesehen hatte. Nach allem, was sie mittlerweile über diesen Mann wusste, war sie fast sicher, dass er auch eine Nazivergangenheit hatte!

Kapitel 48

„Ich geh dann mal“, sagte Benina zu Trutz Helmer, der es sich nach der Rettungsaktion und den Ereignissen im Zeidler-Haus nicht hatte nehmen lassen, sie persönlich nach Hause zu fahren. „Und vielen Dank nochmals!“ Benina sah Trutz von der Seite an und machte keine Anstalten, den BMW zu verlassen.

„War doch selbstverständlich. Ist mit Dir auch wirklich alles O.K.?“

Benina befühlte zum wiederholten Male den Pflasterverband auf ihrer Schürfwunde im Gesicht. Die Schulter schmerzte, aber es war nur eine Prellung. Der Notarzt hatte sie - so gut es ging - ambulant versorgt, nachdem sie eine Untersuchung im Krankenhaus abgelehnt hatte. „Na ja, bin irgendwie total kaputt. Aber auch viel zu aufgedreht, um gleich schlafen zu können. Du kannst gerne noch mit hochkommen – wenn du willst.“

„Gegen ein kaltes Bier wäre nichts einzuwenden, wenn du eines hast. Sonst trink ich auch einen Kaffee.“ Helmer war geübt, solchen Momenten die Peinlichkeit zu nehmen. Aber peinlich hin oder her - Benina konnte jetzt nicht allein in ihre Dachwohnung da oben und mit sich selbst reden. Zu viel war passiert. Zu viele Dinge schwirrten in ihrem Kopf. Und schließlich hatte Trutz sie heute aus den Fängen einer Wahnsinnigen befreit.

Kurze Zeit später saßen die beiden Kollegen auf dem schwarzen Rattansofa auf Beninas Dachterrasse und ließen alles noch einmal Revue passieren. Sie rührte in einem Pöttchen Milchkaffee. Er trank genüsslich aus der Bierflasche, die sich noch irgendwo im Kühlschrank gefunden hatte. Unter ihnen die Dächer der umliegenden Häuser – über ihnen ein glitzernder Sternenhimmel, wie man ihn nur an ganz wenigen lauen Tagen im Hochsommer sehen kann. Benina tat es gut, sich den Ballast von der Seele zu reden. Helmer seinerseits berichtete von dem Ablauf der Rettungsaktion, als wäre es ein Action-Thriller, gespickt mit humoristischen Einlagen. Ihr Kollege hatte durchaus Witz und Sinn für Situationskomik, wie Benina erstaunt feststellte.

„Ach ja", sagte Trutz zum Schluss: „Fast hätte ich es vergessen: der Hausmeister ist aus dem Koma erwacht. Bin mal gespannt, was Holzer zu der Geschichte noch beitragen kann."

„Das ist gut", sagte Benina erfreut, aber angesichts der wichtigen Nachricht doch relativ unbeteiligt. Viel Zeit war mittlerweile vergangen. Noch immer gab es offene Fragen. Aber jetzt war einfach gut. Sie sah nach oben. Die Sterne über ihr leuchteten und ein weißer Halbmond klebte am Himmel wie eine ausgesaugte Mandarinenscheibe. So ähnlich fühlte sie sich selbst. Und dazu auch noch dieses verwirrende Gefühl in ihrem Bauch, wenn Trutz sie anlachte oder sie so ansah wie gerade eben. Ihre innere Stimme erinnerte sie daran, dass sie ihn überhaupt nicht ausstehen konnte. Dass sie ihn arrogant fand. Macht- und sexhungrig wie die meisten Menschen mit roter Aura. Aber mit dieser Stimme wollte sie jetzt nicht diskutieren. Sie fühlte nur noch die samtige Luft, die sie tief einatmete. Vermischt mit seinem männlichen Duft. Eine Mischung aus Sonne, Wind und Schweiß mit einem Rest After Shave. Abstoßend und verlockend zugleich. Wenn diesen schrecklichen Tag noch etwas retten konnte, dann waren es die Umarmungen eines richtigen Mannes. Ohne, dass Trutz so richtig wusste wie ihm geschah, küsste ihn Benina. Erst zart und zaghaft. Dann mit einer Leidenschaft, die er ihr nicht zugetraut hätte. Kein Wenn und Aber mehr - es war ihre Nacht! In seinen Armen würden sich auch die chaotischen Träume besser ertragen lassen.

„Frau Kommissarin, Sie überraschen mich immer wieder aufs Neue“, flüsterte Trutz Benina ins Ohr, als er am nächsten Morgen Körper an Körper mit ihr erwachte. Es hätte auch ein Moment der Ernüchterung sein können. Aber der Zauber der Nacht hatte sich in den Tag gerettet und wirkte nach. Was er unter seinen Händen spürte, fühlte sich durchaus gut an. Im nahen Holzhausenpark hörte er die Vögel zwitschern. Durch das geöffnete Fenster schauten zaghaft erste Sonnenstrahlen. Seine Laune war bestens. Der Fall Pohl war für ihn so gut wie gelöst. Und wer hätte gedacht, dass das angespannte Verhältnis zu seiner Kollegin noch eine so überraschende Wendung nehmen würde? Er stützte den Kopf auf seinen rechten Arm und beobachtete Benina interessiert von der Seite, als sähe er sie zum ersten Mal. Er nahm sogar die widerspenstige blonde Strähne aus ihrem Gesicht, damit er sie besser sehen konnte. Sie hatte die Augen geschlossen und den Mund halb geöffnet – wie ein schlafendes Baby. Als er ihren Arm streichelte, wachte sie auf, zog sie sich aber sofort die Decke über den Kopf, um weiterzuschlafen.

„Eines musst du mir noch verraten“, meinte Trutz, dem viele Dinge durch den Kopf gingen: „Woher wusstest du eigentlich, dass mit dieser Erika von Schlehendorff was nicht stimmte?“

„Sie hatte keine Aura“, sagte Benina schlaftrunken, als wäre es die größte Selbstverständlichkeit der Welt.

„Wie, Sie hatte keine Aura?“ Trutz stutzte und schlug die Decke etwas zurück, um Benina besser verstehen zu können.

„Na ja, wo jeder andere Mensch ein farbiges Energiefeld hat, war bei ihr nichts – einfach nichts“, murmelte Benina immer noch schlaftrunken.

Trutz setzte sich abrupt auf: „Wie? Du willst mir jetzt allen Ernstes sagen, du kannst die Aura eines Menschen sehen? So in Farbe und mit Strahlenkranz und so?“

„Für mich ist das nichts Besonderes. Mein Vater konnte das auch“, gähnte Benina. An Schlaf war wohl nicht mehr zu denken.

„Aber das ist doch sensationell! Das kannst du doch nicht für dich behalten.“ Trutz war richtig aufgeregt. „Stell dir die Möglichkeiten für die Täterermittlung vor, die sich daraus ergeben können ...“

Benina bereute sofort, dass sie in einem Moment der Schwäche ihr Geheimnis preisgegeben hatte. „So einfach, wie Du Dir das vorstellst, ist das nicht“, wehrte sie entschieden ab. „Du siehst einem Mörder doch nicht an seiner Aura an, ob er es getan hat oder nicht. Die Farben, die einen Menschen umgeben, das ist nur ein Puzzlestück seiner Persönlichkeit. Außerdem können sie sich je nach Stimmung laufend verändern.“ Und nach einer kleinen Pause fügte sie vehement hinzu: „Meinst du im Ernst, ich würde mich als Versuchskaninchen hergeben? Am Fliessband Auras bestimmen, eine Art Auradetektor oder so? Wenn du im Präsidium einen Ton sagst ...“ Benina beendete den Satz nicht, aber er hallte drohend im Raum.

Trutz spürte, dass er ins Wespennest gestochen hatte und strich beruhigend über ihren Arm: „Ist ja gut. Ich hab ja nur gedacht ... Ist doch faszinierend.“ Und nach einer Weile: „Was habe ich eigentlich für eine Aura?“

Benina sah ihn mit leicht zusammengekniffenen Augen an: “Starkes Rot. Steht für Dominanz und Macht. Und gut im Bett.“

„Das können wir doch so nicht stehen lassen ...", sagte Trutz mit anzüglichem Unterton und zog Benina an sich. Männer waren ja so leicht abzulenken.

Später saßen die Beiden im Holzhausenpark auf den dunkelgrauen Korbsesseln des roten IQbis und warteten auf den Ober. Das Vordach des Bistro-Kubus war bereits aufgestellt.

„Cool", meinte Trutz. „Habe ich gar nicht gekannt." Dann bestellte er bei dem Studenten, der heute Morgen Dienst hatte, die Frühstücks-XL-Version.

Benina begnügte sich mit Milchkaffee und einem Buttercroissant. Sie beobachtete Trutz, wie er sich Eier und Schinken auf seinen Teller lud. Seine Augen hatte er hinter einer Sonnenbrille versteckt. Seine Aura konnte er nicht verstecken. Das Rot war jetzt irgendwie milder und hatte eine Vielzahl grüner Untertöne - von Schilf bis Spinatgrün. Seine Ausstrahlung wirkte dadurch viel harmonischer. Benina konnte sich ein kleines Lächeln nicht verkneifen.

Trutz wollte gerade zur Gabel greifen, als der nervtötende Klingelton seines Handys losschepperte. Er kramte das Handy aus seiner Hemdentasche und drückte auf die Empfangstaste. „Trutz Helmer", meldete er sich fröhlich.

Benina sah, wie sich seine Aura schlagartig veränderte und dunkle Farbpixel die vorherige Harmonie störten.

Das Gespräch war nach wenigen Sekunden beendet. „Das war Hanni Zeidler persönlich", sagte er fassungslos. „Ich soll Dir ausrichten, dass sie den Sturz in den Schwarzensee überlebt hat und Du Dich nicht zu früh freuen sollst. Sie wird Dich um elf Uhr auf Deinem Apparat im Präsidium anrufen."

Kapitel 49

Trutz, der den Unfall auf der Brücke vom Helikopter aus mit eigenen Augen gesehen hatte, fragte sich, wie Hanni Zeidler aus dem Schwarzensee heil herausgekommen war. Sie musste mehr als ein Leben haben. Keine Frage war, dass die Anführerin der Schwarzen Immen mit Beninas Handy telefoniert hatte, das man ihr in der Schlucht abgenommen hatte. Helmer hatte die Nummer auf seinem Display erkannt. So war sie wohl auch zu Helmers Handy-Nummer gekommen. Es war die Telefonnummer, die Benina zuletzt gewählt hatte, bevor sie niedergeschlagen wurde.

Nichts war es mit dem gemütlichen Frühstück. Den beiden Kriminalbeamten blieb nicht mehr als eine gute Stunde bis zu dem angekündigten Anruf. Per Handy mobilisierte Helmer schon mal die Technikerkollegen für die Ortung von Beninas Mobilfunktelefon. Dann schlang er noch schnell ein paar Bissen hinunter. Die Beiden zahlten und rasten mit Trutz' Dienstwagen zum Präsidium. Die neuen Ereignisse ließen Benina keine Zeit, es peinlich zu finden, zusammen mit ihrem Kollegen mitten am Vormittag im Präsidium aufzutauchen. Sie marschierte mit ihrem dicken Pflasterverband direkt zu Bernsdorfer, der sie väterlich umarmte. Er sagte ihr, wie froh er sei, dass ihr nichts Schlimmeres passiert sei. Kein Wort über ihren unverantwortlichen Alleingang. Doch zum Aufatmen war nicht der Moment. Benina informierte ihren Chef so kurz und knapp es ging über Hanni Zeidlers Telefonanruf. Die Fahndung nach der Kidnapperin und mutmaßlichen Mörderin von Jens Migalla war von ihm bereits am Vorabend veranlasst worden.

Mittlerweile lagen auch die Berichte der Spurensicherung zu der Tatwaffe vor, mit der der alten Zeidler erschossen worden war. Es musste sich um eine alte Pistole aus dem zweiten Weltkrieg handeln, die hauptsächlich von SS-Leuten verwandt worden war. Das war anhand des Projektils ermittelt worden – von der Tatwaffe selbst fehlt noch immer jede Spur.

Helmer hatte in der Zwischenzeit die technischen Vorkehrun gen für den Anruf in die Wege geleitet. Der Versuch der Kollegen, das Diensthandy von Benina Gatti zu orten, blieb allerdings ohne Erfolg. Hanni Zeidler muss es nach ihrem Anruf sofort ausgeschaltet haben. Jetzt warteten alle auf Hanni Zeidlers erneuten Anruf.

Warum wollte die dringend tatverdächtige Mörderin und Kidnapperin wohl ausgerechnet mit ihr sprechen, fragte sich Benina zum wiederholten Male und strich die widerspenstige, blonde Strähne aus dem Gesicht. Sie konnte eine gewisse Nervosität nicht verbergen, als kurz nach elf ihr Telefon klingelte. Bevor sie zum Hörer griff, gab sie den Kollegen von der Technik ein Zeichen. Trutz lächelte ihr aufmunternd zu. Die Kommissarin meldete sich mit ihrem Namen.

Hanni Zeidler hielt sich nicht mit langen Erklärungen auf und kam gleich zur Sache: „Lassen Sie die verhafteten Mädchen frei. Außerdem verlange ich eine vollgetankte Privatmaschine und freies Geleit für meinen Vater und mich. Und das Geld sowie die wissenschaftlichen Unterlagen in dem roten Aktenhefter aus dem Safe."

Sie weiß nicht, dass ihr Vater tot ist, ging es Benina durch den Kopf. Sie dachte wohl, er wäre verhaftet worden wie die Mitglieder ihrer Kampfsporttruppe, die nicht rechtzeitig fliehen konnten und sich jetzt in Untersuchungshaft befanden. Aber sie musste nochmals in dem Haus ihres Vaters gewesen sein, obwohl es seit gestern rund um die Uhr bewacht wurde. Wie hätte sie sonst von dem leeren Safe wissen können? Die wenigen Unterlagen, die sich darin befanden, hatte die Spurensicherung mitgenommen – Geld und ein roter Aktenhefter waren mit Sicherheit nicht darunter. Wer hatte diese Dinge an sich genommen? Und gab es einen geheimen Zugang zu dem Haus, den Hanni Zeidler benutzt hatte?

„Wenn Sie nicht tun, was ich sage, werden Tausende von Menschen vergiftet“, riss die Anführerin der Schwarzen Immen die Kommissarin aus ihren Überlegungen.

„Woher sollen wir wissen, dass Sie nicht bluffen?“ fragte Benina, einfach um Zeit zu gewinnen.

„Sie wissen sehr wohl, dass wir nicht bluffen.“ Hanni Zeidlers Stimme klang schroff und ärgerlich. „Alles läuft planmäßig vom Stapel. Versuchen Sie also nicht, mich festzunehmen. Sonst ist die Sache nicht mehr aufzuhalten. Ich will, dass Sie die Übergabe machen. Morgen zehn Uhr rufen Sie mich wieder an. Dann nenne ich Ihnen Ort und Zeit.“ Es knackte in der Leitung. Die Verbindung war einfach unterbrochen worden.

„Und? Von wo hat sie gesprochen?“ Helmer sah die Techniker erwartungsvoll an.

„Irgendwo im Taunus. Grob zwischen Glashütten und Reifenberg – eine konkretere Ortung wird gerade ausgearbeitet.“

„Sie hat sicher aus irgendeinem Waldstück gesprochen. Blöd ist die ja nicht“, meinte Helmer. „Mit dem Motorrad kann sie doch alle Wege fahren. Und unter den Bäumen sieht man sie selbst mit dem Heli kaum.“ Er veranlasste trotzdem, dass ein Polizeihelikopter das Gebiet nach ihr absuchen sollte.

„Zumindest wissen wir, dass sie noch in der Nähe ist“, meinte Benina. „Und, dass sie einen Giftanschlag plant ...“

Der Krisenstab wurde sofort zusammengerufen. Bernsdorfer war nur kurz dabei, da er einen Notfalltermin beim Zahnarzt hatte. Mit höllischen Zahnschmerzen und Hand auf der Backe zog er nach wenigen Minuten ab. Die Meinungen der Kollegen im Team gingen weit auseinander. Sollte man auf die Forderungen einer Verrückten überhaupt eingehen? Oder besser unerbittliche Härte demonstrieren? Andererseits war der geplante Giftanschlag mit allen Mitteln zu verhindert. Das hatte absolute Priorität.

Da es sich um eine Bedrohung der öffentlichen Sicherheit handelte, fasste Benina als Leiterin der Kommission als erstes den Beschluss, das Innenministerium einzuschalten. Diese Verantwortung konnte und wollte sie nicht allein tragen. Diese übergeordnete Instanz musste informiert werden, um gegebenenfalls weitere Spezialeinheiten anfordern zu können.

Man war sich einig, dass von der Kripo Frankfurt aus Hanni Zeidlers Forderungen scheinbar erfüllt werden sollten, um Zeit zu gewinnen und sie vorläufig von ihrem geplanten Giftanschlag abzubringen. Wer wusste schon, was in dieser Frau vorging und wozu sie noch fähig war.

Benina beauftragte Christian, einen roten Aktenhefter vorzubereiten, der irgendwelche chemischen Formeln beinhaltete. Zusammen mit ein paar Bündeln Geld und den Unterlagen, die die Spurensicherung im Safe gefunden hatte, sollte alles in eine schwarze Tasche gepackt werden, die an Hanni Zeidler ausgehändigt werden konnte. Bevor sie die Täuschung bemerken würde, musste sie überrumpelt und verhaftet werden. Das war die einzige Chance, um weitere Einzelheiten über den Giftanschlag von ihr zu erfahren. Soweit der Plan. Doch was war mit ihrer Hauptforderung – der Auslieferung ihres Vaters?

„Vielleicht sollten wir Hanni Zeidler vorbereiten, dass ihr Vater tot ist. Wenn sie das erst bei dem Treffen erfährt, könnte sie - verrückt und unberechenbar wie sie ist - womöglich den Giftanschlag auslösen. Nach dem Motto: Ihr konntet Eueren Teil der Abmachung nicht halten, also tragt ihr jetzt die Konsequenz“, gab Kerstin zu bedenken.

„Genau das kann auch passieren, wenn sie am Telefon vom Tod ihres Vaters hört“, mischte sich Helmer ein. „Wo ist da der Unterschied? Deshalb müssen wir ihr Zeidlers Tod vorerst verheimlichen. Wenn wir nicht den Vater als Druckmittel haben, wird sie nicht persönlich erscheinen. Die Tasche mit den Unterlagen kann sie sich irgendwo deponieren lassen. Und – schwups – ist sie mit dem Motorrad weg, ohne uns die geringste Information zu dem Giftanschlag zu geben. Ganz zu schweigen von der beunruhigenden Tatsache, dass die dringend tatverdächtige Mörderin dann noch immer frei herumläuft.“

„Sehe ich auch so“, stimmte Benina zu „Sie kommt vor allem wegen ihres Vaters. Weil sie denkt, wir haben ihn verhaftet und sie ihn freipressen will.“

Was den Giftanschlag betraf, war man sich im Team einig, dass ein striktes Presseverbot verhängt werden musste. Nur keine Panik in der Bevölkerung. Bernsdorfer sollte sich nach seiner Rückkehr vom Zahnarzt wie üblich darum kümmern.

Da zu erwarten war, dass die Schwarzen Immen den Anschlag wieder im Internet ankündigten, wurden Spezialisten vom BKA aus dem IT-Bereich hinzugezogen. Sie sollten die www.blackbees.com Homepage überwachen und das Internet nach Hinweisen durchforsten. Trotzdem riefen Trutz und Benina am Nachmittag Flo an, um ihn nochmals um seine Mithilfe zu bitten. Sie stellten den Lautsprecher an, damit sie besser sprechen konnten. Zuallererst bedankte sich Benina bei dem Sechzehnjährigen. Er hatte sie schließlich auf die Spur der Schwarzen Immen gebracht und zusammen mit seinem Freund auch maßgeblich zu ihrer Rettung beigetragen. Sie hatte höchsten Respekt vor diesen beiden Jungs und wollte sich gleich danach auch noch bei Marius melden.

Flo fühlte sich von ihren Worten sehr geschmeichelt, besonders dass sie ihn noch immer in den Fall mit einbezog. „Ich war gerade eben auf der Seite der Schwarzen Immen", meinte er in seiner sachlichen Art. War doch klar, dass er nach einer Aktion wie der gestrigen - mit Hubschrauber und 200 Prozent Adrenalin - viel zu motiviert war, um einfach wieder in das normale Leben eines Gymnasiasten zurückzuschlüpfen. „Eine Androhung für einen Giftanschlag habe ich allerdings nicht gefunden. Eher so etwas wie eine Einschwörung. Ich habe es mir mal ausgedruckt. Moment, ich lese vor:

Schwarze Immen sind stark.
Schwarze Immen halten zusammen.
Schwarze Immen haben einen tödlichen Stachel.
Schwarze Immen, haltet Euch bereit!
War es das, wonach die Kripo suchte?

Benina bedankte sich auf jeden Fall bei ihm und sagte: „Du hast noch was gut bei mir, Großer. Versprochen!"

Kapitel 50

Der Himmel war bedeckt und so diffus wie die ganze Situation. Die Schwüle, die auf der Stadt lastete, wurde von dem leichten Sommerregen kaum genommen. Die hohe Luftfeuchtigkeit machte das Klima nur noch unerträglicher.

Im Polizeipräsidium fieberte Benina dem Telefongespräch mit Hanni Zeidler entgegen. Die Kriminalpolizei hatte nach reiflicher Überlegung drei der neun inhaftierten Mädchen laufen lassen. Die restlichen Angeklagten blieben vorerst wegen Verdachts auf Mitgliedschaft in einer kriminellen Vereinigung in Untersuchungshaft.

Punkt 10 Uhr meldete sich Hanni Zeidler.

„Wir haben die inhaftierten Mädchen frei gelassen“, sagte die Kommissarin sofort. Sie vermied es auf die Anzahl einzugehen.

Doch die Zeidler ging einfach darüber hinweg: „Fahren Sie meinen Vater mit den Unterlagen und dem Geld zum Flughafen Egelsbach, direkt an die Landebahn. Und machen sie bis siebzehn Uhr eine Cessna startklar. In dem Auto nur Sie und mein Vater.“ Diesmal war das Gespräch noch knapper.

Überraschenderweise signalisierte der Techniker: „Wir haben das Handy orten können - sie hat es nicht ausgeschaltet. Sie muss am Flughafen Langen sein.“

„Wieso bestellt sie uns dann nach Egelsbach?“ fragte Benina irritiert.

„Vielleicht hat sie das Handy dort nur deponiert. Es umgelegt auf eine andere Nummer?“

„Oder sie hat eine Komplizin“, meinte der Techniker.

„Alles möglich. Wir werden auf jeden Fall beide Flughäfen bewachen.“ Trutz Helmer wollte auf Nummer Sicher gehen. Er traf alle Vorkehrungen, um das Leben der Übergabeperson so weit wie möglich zu schützen. Zu diesem Zweck sollten unauffällig Scharfschützen in Position gebracht und zwei Hubschrauber in Bereitschaft gehalten werden.

In die eiligst veranlassten polizeilichen Maßnahmen platzte die sensationelle Nachricht von Interpol: das Phantombild der Zeichnerin stimmte mit dem Foto eines international gesuchten Naziverbrechers überein. Dr. Hans Zeidler hieß in Wirklichkeit Horst Born, der seit Jahrzehnten wegen seiner Verbrechen im Dritten Reich gesucht wurde. Angeblich hatte er als Medizinstudent und als Assistent von Mengele in Auschwitz unvorstellbare Versuche an Kindern und Erwachsenen durchgeführt.

„Dieser Größenwahnsinn von Hanni Zeidler ist dann wohl dem kranken Nazi-Hirn ihre Vaters entsprungen“, sagte Benina nachdenklich zu Trutz Helmer, der mal wieder auf ihrem Schreibtisch saß. Vielleicht sollten wir sie bewusst mit dem toten Vater konfrontieren, um ihr ideologisches Kartenhaus einstürzen zu lassen.“

„Du meinst, dass sie das aus dem Konzept bringen könnte?“

„Ja“, sagte Benina. „Stell Dir vor, Dein ganzes Leben wird von Deinem überdominanten Vater bestimmt. Und plötzlich ist er tot.“

„Dann bist Du entweder erleichtert - oder alles, was Du für ihn getan hast, wird sinnlos.

„Gut möglich!“

„Aber wahrscheinlich wird Dir Hanni Zeidler gar nicht glauben, dass er tot ist. Sie wird es für eine polizeiliche Finte halten. Sie meint ja, wir hätten ihn verhaftet.“

„Dann müssen wir ihn eben im Sarg mitnehmen“, sagte Benina trocken.

„Das ist nicht Dein Ernst: Kriminalkommissarin fährt bei Mörderin mit Leiche vor.“

„Warum nicht ? Immerhin hängt davon vielleicht Leben und Gesundheit vieler Menschen ab“, gab Benina zu bedenken.

„Aber die Genehmigung mit der Leiche bekommen wir doch nie. Schon gar nicht von Bernsdorfer. Dem wird gerade ein Weisheitszahn herausoperiert, wie Du vielleicht weißt.“

„Dann müssen wir den Leuten aus der Gerichtsmedizin eben irgendeine plausible Story auftischen. Oder die Leiche einfach beschlagnahmen. Lass Dir was einfallen.“

In diesem Moment platzte in Beninas Büro ihr Mitarbeiter Christian herein: „Stellt Euch vor, die Presseabteilung hat in ihren Berichten die Ermordung Zeidlers drin. Heute Nachmittag um 15 Uhr ist Pressekonferenz – zwei Stunden vor dem Treffen mit Hanni Zeidler. Wäre ja zu dumm, wenn sie doch noch über Fernsehen oder Radio vom Tod ihres Vaters erfahren würde.“

„Da hast Du wohl Recht“, bestätigte ihm Benina entsetzt. „Und was ist mit dem Presseverbot?“

„Ist nur für den geplanten Giftanschlag ausgesprochen worden. Nicht automatisch auch für den Mord in Kronberg. Ist wohl verbaselt worden ...“

„Mist, dass Bernsdorfer schon wieder nicht da ist“, stellte Helmer pragmatisch fest.

„Ich versuche, den Pressechef zu erreichen, damit die Nachricht nicht publik gemacht wird“, sagte Benina, und wählte die Nummer von Dr. Sven Klausmann, den sie gut kannte. Doch der war laut seiner Sekretärin bereits beim Essen in der hauseigenen Kantine.

„Ich kümmere mich dann mal um den Sarg“, sagte Trutz. Bevor er aus der Tür ging, meinte er noch: „Eigentlich bin ich nicht dafür, dass Du den Leichenwagen fährst. Auch das Treffen mit Hanni Zeidler ist doch eigentlich viel zu gefährlich.“

„Meinst du, zu gefährlich für eine Frau?“ fragte Benina spöttisch. Nur weil sie eine Nacht mit ihm verbracht hatte, konnte er ihr noch lange nicht vorschreiben, was sie zu tun oder zu lassen hatte. „Ich übernehme die Verantwortung. Wenn sie mich töten wollte, hätte sie das schon längst tun können.“

Er wollte etwas entgegnen, sagte dann aber nichts und sah sie nur seufzend an.

Kapitel 51

Funktional schlichtes Design der Tische und Stühle, verschiedene Ebenen - hohe, lichte Fenster und Türen, die sich zu einem Innenhof mit Holzterrasse und einigen Bäumen öffneten. Die Kantine des Polizeipräsidiums unterschied sich von der Ausstattung her kaum vom Ambiente eines modernen Restaurants. Es waren die Menschen, die sich irgendwie nicht wie Gäste eines Restaurants bewegten. Zeitgesteuerte Nahrungsaufnahme im Blick, mutierten sie zu laufenden Tabletts, die sich wie auf Schienen an den Glasvitrinen der Essensausgabe vorbeischoben.

Benina mochte diese eilige Geschäftigkeit beim Essen nicht. Und Dr. Sven Klausmann hier zu finden erwies sich auch nicht gerade als einfach. Sie entdeckte ihn schließlich an einem der begehrten Tische draußen im Innenhof. Der gut aussehende Mitvierziger im anthrazitgrauen Leinenanzug sah Benina überrascht an. Die Beiden hatten sich schon einige Male in der Frankfurter Innenstadt zum Essen verabredet. Aber hier und jetzt hatte er offensichtlich nicht mit ihr gerechnet.

„Keinen Hunger ...?“ fragte Klausmann – wohl weil Benina ohne das obligatorische Tablett unterwegs war.

„Nein, danke“ wehrte sie ab und sah auf seinen Braten, der in brauner Soße schwamm. Sie setzte sich ihm gegenüber, um besser mit ihm sprechen zu können. „Ich hole mir nachher nur einen Café Latte aus dem Kaffeeautomat.“

„Lass mich das machen, ich bin sowieso gleich fertig.“ Er nahm einen letzten Bissen und legte sein Besteck auf den Teller. „Mit Zucker?“ fragte er noch, bevor er die Kaffeebar ansteuerte.

„Ohne, bitte!" Benina sah nervös auf die Uhr. Die Zeit raste. Es war bereits 12.35 h.

Doch es dauerte nicht lange, bis der Pressechef mit zwei Tassen zurück kam. „Und – was wolltest du so dringend mit mir besprechen ...?" fragte er, während er in seinem Espresso rührte.

Benina mochte ihn. Leider war er schon vergeben, sonst hätte er ihr durchaus gefährlich werden können. „Tja", begann sie. „Ihr habt doch heute um fünfzehn Uhr die Pressekonferenz wegen des Falls Pohl und der Aushebung dieses Neonazinestes."

„Ja, die Aasgeier von den Zeitungen und Fernsehsendern scharren schon mit den Hufen. Dieser Beyerle vom SCREEN ist immer besonders penetrant."

„Wird in diesem Zusammenhang tatsächlich auch der Mord an diesem Dr. Zeidler bekannt gegeben?"

„Klar. Das ist doch der Vater dieser flüchtigen Hanni Zeidler, die im Fall Pohl und Migalla unter Mordverdacht steht. Gibt es denn neue Erkenntnisse, weil Du fragst ...?"

„Nein, nicht wirklich. Es geht eigentlich mehr darum, die Information über den Mord an Zeidler erst mal unter den Tisch fallen zu lassen."

„Wie meinst Du das? Ich kann doch Informationen nicht einfach zurückhalten, die schon offiziell freigegeben worden sind. Außerdem: warum kannst Du das nicht mit Deinem Chef direkt abklären?"

„Normalerweise schon. Aber der sitzt gerade beim Zahnarzt

wegen seines Weisheitszahns. Ich kann ihn wohl schlecht vom Behandlungsstuhl ans Telefon holen. Aber die Zeit drängt und glaub mir: Es gibt triftige Gründe dafür."

„Welche denn?"

„Das kann ich Dir jetzt nicht sagen, noch nicht."

Klausmann sah sie prüfend an und seufzte: „Aber nur, weil Du es bist. Eigentlich darf ich so etwas gar nicht machen. Und was meinst Du, was ich für einen Ärger mit meiner Sekretärin bekomme, wenn sie jetzt die ganzen Pressemappen ändern muss – so kurz vor der Pressekonferenz."

„Danke!" sagte Benina und hätte ihn am liebsten umarmt. Ohne ihren Latte auszutrinken, eilte sie davon.

Kapitel 52

Zum verabredeten Zeitpunkt saß Benina in dem schwarzen Wagen mit Zeidlers Sarg. Auf ihre Frage, wie Trutz es geschafft hatte, an den Toten ranzukommen, sagte er nur breit grinsend: „Das willst Du jetzt nicht wissen!“ Etwas ernster meinte er dann: „War gar nicht so schwer. Die Obduktion war ja schon abgeschlossen. Ich habe einfach die Leiche Zeidlers zur Überführung auf den Friedhof für 16 Uhr freigegeben. Dann habe ich den Fahrer abgepasst und den Wagen samt Inhalt beschlagnahmt. Der Fahrer hat sich sehr über den frühen Feierabend gefreut und wurde von Holm nach Hause chauffiert.“

„Nicht schlecht“, kommentierte Benina anerkennend.

„Dafür sind die grauen Zellen ja da. Am besten machst Du Dich jetzt aber auf den Weg nach Egelsbach, Deine Fracht wird nicht frischer. Wir fahren auch gleich los. Und pass auf Dich auf!“ Seine Besorgnis stand ihm ins Gesicht geschrieben.

„Unkraut vergeht nicht“, sagte Benina und winkte ihm zu.

Mit ihrem Kriminalausweis gelangte die Kripofrau ohne Zwischenfälle an die Startbahn, die ihr Hanni Zeidler durchgegeben hatte. Sie fuhr mit ihrer makabren Ladung direkt neben das kleine Flugzeug. Trotz der schier unerträglichen Hitze trug sie eine schusssichere Weste. Außerdem war sie mit einem Mikro ausgerüstet, damit ihre Kollegen mithören konnten. Im Moment konnte sie nur die kurze Information durchgeben, dass nichts und niemand zu sehen war.

Benina sah suchend über das Flugfeld. Die Luft flimmerte vor Hitze. Dann - wie aus dem Nichts - kam auf der Landebahn ein schwarzer Punkt auf sie zu, der zur schwarzen Gestalt auf einer Moto-Cross-Maschine anwuchs, je mehr er sich ihr näherte.

„Sie kommt“, sagte Benina so unauffällig wie möglich. Sie hätte sich nicht gewundert, wenn das Motorrad bei der Beschleunigung zum Flug abgehoben hätte oder auf das wartende Flugzeug geknallt wäre. Kurz vor der Cessna eine harte Vollbremsung. Hanni Zeidler sprang von der Maschine und stand in stattlicher Lebensgröße vor ihr. Sie trug einen alten Wehrmachtshelm und ebenfalls eine kugelsichere Weste. Eine unnahbare braunrote Aura umgab sie wie ein undurchdringlicher Schutzschild.

„Wo ist mein Vater?“ rief die hünenhafte junge Frau und sah Benina mit ihren stahlblauen Augen misstrauisch an.

„Da hinten im Wagen.“

„Sagen Sie ihm, er soll sich beeilen ...“

„Das geht nicht, Frau Zeidler, Ihr Vater kann nicht mit ihnen kommen. Er ... er ist tot. Wir haben ihn erschossen in seinem Haus aufgefunden.“

„Nein!“ Hanni Zeidler schrie auf wie ein verwundetes Tier. Sie rannte auf den schwarzen Wagen zu und riss die hinteren Flügeltüren auf. Wie versteinert starrte sie auf den Blechsarg. Sie schaffte es, den Deckel zu öffnen und sank beim Anblick ihres toten Vaters zusammen. „Ich hab doch alles nur für ihn gemacht“, schluchzte sie, während die schwarze Schminke um ihre Augen verlief. „Er sollte stolz auf mich sein ... “, schluchzte sie. Doch da war Hanni Zeidlers kurzer Moment der Schwäche auch schon vorüber. Sie zog blitzschnell eine Pistole und richtete sie direkt auf die Kommissarin. „Wo ist die Wachstums-Formel?“ schrie sie. „Und das Geld? Ihr wollt mich doch nur linken. Wie Migalla mich linken wollte. Aber ich lasse mich nicht reinlegen. Ihr habt meinen Vater erschossen! Dafür werdet Ihr bezahlen!“

„Ihr Vater war schon tot, als wir ihn fanden, glauben Sie mir.“ Benina legte alle Überzeugungskraft in ihre Stimme. „Wir versprechen Ihnen freies Geleit. Die Maschine ist voll getankt. Und in der schwarzen Tasche auf dem Beifahrersitz sind die Sachen aus dem Safe. Wir haben Ihre Bedingungen erfüllt, so gut es uns möglich war. Jetzt sind Sie dran mit ihrem Teil der Vereinbarung: Sagen Sie den geplanten Giftanschlag ab. Das bringt doch nichts.“ Auf der schwarzen Lederkleidung von Hanni Zeidler sah Benina das Infrarotlicht der Scharfschützen tanzen. „Werfen Sie die Waffe weg, Frau Zeidler, das ist Ihre einzige Chance.“

„Was wissen Sie schon, was mir was bringt ...? Mein Vater hat die wissenschaftliche Voraussetzung für eine arische Königinnenrasse geschaffen. Und ich werde sein Lebenswerk vollenden. Unsere Vision - das ist doch das einzige, was bleibt – jetzt wo er tot ist. Der Anschlag findet statt!“

„Frau Zeidler, seien Sie vernünftig. Ihr Vater hat Sie und viele Menschen getäuscht. Er war ein Kriegsverbrecher, der weltweit gesucht wurde.“

„Mein Vater war kein Verbrecher. Genauso wenig wie es jemals einen Holocaust gab.“ Hanni Zeidler schubste die Kommissarin verächtlich zur Beifahrertür. „Einsteigen!“ kommandierte sie. Benina tat wie ihr geheißen wurde. Doch als Hanni Zeidler zur Fahrerseite des Wagens lief, rettete sie sich mit einer Hechtrolle aus dem Wagen. In diesem Moment eröffneten die Scharfschützen das Feuer und schossen Hanni Zeidler die Pistole aus der Hand. Sie schrie auf - doch sie gab nicht auf. Es gelang ihr in den Leichenwagen zu kommen und mit ihrer verwundeten Hand den Wagen zu starten, dessen Hecktüren weit geöffnet waren. In Schlangenlinie fuhr sie an der Cessna vorbei Richtung Rollbahn. Wohl um den Schüssen zu entgehen oder weil sie es mit ihrer Hand nicht besser vermochte.

Ein Helikopter hob ab und nahm die Verfolgung auf. Benina wusste, dass Trutz darin saß, um den Einsatz der Fahrzeuge am Boden zu koordinieren. Doch der Leichenwagen kam nicht weit. Als die Scharfschützen auf dem Dach des Flughafengebäudes nicht mehr durch das stehende Flugzeug behindert waren, fand eine Kugel ihr Ziel.

Kapitel 53

Die Anführerin der Schwarzen Immen war tot. Niedergestreckt durch einen Schuss in den Nacken. Eine kleine verwundbare Stelle, bis zu der die kugelsichere Weste nicht reichte und den der Helm noch nicht schützte. Ein junges Leben ausgelöscht. Ein Leben als skrupellose Täterin. Doch war man mit solch einem Vater nicht zwangsläufig auch Opfer? Wie hätte das Leben dieser schönen jungen Frau ausgesehen, wenn sie in einer ganz normalen Familie zur Welt gekommen wäre? Mit einer Mutter, die sich liebevoll um sie gekümmert hätte und einem Vater, der seine Tochter nicht als Werkzeug seiner Visionen missbrauchte?
Benina ging der Tod von Hanni Zeidler nicht aus dem Kopf. Genauso wenig wie der Giftanschlag. Hanni Zeidler hatte keinen konkreten Zeitpunkt genannt. War mit ihrem Tod die Aktion gestorben? Oder war es denkbar, dass die „Königin" der Immen mit ihrer letzten Aktion auch noch zur Massenmörderin werden konnte? Vielleicht hatte sie Komplizinnen, die im Falle, dass Hanni Zeidler etwas zustoßen sollte, angewiesen waren, diesen Giftanschlag planmäßig durchzuführen? Nicht auszudenken, was das für eine Katastrophe wäre.

Benina hatte sich mit Helmer, Christian und Kerstin die aufgezeichneten Telefongespräche wieder und wieder angehört. Aber sie fanden keinen Anhaltspunkt. Auch die Vernehmung der inhaftierten „Schwarzen Immen" hatte nichts ergeben. Entweder sie wollten nichts sagen - oder sie wussten wirklich nichts. Und Ann-Katrin Meyer, deren ungeborenes Kind die Entführung zum Glück ohne erkennbaren Schaden überstanden hatte, wusste mit einem Giftanschlag überhaupt nichts anzufangen. Sie litt noch immer unter einem Trauma und stand unter ärztlicher Aufsicht.

Genauso ungeklärt war der Mord an Zeidler. Die Suche nach der Tatwaffe - laut Analyse eine Waffe aus dem 2. Weltkrieg

- war ergebnislos geblieben. Seine Tochter hatte den Mord wohl kaum begangen. Es sei denn, sie war schizophren. Das konnte man bei ihrem verwirrten Geist natürlich nicht ganz ausschließen, aber Benina hielt es für wenig wahrscheinlich. Migalla konnte es nicht gewesen sein. Der war zu diesem Zeitpunkt schon tot. Und Holzer, der Hausmeister, lag im Krankenhaus. Wenigstens da gab es ja einen Lichtblick, weil er wieder bei Bewusstsein war, wenn auch bislang nicht vernehmungsfähig. Christian, der mit der Vernehmung beauftragt war, musste unverrichteter Dinge wieder abziehen. Erst für heute Nachmittag hatten die Ärzte grünes Licht für eine kurze Befragung gegeben.

Benina wollte das selbst übernehmen. Gleich nach dem Mittagessen ging sie zu ihm. Bevor sie dem mehrmals operierten Mann eine Frage stellen konnte, begann Holzer von selbst zu reden: „Ich habe Hanni am frühen Morgen des Mordes im Flur vor der Halle gesehen. Sie sprang von einer Leiter, die an ein Oberlicht angelehnt war und war blitzschnell in der Damentoilette verschwunden, als sie mich sah. Aber ich habe sie ganz deutlich erkannt. Es tut mir leid, dass ich Ihnen das nicht früher gesagt habe – aber so lange meine Mutter lebte, war das unmöglich für mich.“ Holzer wirkte ehrlich zerknirscht.

„Kennen Sie Hanni Zeidler näher?“ Die Kommissarin vermied es bewusst in der Vergangenheitsform von ihr zu sprechen, da er noch nicht wissen konnte, dass sie nicht mehr lebte.

„Ja, Hanni habe ich wie meine eigene Tochter aufwachsen sehen. Und ihren Vater kenne ich schon seit meiner eigenen Kindheit. Er war der Freund der Familie, mein Onkel. Der Arbeitgeber meiner Mutter – solange ich denken kann. Sie sind nach dem Krieg zur gleichen Zeit nach Argentinien gekommen. Aber mein Onkel ist kein guter Mensch“, sagte er bitter. „Er ist schuld daran, dass mein Sohn behindert auf die Welt kam. Meine Frau hat das nie verwunden. Er war mit seinen Versuchen an Menschen für viel Leid und Elend verantwortlich. Jetzt, wo meine Mutter tot ist, muss ich keine Rücksicht mehr auf ihn nehmen.“

„Meinen Sie mit „Versuchen an Menschen“ die gezielte Manipulation von schwangeren Frauen, um die Größe der ungeborenen Kinder zu beeinflussen?“

Holzer schlug die Augen nieder, als er leise sagte: „Er hat meiner Frau bei beiden Schwangerschaften Infusionen verabreicht. Ich mache mir heute große Vorwürfe, dass ich das zugelassen habe. Aber damals war ich nicht so stark, mich über den Willen meiner Mutter und meines Onkels hinwegzusetzen.“

„Wussten Sie, dass Ihr Onkel ein gesuchter Naziverbrecher war?“

„Wissen wäre zu viel gesagt. Aber natürlich habe ich mir schon Gedanken darüber gemacht, warum er sich in Argentinien noch de Miller nannte und in Kuba plötzlich Dr. Hans Zeidler hieß. Eine Erklärung hat meine Mutter dafür nie gegeben. Sie hat von mir immer striktes Stillschweigen verlangt.“

„Wie stand Frau von Schlehendorff zu Dr. Zeidler?"

„Schwierige Frage. Für sie war er fast wie ein Halbgott. Meine Mutter hätte sich nie gegen ihn gestellt. Nie daran gezweifelt, ob es richtig war, was er tat. All die Versuche ... All das Leid ... Auf der anderen Seite hatten wir ihm auch viel zu verdanken. In Kuba, als wir wieder ganz von vorne anfangen mussten, hat er uns finanziell unterstützt. Selbst meine Frau habe ich durch ihn kennen gelernt. Auch diesen Job als Hausmeister hat mir mein Onkel verschafft - wahrscheinlich, um über mich immer informiert zu sein, was im BC passiert. Aber was hätte ich tun sollen? Ich hatte nie etwas gelernt.“ Holzer erzählte und erzählte, obwohl Benina sah, dass ihm das Sprechen schwer fiel.

„In Kuba war Hanni oft bei uns. Meine Mutter kümmerte sich um sie. Ihre eigene Mutter war bei der Geburt gestorben. Hanni spielte oft mit meiner Tochter, war bei uns wie ein Mitglied der Familie. Als wir in den 90ern alle nach Deutschland umsiedelten, änderte sich das plötzlich. Sie hielt offensichtlich Abstand. Nur zu meiner Mutter kam sie noch ab und zu."

„Sie sagten, Sie haben Hanni Zeidler am Tag des Mordes an Dennis Pohl im Flur vor der Spielhalle gesehen? Um welche Uhrzeit war das?“

„Zwanzig vor acht Uhr, würde ich sagen. Ich habe mich noch gewundert, woher sie einen Schlüssel hatte und was sie da mit dieser Leiter vorhatte. Als ich von dem Mord erfuhr, dachte ich mir sofort, dass sie etwas damit zu tun hat. Aber meine Mutter hätte mir nie verziehen, wenn ich etwas gegen Zeidlers Tochter ausgesagt hätte. Es gab da ein eisernes Gesetz des Schweigens. Wer dagegen verstieß, wurde bestraft. Oder verstoßen."

„Ich habe da noch eine Frage zu der Leiter: Wo genau stand sie denn?“

„Wenn ich mich recht erinnere im Flur vor dem mittleren Oberlicht, so als ob sie von dort etwas beobachten wollte.“

„Haben Sie auch Jens Migalla gesehen?“

„Nein – aber ich war auch nur kurz in der Halle. Ich bin dann zu meinem Sohn gefahren. Aber draußen stand auch kein Auto von Migalla. “

„Haben Sie eine Ahnung, wer auf Sie geschossen hat?“

Der Hausmeister zuckte nur mit den Schultern.

„Halten Sie es für möglich, dass es Hanni Zeidler war? Vielleicht hatte sie Angst, dass Sie nach dem Tod ihrer Mutter auspacken? “

„Schon möglich ...“, sagte der Hausmeister und senkte traurig den Blick. „Ich möchte es mir trotzdem nicht vorstellen. Sie war lange wie eine Tochter für uns ...“

Letzte Frage, Herr Holzer: „Was war in dem Umschlag, den Ihnen Ihre Tochter vor der Beerdigung zurückgegeben hatte?“

Der Hausmeister sah die Kommissarin erstaunt an. „Nichts Wichtiges“, sagte er abwehrend. „Betraf nur meine Mutter und mich. Nach ihrem Tod hat es keine Bedeutung mehr.“

„Wo ist der Umschlag jetzt?“

„Ich habe ihn in einen Papierkorb geworfen.“

Das konnte nicht sein; die Spurensicherung hatte den ganzen Friedhof abgesucht. Auch an der Aura des Hausmeisters sah Benina, dass er sich mit seiner Aussage unwohl fühlte.

„Überlegen Sie noch einmal!“ sagte sie eindringlich. Sie

wusste, heute würde sie nicht mehr von ihm erfahren – zumal neben dem Bett eine Ärztin erschien, die vielsagend auf ihre Armbanduhr tippte.

Die Kommissarin ging nachdenklich die langen Gänge des Krankenhauses zurück zum Ausgang und rief sich Holzers Worte in Erinnerung. Offensichtlich hasste er Zeidler für das, was er seiner Familie angetan hatte. Aber als Täter für dessen Ermordung kam er nicht in Frage. Holzer war auch nicht der Typ, der einen anderen erschießen könnte. Holzers Aussage erhärtete jedoch ganz klar den Verdacht, dass Hanni Zeidler für die Ermordung von Dennis Pohl verantwortlich war.

Kapitel 54

Zurück im Präsidium berief die „Katze“ sofort die Sonderkommission ein. Ihr Instinkt sagte ihr, dass sie der Lösung des Falles ein großes Stück näher gekommen waren. Die ganze SoKo versammelte sich in dem großen Besprechungsraum und spekulierte auf der Basis von Holzers Aussage über den möglichen Tathergang. Benina fasste noch einmal zusammen:

„Nehmen wir mal an: Hanni Zeidler weiß von Migalla, dass Ann-Katrin Meyer und Dennis Pohl in der Halle zusammen trainieren und erfährt dabei auch, dass diese schwanger ist. Ob sie auch weiß, dass Pohl Migalla davor um eine Aussprache gebeten hat, ist mir im Moment nicht klar. Auf jeden Fall will sie Dennis Pohl ausschalten und fasst einen teuflischen Plan: durch einen Autodefekt will sie verhindern, dass Ann-Katrin pünktlich zum vereinbarten Treffen kommen kann."

„Genau“, stimmte Helmer zu. „Deshalb fährt sie mit einem Motorrad nach Bad Soden und macht sich an Ann-Katrins Auto zu schaffen. Ein Nachbar hört das Motorrad um 6.30 h.“

„Danach fährt sie nach Sulzbach“, ergriff Benina wieder das Wort. „Gehen wir mal davon aus, dass sie – woher auch immer – im Besitz eines Schlüssels war.

Helmer: „O.K. Sie ist also in der Sulzbacher Sporthalle und präpariert mit Hilfe einer Leiter den hinteren Basketballkorb mit tödlichen Giftpfeilen. Ihr Plan könnte sein, dass sie später den auf dem Parkplatz wartenden Dennis Pohl in die verschlossene Halle lässt und ihn bittet, mit ihr ein paar Spielzüge zu machen, angeblich bis Ann-Katrin kommt.“

„Mag sein, dass es so war“, räumte Yannik Gruber ein. „Aber

kommen wir nochmals zur Leiter: Warum steht sie nicht in der Nähe des Basketballkorbes, sondern im Flur?"

„Sie braucht die Leiter, um durch das Oberlicht das Spielfeld sehen zu können", meint Helmer scharfsinnig. „Denkt an das Video. Vielleicht versucht sie sogar, die Kamera an der Leiter oder vielleicht eher an dem Fenster zu befestigen, so dass sie nur auf „play" drücken muss, um das makabre Video zu drehen."

„Guter Punkt", bestätigte Benina. „Yannik, lass doch nachher gleich die Spurensicherung prüfen, ob es an einem der Oberlichter in der Sulzbacher Halle Klebstoffspuren gibt. Doch macht erstmal weiter", ermunterte sie die SoKo-Mitarbeiter.

„Vielleicht hat sie auch eine Person dabei, die das Filmen übernehmen soll", spann Kerstin den Faden weiter.

„Migalla?" fragte Christian.

„Nein, wie wir mittlerweile von Ann-Katrin Meyer wissen, hat sie auf dem ungeschnittenen Video Jens Migalla als Ballzuwerfer ausgemacht. Er kann nicht gleichzeitig Kameramann spielen", würgte Helmer die Frage schon im Ansatz ab.

„Wie auch immer: Migalla befindet sich wahrscheinlich noch nicht in der Halle, als der Hausmeister um 7.40 h überraschenderweise dort auftaucht. Zumindest hat er ihn nicht gesehen", stellte Benina klar. „Die Zeidler hört Holzer, springt von der Leiter und versteckt sich in der Toilette. Doch Holzer hat sie erkannt und verlässt die Halle mit bösen Vorahnungen. Als schätzungsweise so gegen 8.00 h Migalla und Dennis Pohl zusammen auftauchen, ändert sie ihren teuflischen Plan, weil sie zwei Fliegen mit einer Klappe schlagen kann: A) Pohl aus dem Weg räumen ..."

„Und B)," ergänzte Trutz, "den Trainer, der immer geldgieriger wird und irgendwie an der Wachstumsformel beteiligt werden will, in der Hand zu haben. Deshalb behauptet sie vor den Beiden vielleicht, dass Ann-Katrin sie gebeten hat, Dennis Pohl bei einem Dunking zu filmen. Als Überraschungsgeschenk oder was weiß ich. Warum auch immer erklären sich Migalla und Pohl zu ein paar Spielzügen bereit."

Kerstin meldet sich wieder zu Wort: „Pohl spielt widerwillig mit – das sah man an seinem Gesichtsausdruck. Eigentlich hat er ja eine Aussprache mit Migalla gesucht, weil seine schwangere Verlobte irgendwelche Präparate nimmt, die er aus Sorge um sie und das Kind heimlich untersuchen lässt."

„Ja", meinte Yannik, „wahrscheinlich wollte er nicht auf die Untersuchungsergebnisse seines Freundes warten, sondern den Trainer direkt zur Rede stellen. Das könnte auch erklären, dass Migalla laut Ann-Katrin anscheinend schon damals von der Schwangerschaft wusste, obwohl sie ihm nichts gesagt hatte."

Trutz fährt fort: „Keine Ahnung, wie viele Spielzüge nötig waren, bis es dann zu dem letzten Dunking von Pohl und seiner tödlichen Verletzung kam. Laut Labor ca. 8.15 h. Er schleppt sich noch bis zum anderen Korb. Migalla ist entsetzt, beugt sich über Pohl und sieht, dass er tot ist. Hanni Zeidler nutzt die Situation zur Flucht beziehungsweise – nein – sie versteckt sich, bis Migalla fluchtartig die Halle verlassen hat."

„Richtig!" stimmte Benina zu. „Denn sie will noch die Leiter wegbringen, aber dann tauchen diese zwei Jungs auf. Es ist ca. 8.30 Uhr. Sie lässt die Leiter zunächst am Boden des Flurs liegen und flüchtet vielleicht wieder in die Damentoilette, weil diese am nächsten liegt. Der eine Junge – Florian Hansen - stolpert sogar über die Leiter und verletzt sich leicht. Denkt sich aber nichts dabei. Sie wartet, bis die Jungs auf ihrem Spielfeld trainieren und verschwindet mit der Sporttasche von Pohl zum Hinterausgang, wo ihre Maschine steht. Dann fährt sie mit dem Motorrad über das nahe Wäldchen und wirft die Tasche irgendwo in die Hecken. Natürlich erst nachdem Sie überprüft hat, ob sich darin etwas befindet, was Migalla belastet. Außerdem entnimmt sie Geld und Ausweise. Als Marius Maciewsky den Toten findet, ist sie mit ihrem Motorrad wahrscheinlich längst zurück in Kronberg und ruft Migalla an."

„Dem Trainer ist klar, dass die Zeidler ihn mit dem Film in der Hand hat", zog Yannik die Schlussfolgerung. „Er kann nur auf ihren Vorschlag eingehen, dass sie sich gegenseitig ein Alibi geben, wenn der Verdacht auf einen von ihnen fällt."

Die Kriminalbeamten der Soko sahen sich zufrieden an. Ja, so könnte es gewesen sein. So passte eines zum anderen. Zumindest der Fall Pohl schien geklärt - auch wenn es in den Mordfällen Migalla und Zeidler noch genügend offene Fragen gab.

Kapitel 55

Die Zufriedenheit über den geschriebenen Bericht hielt bei Benina nicht lange vor. Was half die Klärung des Mordes an Pohl bei dem angedrohten Giftanschlag? Die Kommisarin hatte keine Idee, fühlte sich trotz des schönen Sommerwetters leer und kalt. Sie holte ihren Fön aus der Schublade und steckt ihn in den Stecker neben dem Schreibtisch. Der warme Luftstrom auf ihrer Haut entspannte sie. Sie versuchte, sich in die Denkweise und das Strickmuster der Täterin hinein zu versetzen. Wie hatte Hanni den ersten Giftmord verübt? Keine Frage: heimtückisch. Sie war intelligent, dachte voraus, konnte aber auch flexibel auf neue Situationen reagieren. Sie bezog die zu erwartenden Geschehnisse mit ein. Und sie wollte, dass man ihre Tat sah, sie im Internet bewundern konnte. Sie wusste, dass sie bei dem angedrohten Giftanschlag die Kamera nicht selbst bedienen konnte. Hatte sie Gehilfinnen – Komplizinnen, die das für sie übernehmen sollten? Schon möglich. Oder konnte das vielleicht sogar ... die Presse für sie tun? Dann musste es aber ein Ereignis mit öffentlichem Interesse sein. Wo schauten viele Menschen zu? Wo waren Kameras? Was bot sich für einen Giftanschlag an vielen Menschen an? Mord durch Verletzung an einem vergifteten, scharfen Gegenstand, wie bei dem Mord an Pohl, wohl eher nicht. Lebensmittelvergiftung? Denkbar, aber nicht mit einem spektakulären öffentlichen Event verbunden. Gift in Wasser? Ja, Wasser konnte der Träger sein, der Vergiftung im großen Stil zuließ. Wo sahen viele Menschen zu, wenn etwas am Wasser passierte?

Was war zeitlich zu fixieren? Start einer Segelregatta? Die Einweihung eines Stausees? Eine Schiffstaufe? Benina stutzte. Hatte die Zeidler in ihrem Telefongespräch nicht so etwas wie „vom Stapel lassen“ gesagt ...?

Sie bezog Trutz in ihre Überlegungen mit ein.

„Ja“, sagte er sofort, „dass würde passen. Ich prüf mal, was da in Frage käme.“

Nach zwanzig Minuten kam er triumphierend wieder: „Was hältst du von der Taufe eines Schiffes mit dem Namen „Deutschland“, das in zwei Stunden in einer Werft nahe der Ostsee zu Wasser gelassen werden soll? Sie befindet sich am Seitenarm eines Flusses, der in die Ostsee fliest. Und kein Geringerer als der Ministerpräsident höchstpersönlich soll die Taufe vornehmen.“

„Bingo!“ entschlüpfte es Benina.

„Noch was: Der Ort der Schiffstaufe ist nicht allzu weit von der Stelle, wo der Mord an Migalla geschah", sagte Helmer.

„Vielleicht befindet sich in der Nähe ja ein weiteres Wehrsportlager der Schwarzen Immen“, mutmaßte Benina, „wo Hanni Zeidler mit der Cessna landen und sich nach dem Anschlag mitsamt dieser Formel verstecken wollte.“

„Das klären wir später, jetzt müssen wir zu dieser Schiffstaufe! Ich fordere sofort einen Heli von der Bundeswehr an.“ Trutz ging in die Vollen. „Sonst schaffen wir das zeitlich nicht.“

„Außerdem müssen wir das Innenministerium in Kenntnis setzen“, stellte Benina fest. „Und Du Christian, informierst bitte schon mal per Telefon die Kollegen vor Ort. Sie sollen sofort diese Schiffstaufe stoppen.!“

Während Benina und Trutz kurze Zeit später Richtung Norden abhoben, wiederholten sie nochmals über Funk die dringende Forderung, die Taufe der „MS Deutschland“ zu verhindern.

Als die beiden Kripobeamten mit dem Heli auf einem freien Platz in der Nähe der Schiffswerft landeten, war das Gebiet um das neue Schiff weiträumig abgesperrt. Polizisten in Uniform hatten das Jungfernschiff innen und außen untersucht und kleine, dünne Glasröhrchen am Bug des Schiffes entdeckt, die beim Aufschlagen auf das Wasser zerplatzt wären. Wenn sie wirklich hochgiftige Substanzen enthielten, hätten sie heimlich, still und leise das Trinkwasser der ganzen Region vergiften können.

Die Journalisten umlagerten die beiden Kriminalbeamten, doch mehr als „Kein Kommentar" ließen sie sich nicht entlocken. Während Trutz die herbeigerufenen Kollegen von der Spurensicherung instruierte, stand Benina erleichtert am Kai und sah auf das Wasser. Eine Spur des Zweifels blieb: Wäre das Hanni Zeidler spektakulär genug gewesen? Plötzlich spürte sie förmlich die düstere Bedrohung, die noch immer von diesem Schiff ausging. Sie schaute sich misstrauisch um: Die meisten Zuschauer waren gegangen. Nur die Reporter nutzten die Gelegenheit, den Landespolitiker zu interviewen, der die Arbeit der Kriminalpolizei lobend hervorhob. Die nächste Wahl war nicht fern und Lob machte sich immer gut.

Weit in der Ferne entdeckte die „Katze" jetzt unscharf ein paar Motorradfahrer im schwarzen Lederoutfit. Konnten das Mitglieder der „Schwarzen Immen" sein? Wenn ja, auf was warteten die noch? Sie mussten doch bemerkt haben, dass die Röhrchen entdeckt worden waren und das Schiff heute garantiert keine Wasserberührung mehr haben würde? Auf was wartet man bei einer Schiffstaufe? Natürlich! Auf das Zerbersten der Champagnerflasche! Im gleichen Moment sah sie den stattlichen Ministerpräsident mit zwei Fotografen unter dem Absperrungsband hindurchgehen.

„Weg von der Champagnerflasche!" schrie sie so laut sie

konnte und konnte gerade noch verhindern, dass sich der Ministerpräsident der baumelnden Flasche näherte, um für ein Foto zu posieren. Als sie sich nach den Motorradfahrern umdrehte, waren diese verschwunden.

Die herbeigerufenen Sprengstoffspezialisten untersuchten und entschärften die Flasche, die tatsächlich Sprengstoff enthielt.

Auch die Glasröhrchen wiesen eine hochgiftige Substanz auf, die zumindest zu einem großen Fischsterben hätte führen können – ganz zu schweigen von den Auswirkungen auf das Grundwasser anliegender Gemeinden.

Kapitel 56

„Mit der Wahrheit ist es manchmal wie mit einem Stück Eisen“, philosophierte Ben Goldmann. „Die Zeit nagt daran, bis ganze Teile davon wegbrechen. Und über den Rest legt sich wie Rost eine gütige Patina des Vergessens.“

Benina sah den Besucher vor ihr fragend an. Sie wusste nicht, worauf der kleine drahtige Mann vom israelischen Geheimdienst hinaus wollte. Sie hatte auch nicht damit gerechnet, dass er vor seinem Abflug nach Tel Aviv nochmals bei ihr vorbeikommen würde.

Unbeirrt fuhr der Mann fort: „Nicht selten mutieren Täter zu vordergründigen Gutmenschen – und sind groteskerweise selbst davon überzeugt. Bei Erika von Schlehendorff - alias Rike Schröder - war es so. Aber ihre Altersdemenz legte die Wahrheit wieder Stück für Stück blank. Vergangenes noch einmal durchleben zu müssen, das war für sie eine Strafe Gottes.“ Goldmann verschränkte die Arme vor der Brust und sah nur scheinbar interessiert dem Verkehr unten auf der Straße zu.

„Sie waren der Besucher, den das Pflegepersonal für den Sohn Erika von Schlehendorffs hielt!“ rutschte es Benina heraus.

„Ja, ich war es, der ihr den Spiegel der Wahrheit vorhielt. Und was die Todesschwester von Auschwitz mühsam verdrängt hatte, habe ich ihr in allen grausamen Details in Erinnerung gerufen - bis sie vor Entsetzen schreien wollte!“ Goldmanns Stimme klang eisig.

„Sie war eine alte, demenzkranke Frau ...,“ wagte Benina zu entgegnen und musste unwillkürlich an ihren Traum denken.

„Meine Großmutter war auch alt und krank, als man sie in einer Gaskammer von Auschwitz ermordete. Und meine Mutter und mein Bruder waren jung und wollten leben“, presste Goldmann zwischen schmalen Lippen hervor. Seine Knopfaugen blitzten bedrohlich hinter der Hornbrille, die schwer auf den abstehenden Ohren lag.

Nach einer kleinen Ewigkeit des Schweigens fasste er sich: „Ich war der einzige Überlebende meiner Familie, wurde als Säugling aus dem Lager Auschwitz gerettet. Ich wuchs bei einer Großtante in den USA auf. Mit siebzehn bin ich nach Israel ausgewandert und habe mich freiwillig zur Armee gemeldet. Später ging ich zum Geheimdienst. Ich habe es zu meinem Lebensziel gemacht, die Schergen von damals zur Strecke zu bringen. Viele habe ich gefunden und geholfen, sie vors Kriegsgericht zu stellen. Aber ausgerechnet die Verbrecher, die meine Familie auf dem Gewissen hatten, konnte ich nicht fassen: Horst Born, Mengeles berüchtigter Assistent, und Rike Schröder, der Todesengel von Auschwitz.

Born hatte ich irgendwann in Südamerika aufgespürt, wo sich auch Mengele jahrzehntelang fast unbehelligt aufhielt. Born – alias de Miller, wie er sich damals nannte - lebte in Argentinien. Dort arbeitete er an seinen Auschwitzer Versuchen mit wachstumsfördernden Substanzen weiter, die er skrupellos an unschuldigen Menschen ausprobierte. In Auschwitz waren es Liliputaner und KZ-Häftlinge – in Argentinien meist Indios. Ich bekam heraus, dass Born mit Schwangeren herumexperimentierte, was zum Teil fatale Folgen hatte. Aber das hatte ihn noch nie von Versuchen abgehalten. Gleichzeitig züchtete er neue Bienenstämme, die überdurchschnittlich viel konzentriertes Gelee Royal produzierten, das er für seine Experimente brauchte. Irgendwann hatte er so offensichtlich eine Art Wachstumsformel entwickelt. Wenn Schwangeren die Substanz injiziert wurde, konnten aus ursprünglich normalwüchsigen Föten Hünen werden. Die Nazis im dritten Reich hatten ja schon immer eine besondere Vorliebe für große, arische Menschen.“ Goldmann machte eine kleine Pause. Dann fuhr er fort:

„Die Behörden in Argentinien deckten Born. Doch über kurz oder lang war in diesen Zeiten alles eine Frage des Preises. Bevor wir ihn festnehmen konnten, bekam Born leider Wind von der Sache und floh nach Kuba. Dort verlor sich seine Spur. Einzig ein paar Kontaktpersonen konnten wir ausmachen. Darunter auch einen gewissen Migalla - ein DDR-Bürger, der die kubanische Nationalmannschaft im Basketball trainierte. Wir maßen ihm keine größere Bedeutung bei. Zumal er nach einem Doping-Skandal in der Versenkung verschwand. Das alles ist über zwanzig Jahre her. Ich hatte die Hoffnung schon aufgegeben – nach so langer Zeit.“ Goldmann hing seinen Gedanken nach. „Dann ging in Tel Aviv die Ermordung von Dennis Pohl und die Giftanschlagdrohung durch die Tagespresse. Als ich Fotos von der Trauerprozession vor dieser Ballsporthalle sah, wurde ich aufmerksam. Sie kennen doch sicher den Satz: An den Früchten werdet ihr den Baum erkennen. Ich erkannte auf jeden Fall eine Fahne mit Runenzeichen, die von schwarz gekleideten Motorradfahrern hochgehalten wurde. Ich bezweifelte, dass es sich dabei um Fans des ermordeten Basketballstars handelte. Pohl war amerikanischer Jude. Es konnte also durchaus einen neo-nazistischen Zusammenhang geben. Als ich dann bei Interpol über den Namen Migalla stolperte, flog ich mit dem nächsten Flugzeug nach Frankfurt. Vielleicht gab es ja doch noch eine winzige Chance, die Verbrecher von damals zu finden. Als ich hier ankam, hatte ihr Kollege Jens Migalla gerade wegen Mordverdachts festgenommen, so dass ich ihn nicht verhören konnte.“

„Ja, ich erinnere mich an ihren Besuch im Präsidium“, sagte

Benina und dachte an den unangenehmen Auftritt des Mannes vor ihr, bei dem er nicht mal seine olivgrüne Basketball-Mütze abgenommen, aber allen Ernstes die sofortige Herausgabe des Trainers verlangt hatte. Ein offizielles Gesuch des israelischen Geheimdienstes war auch später nie im Präsidium eingegangen. Es muss also wohl ein Alleingang gewesen sein.

„Tut mir leid, wenn ich damals etwas über das Ziel hinausgeschossen bin ...“ Goldmann lächelte gewinnend. Er konnte also durchaus auch charmant sein, wie sie überrascht feststellte. „Als sich der Doping-Verdacht nicht bestätigte und eine Spielerin ihm auch noch ein Alibi für die Tatzeit gab, wurde Migalla wieder frei gelassen. Netterweise erzählten Sie mir, dass diese Spielerin die Mannschaftsführerin Hanni Zeidler war. Und dass es sich bei dem untersuchten Präparat „nur“ um eine Art Gelee Royal handelte – also der Substanz, mit der Born schon immer gearbeitet hatte. Das waren für mich ganz wichtige Hinweise. Sie müssen wissen: Täter, die ihre wahre Identität aufgeben, weil sie gesucht werden, wählen oft eine neue Identität, in der sie sich – sagen wir mal – „zu Hause“ fühlen. Bei Born war es offensichtlich seine Vorliebe für Bienen. Nur so lässt sich der Name „Zeidler“ erklären – ein veralteter Begriff für „Imker“. Selbst Hanni – der Name seiner Tochter – könnte von Honey wie Honig abgeleitet sein. Dann natürlich die „Schwarzen Immen“, die Wehrsporttruppe, die seine Tochter führte, wie man später erfuhr.“

„So betrachtet eigentlich sehr durchsichtig.“

„Nicht durchsichtiger als die Tatsache, dass 50 % aller Passwörter im Internet Namen der eigenen Kinder oder Haustiere sind. Außerdem muss man erst mal darauf kommen. Was ja auch bei Ihnen eine Weile gedauert hatte.“ Goldmann fuhr fort: „Ich hatte also den Namen 'Zeidler' und ermittelte, dass die ungewöhnlich große Basketballspielerin des BC Sulzbach mit ihrem Vater in Kronberg wohnte. Der Vater war Biologe und Bienenexperte. Das konnte kein Zufall sein.

Ich beobachtete heimlich das Anwesen der Zeidlers. Ihn bekam ich nie zu Gesicht. Aber mir fiel auf, dass die Tochter durch das Tor hinein fuhr - aber nicht wieder heraus kam. Stunden später fuhr sie mit einem anderen Auto die Einfahrt hinauf und durch dasselbe Tor hinein. Es musste also noch einen Ausgang geben."

Vermutlich durch die unterirdischen Labors, dachte Benina bei sich. So war wohl auch Hanni unbemerkt ins Haus gekommen, als Zeidler nach seiner Ermordung schon weggeschafft worden war. Vielleicht gab es sogar einen unterirdischen Gang, der das Zeidler-Haus mit dem Anwesen im Wald verband? Doch den hatte die Kripo bis jetzt nicht entdecken können. Tina brachte ein Tablett mit zwei Kaffees, was Benina als angenehme Unterbrechung empfand.

Goldmann nahm nur einen kleinen Schluck und fuhr gleich fort: „Ich durchsuchte das angrenzende Waldstück nach dem geheimen Ausgang. Ohne Erfolg. Erst als ich den ganzen Wald mit einem Jeep durchkämmte, stieß ich auf das verlassene Anwesen im Wald. Die weiß vermummten Gestalten, die in den zwei Glashäusern arbeiteten, machten mich gleich stutzig. Es wimmelte darin nur so von Insekten. Ich habe nie größere Bienen gesehen. Natürlich kamen mir sofort die Wachstumsversuche von Auschwitz und Argentinien in den Sinn. Zeidler musste Born sein!" Goldmann ging jetzt unruhig auf und ab, wobei er fast unmerklich sein Bein nachzog. „Ausgerechnet in diesem Moment, tauchte dieser Junge auf. Keine Ahnung, warum. Die Vermummten hatten ihn kommen hören. Er versuchte, durch die Hecke zu kriechen. Doch er kam nicht weit. Eine der Gestalten muss ihn niedergeschlagen haben. Jedenfalls zogen sie ihn durch die Hecke – mehr konnte ich aus meinem Versteck nicht erkennen. Ich versuchte, von der anderen Seite her Zugang zu dem Grundstück zu bekommen. Aber irgendwie müssen sie mich gehört haben. Denn plötzlich sind sie blitzschnell im Keller des Hauses verschwunden. Ich folgte ihnen mit der Pistole im Anschlag, aber sie waren wie vom Erdboden verschluckt. Es schien eine Art Geheimtür zu geben, die ich nicht finden konnte. Ich musste sofort zurück zu Zeidlers Haus, bevor dieser fliehen konnte. Da entdeckte ich in einem der Glashäuser den Jungen. Mit Hilfe eines Wasserschlauchs machte ich die Horrorbienen flugunfähig und holte ihn so schnell es ging heraus. Am Waldparkplatz legte ich ihn auf eine Bank und wählte den Notruf. Ich konnte keine Zeit verlieren. Ich musste Born stellen. Doch ich kam wieder zu spät." Goldmann senkte resigniert den Kopf: „Ein Motorrad mit zwei Personen fuhr aus der Einfahrt, noch ehe ich das Haus erreicht hatte. Ich denke, die schmächtige Person auf dem Rücksitz – das war Born. Ich wendete meinen Wagen so schnell es ging. Doch es war keine Kunst, mich mit dem schwerfälligen Jeep in den engen Gassen der Kronberger Altstadt abzuhängen. Born war wieder einmal entkommen."

„Sind Sie noch einmal zurück zu diesem Anwesen im Wald gefahren?" fragte die Kommissarin, um Goldmanns Schweigen zu beenden.

„Ja. Am Waldparkplatz wurde gerade der Junge in einen Krankenwagen geladen. Ich raste mit meinem Jeep weiter über den Waldweg. Man roch sofort, dass etwas brannte. Jemand hatte die beiden Glashäuser angezündet, wohl um Spuren zu verwischen oder zu verhindern, dass man diese Monsterbienen findet und unbequeme Fragen stellt. Ohne konkrete Beweise hat man dem Jungen ja auch nur bedingt geglaubt. Der Kellereingang war zum Einsturz gebracht worden – vermutlich mit Dynamit. Ich kam nicht weiter. Dennoch blieb ich an dem verlassenen Waldhaus dran. Ich bekam heraus, wer die Eigentümerin war und machte ihr meine Aufwartung im Pflegeheim. Es war Erika von Schlehendorff. Eine Frau, die vom Alter her im zweiten Weltkrieg Opfer oder Täter gewesen sein konnte." Goldmann machte eine kleine Pause. „Zunächst war ich mir nicht sicher. Aber als ich sie mit Details konfrontierte, die nur der Todesengel von Auschwitz kennen konnte, sah ich an ihren Augen, dass sie es war. Sie können sich nicht vorstellen, was es bedeutet der Person gegenüberzustehen, die damals an unglaublichen Versuchen an Kindern beteiligt war. Da wurden sogar normale Zwillingskinder operativ aneinander genäht, um siamesische Zwillinge daraus zu machen. Die eigenen Eltern haben sie in der Nacht erstickt, weil sie ihr unsägliches Leiden nicht mehr ertragen konnten. Das habe ich von Menschen, die das selbst miterleben mussten! Und mich haben sie dort als Säugling zum Krüppel gemacht." Goldmann hob bei diesen Worten leicht sein rechtes Hosenbein an. Erst jetzt bemerkte Benina, dass sein Hinken von einem Klumpfuß herrührte.

„Die Wohltäterin Erika von Schlehendorff. Pahh!" brach es aus Goldmann heraus. „Niemand anderes als Rike Schröder, die im Lager gefürchtet war wie keine andere. Schon wenn ein Kind zu laut schrie, konnte sie die Todesspritze zücken. Ich habe sie ihr gebracht – ein Original aus Auschwitz - und unter die Nase gehalten. Ihr die Gräueltaten geschildert, die sie damals als sogenannte Krankenschwester im Auftrag Borns verübt hat. Bis ins kleinste grausame Detail. Bis sie schreien wollte und kein Wort mehr heraus brachte. Nein, Sie brauchen mich nicht so anzusehen. Ich habe sie nicht umgebracht." Goldmann ließ den Kopf sinken. „Ist es nicht das, was uns von Mördern unterscheidet, dass wir im entscheidenden Moment trotz des Hasses in uns nicht zustechen können ...? Ich habe plötzlich nur noch Verachtung für sie empfunden. Für einen kurzen Moment fast Mitleid. Ich musste sie nicht mehr vor ein irdisches Gericht stellen. Kurze Zeit darauf starb sie, wie Sie wissen."

„Waren Sie zufällig auf der Beerdigung ...?" fragte Benina. „Selbstverständlich. Sie haben sich übrigens nicht schlecht gemacht als trauernde Witwe ..." Goldmann lächelte. „Natürlich hatte ich gehofft, dass es sich Born nicht nehmen lassen würde, der Beisetzung seiner treuesten Weggefährtin beizuwohnen. Aber ich habe nur Hanni Zeidler gesehen, die auf den Mann geschossen hat, mit dem Sie nach der Beisetzung gesprochen haben."

„Sie haben gesehen, dass Hanni Zeidler auf Holzer geschossen hat ...? Warum haben Sie uns nicht sofort informiert?" Die Kommissarin war sichtlich verärgert.

„Ich konnte nicht riskieren, dass mir Born noch einmal durch die Lappen geht. Auch für Täter läuft die Lebensuhr. Die Chance, den Verbrechern von damals nach so vielen Jahren überhaupt noch lebend zu begegnen, war sowieso äußerst gering. Mir ging es einzig und allein um Born. Andere Dinge interessierten mich zu dem Zeitpunkt nicht. Ich habe ihn tatsächlich noch gefunden – aber da war er leider schon tot. Schade, jemand war mir zuvorgekommen. Jemand, der das hier verloren hat." Goldmann hielt Benina eine Geburtsurkunde unter die Nase.

„Anna Katharina de Miller, geboren 17. Mai 1984" las Benina, bevor ihr Goldmann das Schriftstück unter der Nase wegzog.

„De Miller ...? So nannte sich Born doch in Argentinien."

„Gut aufgepasst, Frau Kommissarin", sagte Goldmann lächelnd. „Jetzt heißt die junge Dame Meyer, Ann-Katrin Meyer – die Verlobte des ermordeten Dennis Pohl."

In Beninas Kopf arbeitete es: Dann war Zeidler der Vater von Ann-Katrin? Hanni ihre Halbschwester? Und die Mörderin ihres jüdischen Verlobten! Meine Güte, jetzt wurde ihr so einiges klar. Deshalb hatte Hanni Zeidler von Rassenschande gesprochen. Jetzt verstand sie auch, warum Renate Meyer Entwarnung für die Entführung Ann-Katrins gegeben. Sie muss irgendwann erfahren haben, dass Ann-Kathrins eigener Vater hinter der Entführung steckte. War Ann-Katrins Mutter die Besucherin bei Zeidler gewesen, auf die Goldmann anspielte? Hatte sie Zeidler umgebracht?

Bevor Benina reagieren konnte, hatte Goldmann ein Streichholz aufflammen lassen und hielt es an das vergilbte Schriftstück.

„Das ist Vernichtung von Beweismaterial ..." empörte sich Benina und wollte Goldmann das halb verbrannte Blatt entreißen.

„Dann verhaften Sie mich doch. Ich stehe unter diplomatischem Schutz. Und außerdem: wer ist hier Täter – wer Opfer? Finden Sie nicht, dass manche Menschen schon genug Bürden zu tragen haben ...? Renate Meyer hat der Menschheit einen Dienst erwiesen. Wenn es auch schade war, dass es so schnell ging." Wieder machte er eine Pause. „Wissen Sie was? Als ich Zeidler tot am Schreibtisch fand, habe ich nicht mal mehr Genugtuung empfunden. Nur noch Leere. Plötzliche Leere nach all den Jahren des Hasses. Können Sie das verstehen? Es ist vorbei ..."
Goldmann sah sie aus traurigen braunen Augen an.

Benina glaubte ein Déja-vu zu haben. Diese Augen, diese

kleine Gestalt, die hohe Stirn und die Spock-Ohren, diese kleine Traurigkeit in jeder Bewegung – seine warme aber doch irgendwie gebrochene Aura, der etwas zu fehlen schien. Natürlich, dass ihr das nicht vorher aufgefallen war. „Es ist noch nicht ganz vorbei, Herr Goldmann“, sagte sie. „Bevor Sie nach Tel Aviv fliegen, brauche ich Sie noch für eine Gegenüberstellung. Wann geht Ihr Flieger?“

„In vier Stunden.“

„Dann sollten wir uns beeilen.“

Kapitel 57

„Haben Sie sich nie gefragt, warum Sie das Pflegepersonal einfach so zu Erika von Schlehendorff durchgelassen hat?" Die Kommissarin sah ihren Beifahrer neugierig an, bevor sie rechts zum Elisabethen Krankenhaus abbog.

„Warum sollte ich?" entgegnete Goldmann. „Ich habe mir einen großen Blumenstrauß besorgt und behauptet, dass ich zur Familie gehöre. Das funktioniert meistens."

„Wussten Sie, dass Ihnen der Junge, den sie aus dem Glashaus gerettet haben, im Wald gefolgt war, weil er sie mit jemandem verwechselte?"

Goldmann schaute Benina Gatti verständnislos an. „Ich habe keine Ahnung, worauf sie hinaus wollen, junge Dame. Aber ich nehme an, dass Sie für alles eine Erklärung haben."

„Wir sind gleich da. Vielleicht verstehen Sie dann." Die Kommissarin parkte den silberfarbenen Dienstwagen auf dem Besucherparkplatz. „Bitte kommen Sie ..."

Sie gingen nacheinander durch die große Drehtür und nahmen den Lift zum siebten Stock. Schweigend lief die Kommissarin voraus zur Krankenstation. Vor Zimmer acht blieb sie stehen. Um keine unnötige Aufmerksamkeit auf dem Gang zu erregen, senkte sie etwas ihre Stimme: „Herr Goldmann, hinter dieser Tür befindet sich jemand, den Sie vermutlich seit 63 Jahren nicht mehr gesehen haben."

„Soll das ein Witz sein?" flüsterte Goldmann leicht ungehalten zurück. „Wollen Sie sich über mich lustig machen? Da war ich noch ein Säugling ..."

„Genau!" sagte die Kommissarin. „Der Mann hinter dieser

Tür auch. Wenn Sie mir gesagt hätten, dass Ihr verstorbener Bruder Ihr Zwillingsbruder gewesen ist, wäre ich vielleicht schon vorher darauf gekommen.“ Sie ignorierte Goldmanns unverständlichen Gesichtsausdruck und öffnete vorsichtig die Tür, um sich zu vergewissern, dass Bertram Holzer tatsächlich in seinem Bett lag.

Der angeschossene Hausmeister hatte noch immer einen Kopfverband. Er trug eine randlose Brille, die auf den stark abstehenden Ohren thronte, und las in einem Buch.

„Hallo, Herr Holzer, Besuch für Sie ...“ begrüßte sie ihn. „Schön, dass es Ihnen wieder etwas besser geht.“

Der Hausmeister sah die Kommissarin und den Mann neben ihr fragend an.

„Na, gehen Sie schon“, forderte Benina Goldmann auf, dessen Blick entgeistert zwischen ihr und dem Mann in dem Krankenbett hin- und herwanderte. „Ich müsste mich sehr täuschen, wenn dieser Mann hier nicht einer der Goldmann-Zwillinge aus dem Lager war, den Rike Schröder – alias Erika von Schlehendorff - auf ihrer Flucht mit Horst Born zur Tarnung mitgenommen hat.“

Jetzt nahm Goldmann die Baseballmütze ab, die seine hohe Stirn und die spiegelblanke Halbglatze mit dem schütteren Haarkranz verdeckt hatte, und drehte sie zitternd zwischen den Fingern. Dann ging er mit leicht nachgezogenem Fuß zu Holzer, der sich in seinem Bett aufgerichtet hatte. Mit Tränen in den Augen sah Goldmann in sein Spiegelbild.

Benina Gatti schloss leise die Tür. Eine DNA-Analyse konnte letzte Gewissheit bringen, ob Bertram Holzer und Ben Goldmann wirklich Zwillingsbrüder waren.

Kapitel 58

Benina Gatti schaute auf das puppenhafte Haus mit den Fensteraugen und der roten Dachmütze. Es war nur ein paar Wochen her, seit sie das erste Mal hier gestanden hatte. Kaum zu glauben, was in diesem Zeitraum alles passiert war. Auch heute öffnete die Mutter von Ann-Katrin die blau gestrichene Haustür. Dieses Mal war sie freundlich und zuvorkommend, betonte mehrmals, wie dankbar sie über die Rettung ihrer Tochter sei.

„Ist Ann-Katrin zu Hause ...?“ fragte die Kommissarin, die der Frau des Hauses in das helle Esszimmer mit den frischen Gartenblumen auf dem Tisch folgte.

„Nein, sie ist mit den Eltern von Dennis unterwegs und zeigt ihnen die Stadt“, antwortete Frau Meyer. Trotz ihrer grau melierten Haare war sie eine attraktive Frau mit eleganter Hochsteckfrisur und klaren Gesichtszügen. „Kaffee ...?“ fragte sie.

Benina lehnte dankend ab. „Die Eltern von Dennis Pohl sind in Frankfurt ...? “ Die Kommissarin war erstaunt.

„Ja, durch die Entführung, die überall durch die Presse ging, hat Dennis' Mutter erfahren, dass meine Tochter ein Baby von ihrem toten Sohn erwartet. Sie wollte Ann-Katrin unbedingt kennenlernen. Sie ist eine überaus herzliche Frau und leidet sehr darunter, dass sie ihren einzigen Sohn auf so tragische Weise verloren hat. Ann-Katrin soll eine Weile zu ihnen nach Boston kommen. Vielleicht wäre eine Ortsveränderung im Moment wirklich das Beste für sie.“

„Frau Meyer, es freut mich, dass es Ihrer Tochter etwas besser geht. Aber deshalb bin ich nicht hier.“ Die Kommissarin machte eine kleine Pause. Betont förmlich sagte sie: "Frau Meyer, wir wissen inzwischen, wer der Vater von Ann-

Kathrin ist und wir kennen auch seine Mörderin."

Renate Meyer wurde blass. Nicht nur im Gesicht – auch ihre Aura verlor schlagartig an Kraft und Farbe: „Das darf meine Tochter nie erfahren!“ stammelte sie verstört. „Wenn sie weiß, dass ihr leiblicher Vater ein Kriegsverbrecher ist, ihre Halbschwester eine Mörderin - wie soll sie mit dieser Wahrheit leben? Dennis' Eltern würden sofort den Kontakt mir ihr abbrechen. Enkelkind hin oder her.“

Mit Tränen in der Stimme fuhr sie fort: „Ich wusste damals doch auch nicht, dass Hans de Miller, wie er sich zu jener Zeit nannte, in Wirklichkeit ein international gesuchter Naziverbrecher war. Während eines Aufenthalts bei meiner Tante in Argentinien habe ich ihn kennen gelernt. Erika von Schlehendorff war die Schwester meiner Mutter. Sie stellte ihn mir als Wissenschaftler vor, mit dem sie an der Erforschung einer Wachstums-Formel arbeitete. Die Versuche unterlagen angeblich strengster Geheimhaltung. Ich habe mir nicht wirklich etwas dabei gedacht. Ich war damals 35 und Hans verliebte sich auf der Stelle in mich. Er wollte mich heiraten – und so üppig waren die Kandidaten damals auch nicht mehr. Zwar war er um einiges älter, aber er konnte sehr charmant sein, wenn er wollte. Er wohnte in einer traumhaften Hazienda in den Bergen und stand in hohem Ansehen bei den Offiziellen des Landes.“ Sie hielt inne, hing offensichtlich eigenen Gedanken nach.

Benina wartete. Nach einer Weile sagte Renate Meyer mit halblauter Stimme: “Erst viel später habe ich begriffen, dass er die große Liebe meiner Tante war. Sie hatte wohl immer gehofft, dass er sie heiraten würde. Aber sie war zehn Jahre älter als er und lebte allein mit ihrem Stiefsohn. Ich spürte, dass es da Geheimnisse gab. Vieles passte nicht zusammen, aber ich habe zunächst nicht danach gefragt.“

Renate Meyer nahm einen Schluck aus ihrem Wasserglas. „Als ich schwanger wurde, überredete mich Hans, bei den laufenden Versuchen seiner Wachstumsformel teilzunehmen. Er arbeitete daran zusammen mit meiner Tante. Ich bekam Medikamente und Infusionen, die die Größe des Kindes im Mutterleib positiv beeinflussen sollten. Angeblich litt er darunter, dass viele seiner Familie kleinwüchsig waren. Er selbst war nicht groß – aber auch nicht besonders klein. So etwas ist ja immer subjektiv. Wir bekamen eine gesunde Tochter, die schon bei der Geburt im 7. Monat 78 cm maß. Sie musste per Kaiserschnitt geholt werden.“

Renate Meyer hielt das Wasserglas fest umklammert und nahm zitternd einen Schluck. Es fiel ihr offensichtlich schwer weiterzureden. „Das zweite Kind war ein Junge. Was ich nicht wusste: Bei männlichen Nachkommen bewirkte die Wachstumsformel häufig Missbildungen. Mein Sohn Michael war körperlich und geistig behindert. Er lebte nur vier Monate. Ich machte meinen Mann dafür verantwortlich. Doch mit einer Eiseskälte ging er über den „Fehlversuch“ hinweg. Sprach von einer Verbesserung der Formel und neuen Kindern. Ich war fassungslos, stellte heimlich Nachforschungen an. Sprach mit Indios, die von den Versuchen wussten oder selbst betroffen waren. Es war nicht einfach, etwas heraus zu bekommen. Die Indios hatten Angst vor meinem Mann und dem Regime, das die Versuche offiziell deckte.
Bei meiner Tante lief ich sowieso gegen eine Wand des Schweigens. Also wühlte ich in seinen Unterlagen und kam darauf, dass er schon in Auschwitz unter anderem Namen an seinen Versuchen gearbeitet haben muss. Sein richtiger Name war Horst Born – ein gesuchter Kriegsverbrecher, wie ich erst später erfuhr. Aber mein Entschluss stand auch so fest: Ich wollte weg. Weg von dem Vater meiner Tochter, der mir immer abscheulicher und skrupelloser erschien - weg von Ar-

gentinien. Einen angeblichen Erholungsurlaub am Meer nutzte ich zur Flucht – es war mir klar, dass Hans mich und meine kleine Tochter nie gehen lassen würde. Dafür wusste ich zu viel. Und an dem Kind hing er sehr. Ich schiffte uns in ein marodes Frachtschiff nach Deutschland ein. Wir waren die einzigen Passagiere und Monate unterwegs.

In Deutschland angekommen, nahm ich keinerlei Kontakt zu meiner Familie auf, um ihn nicht auf unsere Spur zu bringen. Als Englisch- und Französischlehrerin verdiente ich zunächst mühsam unseren Lebensunterhalt. Als Ann-Katrin in die Schule kam, habe ich sie unter meinem Mädchennamen angemeldet. Zum Glück war der Name meines Vaters ein Allerweltsname, der nicht weiter auffiel."

„Wie hat Zeidler - beziehungsweise Ihr Ex-Mann - sie schließlich doch gefunden?" fragte Benina mit offener Neugier.

Renate Meyer ließ ein zynisches Lachen hören. „Natürlich über meine Tochter und ihre Größe. Was tut ein Mädchen, das schon bei der Geburt 78 cm misst? Wenn es einigermaßen sportlich ist, spielt es Basketball."

Oder wird Model, wenn es hübsch genug ist, dachte Benina, ohne sie zu unterbrechen.

„Mein Ex-Mann hatte uns wohl über die Basketball-Verbände ausfindig gemacht, die die Profile der Mannschaftsmitglieder führen. Er muss die Listen studiert haben, bis es irgendwann passte. Sicher schon vor vielen Jahren. Als Ann-Katrin dreiundzwanzig war, kam das Angebot vom BC Sulzbach, in deren neu aufgestiegenen Bundesligamannschaft zu spielen. Hanni Zeidler war schon damals Mannschaftsführerin und ein Begriff in der Basketballszene. Ann-Katrin hatte bis dahin

nur in der Regionalliga gespielt. Und ihr Studium konnte sie angeblich auch fortführen.
Trotzdem kam mir dieses Angebot von Anfang an nicht ganz geheuer vor. Aber meine Tochter sah es als absolute Karriere-Chance und wollte den lukrativen Vertrag nicht ausschlagen. Also sind wir vor einem guten Jahr in dieses schöne Haus hier gezogen. Das hätten wir uns von meinem Verdienst nie leisten können. Hanni Zeidler hat Ann-Kathrin von Anfang an in Beschlag genommen, wollte sich dauernd mit ihr verabreden. Ich hatte ja keine Ahnung, wer sie wirklich war. Alles schien bestens zu laufen, bis Ann-Katrin vor einem guten halben Jahr Dennis kennen lernte. Erst versuchte diese Hanni, ihr Dennis auszuspannen, wohl um ihr zu zeigen, dass jede ihn haben kann und er nichts wert sei. Doch die Beiden ließen sich nicht auseinanderbringen. Es war schön, ihre Verliebtheit zu sehen."

„Wussten Sie von den anonymen Drohbriefen, die Dennis erhielt?"

„Ann-Katrin hat mir davon erzählt. Als sie zufällig einen Brief fand, tat er es als „Quatsch" ab - eines seiner Lieblingswörter. Zu was solche Fanatiker fähig sind, konnten sich viele ja auch während des Dritten Reiches nicht vorstellen – und dann erst in unserer heutigen Zeit. Wir sind so auf Terroristen fixiert, dass wir die alten Gefahren vergessen. Auch ich konnte mir den Tod von Dennis zunächst überhaupt nicht erklären. Als ich in einem Buch von Ann-Katrin zufällig eine ältere Einladung zu einem Zeltlager mit rechtsradikalen Parolen fand, hatte ich schon so eine ungute Vorahnung und sah die Drohbriefe an Dennis in einem anderen Licht. Schließlich war er amerikanischer Jude ..."

„Wieso sind Sie dann nicht zur Polizei gegangen?" fragte Benina scharf.

„Es war ja nur eine dunkle Vermutung. Erst, als meine Tochter plötzlich verschwunden war, überwog die Sorge, und ich habe mich an Sie gewandt. Bevor ich jedoch eine offizielle Vermisstenmeldung aufgeben konnte, rief mich Ann-Katrins Vater an. Er drohte, dass ich sie nie wieder sähe, wenn ich die Polizei einschalten würde. Ann-Katrin sollte für eine Weile in seiner Obhut bleiben, um große Aufgaben zu übernehmen, wie er sich ausdrückte. Ich fand ihn widerlicher denn je und hatte entsetzliche Angst um meine Tochter. Was wenn er seine Wachstumsformel auch an ihr ausprobieren würde? Schließlich war sie im zweiten Monat schwanger. Ich war verzweifelt.

Über die Familie meiner Mutter, habe ich versucht, Kontakt mit Tante Erika aufzunehmen – das erste Mal nach über zwanzig Jahren. Ich hoffte, dass sie mir vielleicht sagen konnte, wo mein Ex-Mann Ann-Katrin festhielt. Zu meiner Überraschung lebte sie ganz in meiner Nähe. Doch meine Tante starb in dem Pflegeheim, bevor wir uns trafen. Ich ging zu ihrer Beerdigung, weil ich hoffte, dort meinen Ex-Mann zu sehen, um mit ihm wegen Ann-Kathrin zu sprechen. Aber leider ist er überhaupt nicht aufgetaucht. Dafür habe ich auf dem Friedhof Sie gesehen und habe mich in den Büschen versteckt. Deshalb ging ich auch, bevor die Zeromonie vorbei war. Von der Schießerei habe ich erst hinterher erfahren.

„Und Ihr Ex-Mann?“

„Er meldete sich wieder per Telefon und bat um ein Treffen in Kronberg. Als ich unter der angegebenen Adresse den Namen „ Zeidler“ las, wurde mir schlagartig einiges klar. Es war unglaublich. Hanni musste Ann-Katrins Halbschwester sein. Alles war von meinem Ex eingefädelt worden – eine einzige Intrige. Ich war außer mir.

Mein Ex-Mann wollte einen „Deal" mit mir machen – wie er es ausdrückte – und Ann-Katrin für seine „Visionen" einsetzen. Als ich mich dagegen auflehnte, hielt er mir Ann-Katrins Geburtsurkunde unter die Nase, die er ihr zeigen wollte, wenn ich ihn nicht gewähren ließe. Er wusste genau, dass ich davor Angst hatte." Sie hielt schluchzend die Hände vor ihr Gesicht. „Ann-Katrin darf nie erfahren, dass Dennis wegen der Verbindung zu ihr sterben musste."

„Ich weiß, dass Sie alles tun würden, um das zu verheimlichen und vermutlich tatsächlich getan haben." Benina sah Eva Meyer direkt ins Gesicht: „Sie haben Zeidler mit einem alten Revolver aus dem zweiten Weltkrieg erschossen, der ihm vermutlich selbst gehört hatte."

Die Meyer schluchzte: „Es war eine Kurzschlussreaktion. Ich sah den Revolver in dem offenen Safe, aus dem er die Geburtsurkunde geholt hatte. Als er mich mit seinem schrecklichen Lachen auch noch verhöhnte, nahm ich die Waffe an mich und drückte ab. In Panik lief ich aus dem Haus. Erst unten im Stadtpark kam ich zu mir und begriff, was ich getan hatte. Den Revolver habe ich in den Ententeich geworfen. Ich war verzweifelt: Was würde jetzt aus Ann-Katrin werden?"

„Haben Sie aus dem Safe auch irgendwelche Papiere genommen? Vielleicht eine rote Handakte? Oder Geld?" fragte Benina und dachte dabei vor allem an die vermisste Wachstumsformel, die Hanni Zeidler haben wollte.

„Nein, was denken Sie – ich bin doch keine Diebin!" Die Gatti sah Renate Meyer prüfend an. Tatsächlich traute sie dieser Frau mit der klar umrissenen Aura eher einen Mord als einen Diebstahl zu. Gab es vielleicht noch einen anderen Besucher, der nach ihrer Flucht ins Haus gekommen war?

Schließlich behauptete auch Goldmann, die Papiere und das Geld noch im Safe gesehen zu haben. Als die Polizei kam, war aber alles weg.
Diese Gedankengänge behielt sie jedoch für sich. Laut sagte sie: „Frau Meyer, ich müsste Sie jetzt eigentlich wegen dringenden Mordverdachts festnehmen. Ich muss Ihnen aber auch sagen, dass das einzige Beweisstück – die Original Geburtsurkunde ihrer Tochter – verbrannt ist."

Renate Meyer sah die junge Frau von der Kripo unsicher an.

Die Kommissarin fuhr fort: „Es ist Ihre Entscheidung, Ihr Geständnis zu Protokoll zu geben.“ Und nach einer langen Pause: „Oder im Interesse aller Beteiligten für immer zu schweigen.“

„Danke!“ sagte Renate Meyer fast tonlos.

„Danken Sie Ihrer Tochter und dem Baby ...“

Kapitel 59

„Sieh einer an!“ Benina Gatti deutete auf einen Artikel in der Zeitung von heute und las laut vor:
"Mehr Schutz für Jugendliche gegen rechtsextreme Szene. Der Innenminister will das Angebot für Jugendliche aus gegebenem Anlass weiter ausbauen. Hintergrund des Projektes „Sophie Scholl“ ist, dass sich Rechtsextreme verstärkt an Jugendliche wenden und versuchen, diese mit Musik- und Freizeitangeboten zu ködern. Zusätzliche Streetworker klären gefährdete Jugendliche über die Gefahren des Neo-Nationalsozialismus auf und machen Aussteigern mit konkreten Maßnahmen Mut zur Zivilcourage. Sie arbeiten eng mit Schulen, Waisenhäusern und Kinderheimen, Jugend-Organisationen, Jugend- und Sozialämtern sowie Justiz- und Staatsschutzdienststellen zusammen. Außerdem wurde eine Telefon-Hotline eingerichtet, wo betroffene Familienmitglieder, Freunde oder die Betroffenen selbst anrufen und um Hilfe bitten können. Na, geht doch ...“ schmunzelte sie zufrieden und reichte die Zeitung an Trutz weiter. Wie immer saß er direkt vor ihr auf ihrem Schreibtisch. Aber das störte sie längst nicht mehr.

„Na ja, zumindest hat der braune Skandal vor der Haustür mal ein paar Millionen locker gemacht, die in die richtige Richtung fließen“, kommentierte Trutz, nachdem er den Artikel nochmals überflogen hatte. Er gab ihn weiter in die Runde.

Die halbe Mordkommission befand sich in Beninas Büro, jeder ein Glas Sekt in der Hand, um auf ihren Geburtstag anzustoßen. Die Kollegen hatten ein paar Blümchen besorgt und einen Schokoladenkuchen mit einer Kerze darauf, die Benina symbolisch auspustete. Die Lösung des Pohl-Falls hatte sehr positiv zur Atmosphäre in der Abteilung beigetragen. Benina genoss die frische Tonart und die positive Energie, die den Raum erfüllte. Und auch über die cremefarbenen Rosen von Marius und Flo hatte sie sich sehr gefreut, obwohl die beiden Filous sie offensichtlich aus dem Rosenbeet vor der Kantine entwendet hatten.

„Was ist eigentlich aus den Mädchen vom „Immenhaus" geworden ...?" wollte Kerstin wissen und griff nach einem Schnittchen. Sie war bis gestern in Urlaub gewesen und hatte deshalb einiges nicht mitbekommen.

„Gute Frage", sagte Benina zu ihrer jungen Kollegin, die mittlerweile offiziell übernommen worden war. „Soviel ich weiß, hat man die elternlosen Mädchen in Pflegefamilien untergebracht, wo man versuchen wird, ihnen ein neues Zuhause zu geben. Die drei minderjährigen werdenden Mütter, die ihr größenmanipuliertes Kind gegen Geld zur Adoption freigeben wollten, befinden sich unter ärztlicher Aufsicht in einer Privatklinik. Die wird vor der Presse streng geheimgehalten. Sonst würden die Reporter da Tag und Nacht herumlungern. Sie werden ihre Babies wohl schon bald per Kaiserschnitt auf die Welt bringen. Dann können sie sich entscheiden, ob sie die Kinder behalten möchten oder nicht."

„Laut SCREEN haben sich schon jede Menge Eltern für die Adoption der „Riesenbabies" beworben, falls die minderjährigen Mütter sie abgeben", meinte Tina .

„Ja, hab' ich auch gelesen", sagte Benina. „Mitleid oder Größenwahn? Man weiß es nicht!"

„Vielleicht wird die Menschheit ja irgendwann mal schlauer." Trutz sprach Allen aus der Seele.

„Und was ist eigentlich aus diesen Monsterbienen geworden?" wollte Kerstin wissen.

„Die im Labor sind unschädlich gemacht worden. Und Spezialisten haben den ganzen Wald durchkämmt. Aber wer weiß - vielleicht gibt es nicht doch irgendwo ein paar, die irgendwie entwischen konnten."

„Da werden sich die Golfer oben am Kronberger Golfplatz aber freuen", lachte Trutz. „Stell Dir den Abschlag vor, wenn Dich gerade so ein Riesenbiest sticht ..."

Alles lachte.

„Aber das Beste an dem Fall war für mich die Zusammenführung der Auschwitz-Zwillinge. Das ist doch irre. Stell dir vor, du denkst, dein Bruder ist seit 63 Jahren tot und dann so was. Ich glaube, ich würde tot umfallen." Tina war sichtlich gerührt.

„Ganz unproblematisch ist das aber sicher nicht, wenn dein Bruder bei den Mördern deiner Mutter und Großmutter aufgewachsen ist. Die müssen doch ein komplett unterschiedliches Weltbild haben", gab Trutz zu bedenken.

„Warum haben die Krankenschwester und dieser Born denn überhaupt einen der Zwillinge mitgenommen ...?"

„Wir nehmen an, um auf der Flucht als harmlose Familie mit Säugling durchzugehen. Dass Erika von Schlehendorff dieses Baby dann großgezogen hat, ist eine der Ungereimtheiten in der Persönlichkeit dieser Frau. Vielleicht eine plötzliche Sentimentalität. Vielleicht musste Holzer auch als Ersatz für ein eigenes Kind herhalten, das sie nie bekommen hat. Aber was die Goldmann-Zwillinge angeht: Von Holzers Tochter weiß ich, dass sie trotz der Trennung erstaunliche Gemeinsamkeiten haben sollen", sagte Benina. „ Beide haben zum Beispiel

Münzen gesammelt. Auch geheiratet haben sie in genau dem gleichen Jahr – eine Frau, deren Name mit B anfängt. Letzteres halte ich allerdings für einen puren Zufall. Aber dennoch: Die Gene sind anscheinend doch stärker als Erziehung. Immerhin ist Holzer trotz seiner Umgebung ein rechtschaffener Mann geblieben."

Just in diesem Moment kam Udo Bernsdorfer mit einer Leidensmiene zur Tür herein. Mit einem großen weißen Taschentuch hielt er sich die dicke, geschwollene Backe. Ließ es sich aber dennoch nicht nehmen, Benina in seiner teddyhaften Art zu umarmen und ihr zum 33. Geburtstag zu gratulieren. Eine Dunstwolke von antiseptischen Mitteln umgab ihn.

„Ach, Chef, Sie Ärmster", bemitleidete ihn Tina, als dieser sich ächzend auf dem einzigen Sessel im Zimmer niedergelassen hatte. „Soll ich Ihnen Eis aus der Kantine holen ...? Und als er nickte, fragte sie scheinheilig: „Vanille oder Schokolade ...? War nur ein Scherz, Chef. Natürlich hole ich Ihnen Eiswürfel."

„Wurde der Zahn gezogen ...?" fragte Benina voll Mitgefühl und erntete einen schrägen Seitenblick von dem gebeutelten Zahnpatienten.

Bernsdorfer nickte. Dann - nach einer Weile – wollte er von seiner Hauptkommissarin wissen: „Woher wussten Sie eigentlich, dass ich einen vereiterten Zahn habe? Können Sie hellsehen ...?"

„Schließlich werde ich für meinen Spürsinn bezahlt", sagte Benina nur und zwinkerte Trutz geheimnisvoll zu.

Kapitel 60

Benina wußte nicht, wie die Jungs herausbekommen hatten, wann sie Geburtstag hatte. Aber mittlerweile überraschte sie bei den Beiden überhaupt nichts mehr. Besonders nicht bei Flo, dessen Computerfertigkeiten und scharfsinnige Kombinationsgabe sie schließlich auf die richtige Spur gebracht hatten. Für ihren gefährlichen Alleingang konnte er nichts. Den hatte einzig und allein sie mit ihrer falschen Eitelkeit zu vertreten. Da die Jungs maßgeblich an ihrer Rettung beteiligt gewesen waren, hatte sie ihnen leichtsinnigerweise einen Wunsch frei gestellt. Ihr Wunsch war nicht gerade bescheiden ausgefallen – auch nicht einfach zu erfüllen. Aber sie hatte ihren Chef überzeugt, dass so viel jugendlicher Einsatz einfach belohnt werden musste.

So kam es, dass eine Woche später drei Teenager mit einer Gitarre im Arboretum zwischen Schwalbach, Sulzbach und Eschborn in einen Polizei-Helikopter stiegen. Sie drehten eine Runde über diesem einzigartigen Kleinod der Region – so dicht über den Bäumen aus aller Welt, dass sie fast die Wipfel berühren konnten. Über 600 Baum- und Straucharten der nördlichen Erdkugel standen hier in einer artenreichen Waldparklandschaft zusammen. Nach einer letzten Schleife drehte der Pilot Richtung Frankfurter Skyline ab, die aus der Vogelperspektive besonders eindrucksvoll war.

„Ist das geil – oder ist das geil?" Marius kriegte sich vor Aufregung nicht mehr ein. Rutschte von einem Fenster zum anderen, um ja nichts zu verpassen.

Silja, die sonst ohne Pause quasselte und die Obercoole gab, saß neben Flo und kaute nervös auf einer Haarsträhne, während sie fest seine Hand drückte. Flo hatte den Arm um sie gelegt und war einfach nur glücklich.

Fast vierzig Minuten schwebten sie in der Luft, sahen den „Spargel", wie die Frankfurter ihren Fernsehturm liebevoll nannten, näherten sich dem Messeturm und dem „Hammering Man", flogen in respektvollem Abstand am Commerzbank-Tower vorbei über den Main, der in der Abendsonne glitzerte, über den Henninger Turm, das Waldstadion, weiter zu dem Stau auf der A 66 nach Wiesbaden und Mainz. Nach einer großzügigen Schleife über den Taunus setzte der Pilot zur Landung an.

Marius wurde noch aufgeregter, wenn eine Steigerung überhaupt möglich war. Denn die Landung war nicht irgendwo. Der Heli sollte dort aufsetzen, wo Marius mit seiner neuen Band den ersten größeren Auftritt hatte. Das erklärte auch die Gitarre, die Marius die ganze Zeit im Arm hielt. Wie ein Popstar rannte er mit ihr aus dem Windwirbel der rotierenden Flügel – direkt auf die provisorisch aufgestellte Bühne auf dem Sportplatz von Sulzbach. Die Fans jubelten. Der ganze Basketball-Club war da und ganz viele aus ihrer Schule. Selbst einige Lehrer und Lehrerinnen waren auszumachen. Wow, da stand sogar Jonas Beyerle vom SCREEN und sein Bildfotograf in erster Reihe. Und ganz vorne natürlich Marius' Vater, der die Musikanlage für die Band geliehen hatte und fast platzte vor Stolz. Neben Benina Gatti und Trutz Helmer von der Kripo standen Flos Eltern und etwas abseits Marius' Mutter mit Irokese Matthias.

Marius schüttelte seine neuen Rasta-Locken und spielte die ersten Gitarrenläufe. Die Fans johlten. Dann ging es lautstark ab mit einer bunten Mischung aus Hiphop und Reggae, mit der die blutjunge Band die laue Sommernacht färbte und ein wahres Feuerwerk der Klänge in die Ohren und an den Himmel zauberte. Getragen von Marius' farbiger Stimme, die Seelen berühren konnte.

Gleich nach seiner Rückkehr aus Jamaica hatte Marius ein paar Musiker zusammen getrommelt: ein Bassgitarrist, ein Keyborder und eine blonde Cellospielerin, die in jeder Hinsicht Potential hatte. Statt Schlagzeug gab es Kongas, die von einem jungen spanischen Typen geschlagen wurden, der sich auf den Aushang in der Schule gemeldet hatte. Sein Percussion-Solo war einer der Höhepunkte des Abends, der von Improvisationen lebte. Die Geburtsstunde von „No Problem" und einem völlig neuen Sound.

In einer der Pausen kam Flo mit einem Jungen auf Benina Gatti zu: „Frau Kommissarin", sagte er förmlich. „Darf ich Ihnen meinen Cousin Thorsten vorstellen? Er war schon des Öfteren in Kronberg mit seiner Mutter ..."

Thorsten schüttelte der Kommissarin sichtlich beeindruckt die Hand.

„...um sich bei einem Endokrinologen wegen Kleinwüchsigkeit behandeln zu lassen", schob Flo scheinheilig nach.

Benina stutzte: „Der Endokrinologe hieß hoffentlich nicht zufällig Dr. Zeidler?" fragte sie skeptisch.

„Zum Glück nicht", antwortete Flo und lachte. Sein Cousin verstand den Joke überhaupt nicht und grinste nur etwas dümmlich in die Runde.

Kapitel 61

„Geht es dir auch so, dass Du so eine Leere empfindest, wenn ein Fall abgeschlossen ist ...?“ fragte Benina, während sie mit Trutz durch den abendlichen Holzhausenpark spazierte.

„Na ja, abgeschlossen kann man ja nicht wirklich sagen“, erwiderte der BKA-Mann. „Wer der Mörder Zeidlers war, steht bis heute nicht fest.“

Benina vermied es, ihn bei diesen Worten anzusehen und schaute unwillkürlich zur Seite. Sie wusste sehr wohl, wer Zeidler umgebracht hatte. Aber konnte und wollte sie dies Trutz wirklich anvertrauen? Der wusste schon so viel von ihr. Bis jetzt hatte er sein Wissen nicht ausgenutzt. Aber würde er akzeptieren, dass sie eine Mörderin nicht dem Staatsanwalt übergab? Benina war trotzdem überzeugt, dass es im Interesse aller Beteiligten richtig war.

„Die angebliche Wachstumsformel wurde auch nie gefunden. Nicht gerade ein beruhigender Gedanke, wenn man bedenkt, was sie in den falschen Händen für Unheil anrichten kann“, fuhr Trutz fort und sprach Benina damit aus dem Herzen. Die Ermittlungen in dieser Richtung liefen noch immer, hatten aber noch nichts Nennenswertes ergeben. Gut die Hälfte aller Kriminalfälle wurde leider nie aufgeklärt.

„Aber ich weiß schon, was Du meinst“, sprach Trutz weiter. „Die ganze Anspannung ist plötzlich weg. Und mein Sondereinsatz bei der Mordkommission hier in Frankfurt geht ja tatsächlich zu Ende.“ Er spielte darauf an, dass er nächsten Montag wieder beim BKA in Wiesbaden seinen Dienst aufnehmen würde. Und irgendwie klang seine Stimme ein bisschen traurig.

Benina strich ihre widerspenstige blonde Strähne aus dem

Gesicht und sah Trutz nachdenklich an. Seit ihrer gemeinsamen Nacht verband sie zweifellos mehr als kollegiale Freundschaft. Sie waren viel zusammen, hatten viel bewegt. Hanni Zeidler zur Strecke gebracht. Den Giftanschlag verhindert – aber in ihr Bett hatte ihn Benina seit damals nicht mehr gelassen. Sie wusste selbst nicht so genau warum. An seinen Qualitäten als Liebhaber konnte es nicht liegen.

„Ja, bald hat mich Wiesbaden wieder“, meinte Trutz. Sollte er ihr sagen, dass er sie vermissen würde? Stattdessen zog er etwas linkisch ein Päckchen aus der Plastiktüte, die er schon die ganze Zeit mit sich trug. „Ich dachte, wenn ich nicht mehr in deiner Nähe bin, kannst Du das hier vielleicht gut gebrauchen.“

Mit einem Geschenk hatte Benina überhaupt nicht gerechnet. Sie lachte verlegen und wickelte das Papier auf - es war ein Fön. Ferrari-rot und aerodynamisch gestylt. Sie war gerührt. Fand keine Worte.

„Wobei ich im 'heiße Luft machen' immer noch besser bin“, setzte Trutz nicht ohne Selbstironie nach. „Du kannst mich ja mal anrufen, wenn Dir kalt ist ...“

Benina umarmte ihn - wischte sogar eine heimliche Träne aus dem Augenwinkel.

Dann liefen sie die große Runde über den koreanischen Tempel zurück zu dem IQbi-Bistro und bestellten XL Goethe-Burger. Melancholie machte hungrig.

Benina sah Trutz jetzt fast liebevoll an. Seine Aura war anziehend rot mit lichtgrünen Harmoniepunkten. „Übrigens vielen Dank, dass Du mich vor den anderen nicht bloßgestellt hast.“

„Du meinst wegen Deinem 'Aurasehen'? Ist doch klar: Kein Wort. Ich werde schweigen und mein Wissen mit ins Grab nehmen!“

„Das Grab!“ sagte Benina ganz unvermittelt: „Ich glaube ich weiß jetzt, wo Bertram Holzer seinen Umschlag hingetan hat.“

„Du machst mich neugierig ...“

„Auf den Sargdeckel von Erika von Schlehendorff. Unser Hausmeister – also der verschollene Goldmann-Zwilling - kann ihn nur mitsamt den Blumen ins offene Grab geworfen haben. Sonst hätten wir ihn in seinem Anzug oder in einem der Papierkörbe gefunden. Seine Tochter hatte ja ausgesagt, dass sie ihm den Umschlag auf dem Friedhof zurückgegeben hatte. Vielleicht wollte er für immer begraben, was darin stand.“

„Keine schlechte Idee, Frau Kommissarin. Aber für unseren Fall Pohl spielt das jetzt zum Glück keine Rolle mehr. Die Mörderin steht fest und weilt nicht mehr unter den Lebenden. Lassen wir doch Holzers private Geheimnisse ebenfalls in Frieden ruhen.“

Im Moment gab es sowieso Wichtigeres. Die Goethe-Burger rollten an, und wer wusste schon, was der laue Abend noch bringen würde ...

Kapitel 62

Frankfurter Flughafen, 7.30 Uhr. Sein Puls schlug bis zum Hals, als er durch das Tor schritt. Obwohl er sicher sein konnte, dass der Mikro-Chip, der mit einem Pflaster auf seinem Oberarm befestigt war, nicht anzeigen würde. Und auch der verschlafene Sicherheitsbeamte mit seinem elektronischen Hand-Check-Gerät würde höchstens die metallene Gürtelschnalle monieren. Es war ja kein Revolver oder Messer. Kein Piepsen würde warnen, keine Alarmsirene losheulen. Er würde - ohne auch nur einen Blick in die Schnaps- und Parfümläden zu werfen - auf schnellstem Weg zu seinem Gate gehen. Krey wollte in Deutschland keine unnötigen Spuren mehr hinterlassen. Nicht einmal auf seiner EC-Karte.

Alles, was ihm wichtig und wertvoll war, trug der bisherige Co-Trainer des BC Sulzbach in bar bei sich oder rollte es in dem taubenblauen Boardcase hinter sich her. Ein aufzugebender Koffer barg unnötige Gefahren. Musste eingecheckt, abgeholt werden. Unnötige Stationen, wo man ihn abfangen konnte. Zusammen mit der Wachstums-Formel würde das Wenige genügen, ein neues, besseres Leben zu beginnen.

Jetzt erst einmal untertauchen, bevor man ihn verdächtigte, die Formel an sich genommen zu haben. Kein Mensch würde ihm glauben, dass Zeidler schon tot war, als er die wissenschaftlichen Unterlagen aus dem geöffneten Safe nahm. Die Kripo hatte ihn zwar schon – wie alle Trainer und Co-Trainer des BC Sulzbach und der Skyliners Frankfurt - befragt, ob er etwas von der Existenz dieser Formel wusste – doch er hatte den Erstaunten gespielt.

Bis heute hatte sich auch kein Mensch gemeldet, der ihn beim Betreten des Zeidler-Hauses gesehen haben könnte. Auch nicht diese Frau, die wie von Teufeln gejagt aus dem Sesam-öffne-dich-Tor gerannt kam. Als sich das Tor nicht wie sonst sofort wieder schloss und auch die Haustür offen stand, war er hineingeschlüpft. Natürlich nicht ohne seine Pistole zu zücken. Schließlich wollte er nicht wie Migalla enden. Statt Zeidler unter Druck zu setzen und mit seinem Wissen zu erpressen, fand er den Alten erschossen an seinem schweren Eichenholzschreibtisch im Wohnzimmer. Die Tür des Wandsafes daneben war nur angelehnt. Er erkannte sofort die Unterlagen, die er vorher schon einmal bei Migalla gesehen hatte, an dem merkwürdigen Runenzeichen. Es war die Formel, die Migalla an sich gebracht hatte. Jetzt lag sie wie im Selbstbedienungsregal vor ihm. Er hatte das dicke Bündel Papier unter sein Hemd gepackt. Den Geldscheinen hatte er natürlich auch nicht widerstehen können. Auf gleichem Wege wie er gekommen war, hatte er sich aus dem Haus geschlichen. Er war so unauffällig wie möglich zu seinem Auto gegangen, das er einige Straßen weiter geparkt hatte.

Dass alles so einfach gehen würde, hätte er nicht für möglich gehalten. Er wollte sich absetzen, und dafür brauchte er die Wachstumsformel. Er hatte nur noch einen Weg finden müssen, die Formel unauffälliger und platzsparender zu kopieren. Ein Mikro-Chip war dafür die ideale Lösung. Nein, er würde die freie Stelle des Haupttrainers beim BC Sulzbach, die ihm der Clubvorsitzende Schmieder großzügigerweise angeboten hatte, nicht antreten. Nach der Mordserie war der BC Sulzbach für eine Fortsetzung der Versuche mit der Wachstumsformel sowieso „verbrannt". Der Sponsor aus der Pharmaindustrie hatte sein Engagement nach dem Mord an Pohl sofort gekündigt. Aber was war Deutschland im Basketball im Vergleich zu USA, wo viele Millionen Menschen dieser Sportart verfallen waren und nach immer größeren Sporthünen verlangten?

Er war sicher, dass er dort oder anderswo Leute finden würde, die die Chancen eines Manipulierens im Mutterleib erkannten. Die Versuche mit den Jugendlichen hatten eh nicht die sensationellen Ergebnisse gebracht, die man sich erhoffte. Royalis war mehr dazu da, den Sponsor zu ködern. Aber diese Wachstumsformel von Zeidler im Embryonenstadium angewandt - das war Doping in seiner perfekten Form. Ohne Angst vor überraschenden Urinproben – ohne Bluttests. Die Formel zum Gelddrucken!

Die rechtsextreme Szene hatte ihn nie wirklich interessiert. Sein Führer hieß Mammon, und keiner konnte ihn mehr aufhalten. Weder Zeidler – noch Migalla, der ohne ihn mit der Formel hatte abhauen wollen. Der alte Zeidler oder seine Tochter müssen ihn wohl abgefangen und zur Strecke gebracht haben. Jetzt waren sie alle tot – der Weg frei für ihn!

Hinter einem SCREEN versteckt wartete Krey auf den Aufruf. Dann reihte er sich scheinbar gelangweilt in die bunte Gruppe der Südamerikareisenden ein. Durch die flexiblen Teleskoparme des Gates gelangte er in seine Maschine.

Der Größenwahnsinn ging weiter.

Signierte Bücher können ohne zusätzliche Versand- und Portokosten direkt bei der Autorin bestellt werden:

www.crimetime-verlag.de

Folgenden Publikationen verdankt die Autorin wichtige Informationen:

John Harrison: „Wenn Töne Farben haben", Synästhesie in Wissenschaft und Kunst, Spektrum Akademischer Verlag

Judith Krischik: „Das Leuchtende ist immer auch das Klingende", Info3-Verlag

Patricia Duffy: „Jeder blaue Buchstabe duftet nach Zimt", Goldmann-Verlag.

Hermann Glaser: „Wie Hitler den deutschen Geist zerstörte", Ellert & Richter Zeitgeschichte

Mechthild Schaffer: „Bachblüten spontan / Energiebilder", Integral-Verlag

Oliver Amm: „Eine ‚andere' Wahrnehmung – eine qualitative Untersuchung der Ontogenese und individuellen Repräsentation des Aura-Sehens als paranormales Phänomen, Diplomarbeit Freie Universität Berlin

Dank

Wahrscheinlich hat mich die Begeisterung meines Sohnes Moritz für das Basketballspielen überhaupt auf die Idee zu diesem Krimi gebracht. Danke für die Anregung und das Fachwissen in Basketballfragen!

Bedanken möchte ich mich auch bei meiner Tochter Elise, die mich zu manch liebenswerten Eigenheiten der Figuren inspiriert hat. Sorry, dass ich nicht alle Ideen aufnehmen konnte!

Ohne das Verständnis meines Mannes hätte dieses Buch vielleicht noch Jahre in der Schublade gelegen. Vielen Dank für die moralische Unterstützung und die vielfältigen Impulse!

Bedanken möchte ich mich auch bei meiner Jugendfreundin Ulrike aus Lahr, die eine „richtige“ Kommissarin ist, für ihren kriminalistischen Blick und das korrekte Vokabular.
Danke an die ersten Testleser Karin aus Heiligenzell, Bettina und Uli aus Hofheim!

Vertrauen in meine Kreativität hat mir ganz besonders meine Lektorin Katja entgegengebracht. Ohne ihre Anregungen und schonungslosen Korrekturen hätte die Vollendung dieses Buchs nicht so viel Herausforderung und Motivation bedeutet. Viele Figuren haben dadurch an Profil gewonnen. Einmal aufgenommene Gedanken ziehen sich jetzt konsequent durch die Handlung des Romanes. Danke für diese konstruktive Zusammenarbeit!

Danke sage ich Roxana für ihr unermüdliches Engagement und den kreativen Input bei der Gestaltung und dem Logo, das ihre Handschrift trägt.

Danke an Marieke, die nach interessanten Vorschlägen das Cover professionell auf den Punkt gebracht hat.

Danke, Gisela und Thomas aus Eschborn, für die freundliche Unterstützung beim Satz des Manuskripts.

Danke an Alle – ob genannt oder ungenannt - die mich bei der Arbeit an diesem Roman unterstützt und ermutigt haben.

Chris Silberer, im Mai 2010